野火

云拿月 著

上册

青岛出版集团 | 青岛出版社

图书在版编目（CIP）数据

野火/云拿月著.—青岛:青岛出版社,2022.6
ISBN 978-7-5736-0054-7

Ⅰ.①野… Ⅱ.①云… Ⅲ.①长篇小说—中国—当代 Ⅳ.①I247.5

中国版本图书馆CIP数据核字（2022）第031610号

YEHUO

书　　名 野　火
作　　者 云拿月
出版发行 青岛出版社
社　　址 青岛市崂山区海尔路182号
本社网址 http://www.qdpub.com
邮购电话 18613853563
责任编辑 龚雅琴
特约编辑 李文竹
校　　对 李玮然
装帧设计 蒋　晴
照　　排 梁　霞
印　　刷 三河市良远印务有限公司
出版日期 2022年6月第1版　2022年6月第1次印刷
开　　本 32开（880mm×1230mm）
印　　张 16
字　　数 490千
书　　号 ISBN 978-7-5736-0054-7
定　　价 65.00元（全2册）
编校印装质量、盗版监督服务电话 4006532017　0532-68068050

目录

上册

目录

下册

第一章　冬　稚

午后太阳退去炽意，光直直地打进教室。

冬稚坐在 13 班三组四排。周边几乎都空了，只剩她一个人，低头自顾自地忙着手里的活计。

上上节课间她编的是星星，上节课间编的是玫瑰花。

这会儿在编小马，她把四五根彩色塑料管摁在桌面上，上下左右地来回编，仿佛拍画片般生动。

“那谁……冬稚！集合了，快点儿！”

体育委员拍了拍门，来检查漏网之鱼。

座上的人闻声抬头。刚打了会儿球的体育委员怔了怔，回过神后忙抬手假装擦汗，借此掩饰刚才的失态，皱着眉露出不耐烦的神色，催促道：“快点儿，就差你了！”

刚才一瞬，她看上去真有几分安闲雅静，连睫毛都卷着笼罩着光。待她抬起头，小巧的嘴唇，翘翘的鼻子，眉眼哪儿哪儿都带着点儿韵味。

“好。”冬稚轻应，收起东西，慢条斯理地站起来。

体育委员没有等她，扔下一句“快点儿”，就像风一样地跑了。

冬稚他们小组负责清扫操场的值日工作，她带了清扫工具去，放到一旁再去集合。他们照惯例先跑三圈，再做两遍大课间必做的广播体操，等老师一拍手就自由活动。

女生们或者挎着胳膊在操场漫步，或者坐在草坪上闲话。男生们热火朝天地打着篮球，在球场上挥洒臭汗。

嘴馋的学生去学校的后门，敲敲掉了铁皮的黄色大门，外头的小贩敲两下以作回应。学生把钱从缝隙塞出去，那边的人收了，零食就会从门底下更大的缝隙里被塞进来。

而三组的人为了不耽误放学后的时间，争分夺秒地开始劳动。

靠近铁丝网大门的地方归冬稚打扫。

她一手拿扫帚，一手拿铁畚箕，扫完一块地有条不紊地换下一块地。她扫得细致，挪动得也慢，扎起的长头发垂下来，顺着脖颈散在右边的胸口前。

冬稚把衣袖撸高到肘处，细白的左手腕上绑了一根红色的编织手链。

“哎，冬稚！你手上戴的是什么东西啊？”

班上其他的人就在这附近活动，聚着聊天儿的几个人注意到她的手。

打扫的动作停顿，弯着腰的冬稚抬眼看过去。她们直勾勾地盯着她，视线在她的手腕上盘桓。

“没什么。”

她闷头清扫地面。

冬稚没注意听她们在说什么，不管那些，只想早点儿扫完。

太阳沉下来了，一会儿要起风，她不早点儿把垃圾倒干净，垃圾容易被风吹跑。

“梨洁——”

那边突然响起一嗓女声，冬稚一顿。

冬稚佯若无事，像连这片刻停滞也没有过一般，眼睛专注地看着脚下的地面。

还是先前问她话的女生们，扬声叫来另外的人。

“梨洁这边！过来一会儿！过来，过来——”

和他们班同上一节体育课的，还有2班。

高二全年级共20个班，文理各有一个重点班，理科是1班，文科是2班，同在高二教学楼一层。此刻在这个操场上的高二生，不是13班的人，就是2班的文科尖子生们。

冬稚扫地的动作有所加快。不远处说话的女生们在聊什么，她完全没有想要知道的欲望。

直至她们的话头指向她。

“可以给我们看一下你手腕上的编织手链吗？”

话是朝着她问的，她们连话里的主语都省略了。在一群人齐齐聚来的目光下，冬稚不问也知道，她们提问的对象是自己。

她将扫帚扫过鞋面，原本就不干净的鞋又蒙上一层灰。

冬稚站直身。13班问她话的几个女生和2班的几个女生都在看她。

赵梨洁就在其中，漂亮的大眼睛里带着一点儿好奇，嘴边习惯性的笑意像是在向她示好，带着与生俱来的亲和力。

但和赵梨洁眼神里遮掩不住的探究味道相比，这份示好淡薄到几乎可以忽略。

“你戴的那根手链和梨洁戴的好像哦，是不是一样的啊？”

问话的女生轻轻执起赵梨洁的手，用眼盯住冬稚，似乎想在冬稚的脸上找到些许狼狈的神情。

“你看，梨洁也有一根手链，和你那根是不是一样？”

冬稚不说话。

“你这根手链什么时候买的？”女生问赵梨洁，“我看你戴好几天了。”

赵梨洁从冬稚身上移开眼神，但在那之前，眼神同样在冬稚的手腕上停留了很久。赵梨洁微微一笑，说：“前几天放学的时候买的。”

她们的视线又转回冬稚的手上。

“你是什么时候买的？”像是一定要问出个究竟，女生又看向冬稚，追问不休。

冬稚仍旧不答，默然地看着她们，没言语，拿起扫帚和畚箕转身走向别处。

“喂……”女生等来这个回应，愤愤地啐了一口，“啧，学人精！”

倒是赵梨洁拍拍女生的手：“好了，买到一样的东西不是很正常嘛。”

“可她就是学你啊！你都戴好几天了，她偏要跟你戴一样的东西，这么爱学别人，看着就讨厌！”

赵梨洁不得不岔开话题。

两三句后，她们终于说起别的话题，对话也不再围绕着手链进行。

“对了梨洁，这周日下午和我们一起去 KTV（指配有卡拉 OK 和电视设备的包间）唱歌吧！”女生突然邀请赵梨洁。

“唱歌？”

“对，不止我们，5 班、6 班还有 7 班都有人去，都是你认识的人！”

赵梨洁面露为难的神情，笑了笑：“可能不太方便，周日我和别人约好一起去图书馆。”

每周只有周日下午学生们才能休息，这是他们为数不多的娱乐时间。

13 班的几个女生露出可惜的神情。

其中一个女生眼睛忽然亮了：“梨洁，你和谁去图书馆啊？是不是和陈就？！”

她们一说起和陈就有关的话头就收不住。

“是陈就吗？”

“肯定是，不然还有谁能约到梨洁！”

“你们俩的班级都挨着，天天说话还不够啊，难得礼拜日休息半天还要待在一起……”

赵梨洁被取笑，脸微红：“没有啦，不是……”

“少来！就说是不是和陈就约好了吧？”

抵不过她们的追问，赵梨洁羞臊起来，连道几句“好啦”，才说：“是和他约好了，不过只是去图书馆一起复习，看看书什么的。”

“噫——”

不论是 13 班的女生还是几个和赵梨洁一起被叫过来的 2 班女生，

一听赵梨洁的话都开始起哄。

“陈就上次参加奥数竞赛又拿奖了吧？”

“我看前两个礼拜他穿的那双最新款球鞋，现在学校里好多男生都在穿！”

“不是，主要是他人真的很好！上次我一个1班的朋友带我去找他问题，他在做试卷，还停下来给我们讲题，一点儿都没有不耐烦，真的……”

“我知道！我们班男生上次找他借篮球，就是他那个特别好看的篮球，带来过一次的那个，听说还很贵，他都很大方地借了！”

赵梨洁面含着笑听着一直没说话，直到后来才温声接话：“是呀，他是很好。”

几个女生齐齐地停下，指着她怪笑着起哄：“你看，你看！还不承认，天天放学一起走，周末也要待在一起，还不老实交代！”

她们都围着赵梨洁闹。

1班是理科重点班，全班60名学生就是全校理科排行榜的前60名。

而陈就是1班的代表人物。

陈就和赵梨洁，这两人一个是理科第一，另一个是文科第一，且同是校广播站的骨干，站在一块儿别提有多合适了。

赵梨洁不是第一次被人和陈就放在一起打趣，开了几句玩笑绕开话题，很快她们也就不再提了。赵梨洁许诺下回有空一定和她们一起去，周日去唱歌这事儿才算完。

天气很晴朗，此时突然起了风。

几个人手挽着手亲亲热热地往操场中心走。刚才的插曲已经被她们抛到脑后，没有人记得那小小的不愉快。

赵梨洁始终带着笑听身边的同伴说话，视线却不自觉地瞟向不远处。

铁丝网大门旁，冬稚正提起畚箕将盛着的垃圾往桶里倒。即使样式统一的校服严丝合缝地包裹着她，仍然藏不住少女袅娜的身段。

她的皮肤白得发光，手腕上系着一根红色的编织手链，显得她格外好看。

和往常一样，冬稚到家的时候家里没有人。她把自行车推到屋檐下停好，回头看，后面立着一堵高墙，墙那边是精致气派的大房子，她的妈妈应该正在厨房里忙着煮饭。

冬稚打了水洗手洗脸，刚想挂毛巾，小小的院子里响起车铃声。

“冬稚。”来人叫她。

她转头看一眼，没吭声，先把毛巾挂起来。她把毛巾挂在屋檐下的晾衣竿上，这里通风所以毛巾干得快，而浴室里背光常年不见天日，把毛巾放浴室里过两天就要受潮。

“冬稚？”见她端着脸盆往屋里走，来人急了，推着车进来，“冬……”

冬稚在门前站住，沉着脸转头：“干吗？”

男孩儿推着自行车，个子高得分外惹眼。上个月他个子有一米八，这会儿看着仿佛更高了些。

两人的校服是一样的。不同的是，她的校服被洗得边角泛白，他的校服干净整洁，一丝不乱，连拉链都被拉到刚刚好的位置。

陈就把自行车停好，拿起车筐里的辅导书走到她面前：“你不是要这本教材吗？我给你拿来了。”

“陈就。”冬稚打断他，抬起眼看了他两秒，捋起左胳膊的袖子。

“你戴了？我还以为你不喜欢……”

陈就脸上的笑意还没完全散去，冬稚就二话不说地将右手绕过抱着的空盆，到左手腕处摘下手链，扔给他。

手链差点儿掉到地上，他飞快地抓住手链。

“给我这个，你是不是有病？”冬稚冷冷地看着他，脸上那一点点生气的神情也只存在了两秒，很快消失了。

她的脸上什么情绪都没有。

“我……”

冬稚转身朝里走。

没走两步，小院里头墙那边的门被打开了，吱呀一声，围着围裙的冬勤嫂从里边出来。

两人都停住看过去。

“少爷？”看见陈就在院子里，冬勤嫂一愣，慌忙快步上前，招呼他道，“哎哟，你怎么来了？快快快，怎么不进屋啊？”

“我……我来给冬稚送书。”陈就说。

冬勤嫂看看书，再瞥冬稚一眼，骂道：“干吗呢，来给你送书还不快接着！”

“我想先放下脸盆。”冬稚的声音低了些。

“破脸盆随手一放不就完了，费什么劲！这都没太阳了，院子里的风多大，让少爷在门口站着，像话吗？”

“勤婶。”陈就微微赧颜，“您别总叫我少爷……”

冬勤嫂虎着脸：“这是规矩！先生太太待我们不薄，不能不知道好歹！”

冬稚垂下眼，神色半敛。她抿了抿唇再抬头，神色更沉了几分：“妈，你是不是要拿什么东西？快去拿吧，厨房里忙完了吗？”

“差点儿忘了锅里还炖着汤！佳嫂在帮我看着，我得拿了东西赶紧回去！”冬勤嫂忙向陈就歉笑，转身进了里屋。

冬稚走了两步，站到陈就面前。

屋檐下两人面对面。

她能闻到他身上淡淡的香味，特别好闻，特别清新。他晒足了太阳，有一种让人想拥抱的暖意。

他挡住门外大半的光，阴影笼罩着她——她仿佛正被他抱在怀里。

冬稚知道这是一种错觉。

定神越过陈就的肩，她能看到对着她家大门的院墙，墙的那一边是陈家。

“快回去吧，太太在等你。”

冬稚从他的手里拿过书，抬起头，他的下巴离她的鼻尖近得只有一点儿距离。

她用很轻很轻的声音叫他：“少爷。”

“冬稚，有人找你！”

教室门口站着的女生帮忙传话，扭头朝这边喊。

冬稚抬头一看，是一张不太熟悉的脸。她稍显犹豫，那女生催促："干吗呢？他叫你啊！"

冬稚放下笔，起身走过去。

来找她的人是个男生。与她同一级，他说他是7班的人。

别说别的班，就是自己班上的人冬稚未必都能叫出名字。男生做介绍的时候，她就只听着不说话。

她靠着走廊扶栏，打闹的人都在门口那一处。时值下午最后一节课结束，明儿是这周的休息日，今天晚上他们不用上自习，教室里空了一半，剩下的不是负责值日的人，就是懒懒散散消磨时间不急着走的人。

今天的天气其实也不算太好。冬稚看着空气里飘着的浮尘被斜阳照得清清楚楚，脑子里闪过刚刚计算的那道题目。

她每周的休息日都得给家里打下手，所以打算做完试卷再走。她的成绩不算突出，她做题目时常有费劲的时候，一往深了想就像扎进海里想不出答案来。

"所以说，其实挺划算的。"

刹那间阴影覆下来，男生说着说着忽然朝她靠近，只差抬手撑住柱子就能将她禁锢在他的身前。

冬稚觉得安全空间被侵犯，回过神，往旁边躲开。

"你觉得怎么样？不用考虑吧？"男生在笑，没在意她的举动。

冬稚盯住他："你再重复一遍。"

他皱了下眉，耐着性子复述了一遍。

其实光论长相，她面前的脸并不讨厌，相反很和善。冬稚看着他的嘴张张合合，一个字一个字地蹦进她的耳朵。她直勾勾地盯着看，越看那张嘴在视野里就越是被放大。

"怎么样？"说到最后，男生又问。

"把你的包给我。"冬稚忽然说。

男生背着一个单肩包，她见过这个牌子，价格不便宜。

男生愣了一下，虽然她的要求很莫名其妙，但还是脱下包交给她。

"这个包还不是我最贵的包，我跟你说……"

他的话没说完，背包拉链就唰地被拉开。

冬稚把包往空中一扔，包里头装的东西，试卷、书还有一些别的，就哗哗啦啦、纷纷扬扬地落在楼下的草坪，散落了一地。

陈就和赵梨洁在一楼的走廊边说话。

啪的一声，忽然响起东西落地的动静，随即教学楼的矮台阶前传来一声惊呼："天哪！"

两个人同时转头看去。

拿着扫把清扫草坪旁路面的男生也不避着人，偷玩手机，一条道扫了快半个小时还没扫完。没人管他偷懒，反倒是他被突然落到草坪上的东西吓了一跳。男生把扫把往地上一蹾，朝楼上怒喊："谁往下扔东西？！"

赵梨洁扯了扯陈就的袖子，陈就调转回来视线。

"等下一起去吃米线好不好？我上次和朋友发现北桥那边有一家店，是一对老夫妻开的，味道做得特别好！他们家店开在巷子里，有很多人特意找到那里去吃他们家的米线。而且他们家的米线调料都是自己做的，不是外面买的，和……"赵梨洁越说越雀跃，脸上浮现出笑容。

陈就静静地听着，视线扫到她不经意露出的手腕，忽然插话："你手腕上的手链是哪儿来的？"

"这个？"赵梨洁一顿，冲他笑，"上次放学我们一起回家的时候路过那个编手链的摊子，你不是盯着这条手链看了好久吗？所以第二天路过那里我就买了这条手链。你的眼光那么好，你觉得好看的手链肯定错不了。怎么了？"

她晃晃手，用亮晶晶的眼期许地看向他："不好看吗？"

"没有。"陈就抿了下唇，"很好看。"

赵梨洁笑得露出一口皓齿："做米线的那家店我还没说完呢！真的，我不骗你，那一家的米线真的很……"

楼梯上突然冲下来一个人，抬头就嚷着问："刚刚掉下来的包在哪儿？"

不仅陈就和赵梨洁看过去，扫地的那个男生闻声，也拖着扫把走近了一些："在那边的草坪上。"

楼梯上下来的男生和扫地的男生，包括陈就在内，其实都算认识。毕竟他们同是一个年级的学生，不是在球场上切磋过，就是互相认识彼此的朋友，或者曾经是同学。

扫地的男生问："谁扔的啊？"

那人下来帮忙捡包，先朝那边跑过去，捡起包才答应："冬稚扔的。"

"13 班那个女生？她有病啊？！这是你的包吗？她干吗丢下来？"

"不是，是扬飞的包。扬飞说有事去找她，不知道搞什么。他跟冬稚说了几句话，冬稚突然就发神经把他的包扔下来了。"

"她……"

扫地的男生还没说话，陈就蓦地插嘴："冬稚人呢？"

两个男生不约而同地看过来。

捡包的那位停下了拍草屑的动作，说："在他们班。"

陈就眉头一紧，对赵梨洁道："今天你自己回家吧，我不和你一起走了。你注意安全。"

他说罢就往楼梯上跑。

"陈就！"赵梨洁喊他。

他没回头，连东西都顾不上回教室收拾，转眼就上了楼。

陈就赶到 13 班门口，冬稚被堵在走廊的角落。陈就当即拨开几个男生，挡在冬稚面前。

其中一个气势汹汹找冬稚麻烦的男生，正是几分钟前被她扔了包的那位，陪他一同来的几个男生站在他的身后。

陈就的到来让场面稍微缓和了一些。

男生压着火气道："陈就你走开，不关你的事。"

陈就不肯退让："有事好好说。"

"她都扔我包了，还好好说？"男生唾一口，骂道，"陈就你是不是有病啊？你就非得管她的闲事？"

陈就没有半分要让开的意思："不管怎么说，她是个女孩子。"

男生丢了面子，心里窝火，脸黑得跟阎罗似的。

可男生再气，到底还是卖了陈就一个面子。

这学校里，有人有好的家世，有人有突出的成绩，有人有优越的外貌，什么样的人都有，而陈就是少见的那种什么都有的人。

陈就占全了所有让人羡慕的条件，不管哪个方面都很出众。

他一骑绝尘，将他们这些普通的人远远甩在身后。

他是全校师生眼里的天之骄子。

“我本来以为他们说你爱管冬稚的闲事是开玩笑。”男生恨恨地道，“你就护吧，就她那样，你能护她一辈子？”

男生憋着气，扔下这句话，一刻也待不下去，甩手带着一帮朋友走了。

冬稚班上剩下的学生朝这边张望却不敢过来。

见没有旁人，陈就沉下脸，隐忍道：“进去收拾东西，我给你三分钟。”

冬稚站着不动。她的视线落在地砖上，嘴唇抿得很紧。

“你去不去？”

等了几秒没有回答，陈就皱起眉头，刚要说话，冬稚忽然出声：“你又什么都不问就要怪我了是吗？”

他一愣。

冬稚抬起头，看他的眼神难以形容。

上一次她这样看他是什么时候？

陈就还记得那件事。那次学校收新运动服的钱，头天陈就经过家里厨房，听见冬稚管冬勤嫂要钱，被骂了个狗血淋头。三天后的下午，陈就忽然听说冬稚和一名学生起冲突，被老师勒令在办公楼前罚站。

陈就一问，说是那名学生中午在食堂丢了钱包，大家帮忙去找没找到，结果傍晚碰见冬稚手里拿着个钱包，和那名学生丢的一模一样。

到办公室里后，冬稚说捡到钱包正打算送来交公，老师和其他几个学生质疑为什么中午不见的东西她下午才拿来。

冬稚听出他们话里话外怀疑她想昧下的意思，当时就冷了脸，说自己刚刚才在食堂捡到钱包。

一来二去他们就吵了起来，冬稚因为顶撞师长被罚站三节课。

陈就去找她的时候，她站在墙角。他问是怎么回事，她说：“我没偷东西，也没想偷。”

他本该没有怀疑的，况且又有什么好怀疑的呢。可是不知道为什么他的脑子里突然闪过她和冬勤嫂为了钱争执的场景，他应该说“我信你”，可一瞬间竟然产生了短暂的犹豫。

冬稚了解他，就他这么一犹豫，教她所有的表情消失。她低下头看鞋尖，只平静地说了一句：“你走吧。”

那天之后她再没跟他说过话。

后来他回到家，热情的冬勤嫂看见他，又和他滔滔不绝地闲谈。冬勤嫂抱怨冬稚不让她省心、动不动就和她吵架、一点儿都不像他一样懂事。陈就从一堆话里听到重点——冬勤嫂还是给了冬稚运动服的钱，前一日冬稚就交上去了。

冬稚根本不用为了交什么钱，去偷钱包。

那回陈就和冬稚道了歉，冬稚似乎没把这件事放在心上。只是这几年原本就不爱说话的她，后来在他面前话更少了。

此刻在这廊下，陈就的喉头忽然哽住，他对上她的眼睛，良久才发出轻微的音节：“我……”

冬稚别开眼，提步往教室走去，小声说：“我去收拾东西。”

冬稚家小院子的院门一般是不锁的，她们不进院就进不了家门。有段时间冬勤嫂常忘带钥匙，一开始还会在院门边的青泥石板下藏钥匙以备用，后来干脆省了，只把锁虚虚地挂着，横竖里面的门关着。

陈就把车停在院子里。冬稚落后于他几步，把车推进来停下，反身关了院门，然后往屋门口走去。

之前在路上两人一句话都没有说，一人骑一辆自行车，一前一后地走，还不如同行的陌生人。

陈就问：“你为什么扔别人的包？”

冬稚脚步停了一瞬，若无其事地走到门前，掏出一串钥匙，道：“想扔就扔，没原因。”

陈就沉下气规劝：“你能不能不要乱发脾气？那是在学校，不是在家，你就不能学会适当控制自己的情绪吗？不到处惹麻烦有这么难吗？”见她不说话，陈就继续道，“不管郑扬飞跟你说了什么，你何必做得那么过分，把人家的包扔到楼下去？有什么话不能好好说？”

她还是不言语，他稍稍皱眉头：“冬稚？”

那道背影在门前一动不动，陈就被激起脾气：“冬稚，我在跟你说话！你能不能不要总是随时随地耍脾气，知不知道你这样很任性？今天要不是我及时赶到，你打算怎么办？惹麻烦之前你有没有……”

冬稚用手紧紧捏着一把钥匙，忽地一下重重地把整串钥匙砸到地上，转身喊：“我惹我的麻烦，关你什么事？！”

陈就一愣，板起脸：“你要是闹得过分惊动老师，到时候我劝不住怎么办？你就那么想挨处分？”

她的声音有些尖厉：“挨不挨处分是我的事，我让你管我了？”

陈就气得脸色微变：“你的意思是我多管闲事……”

冬稚冲到他面前，猛地一下把他推到院墙处。陈就没防备她来这么一下，比她高得多的一个人，被推得背贴住墙。

冬稚用两手撑在他身侧，倾身将他围住，胸膛之上虚虚地留着空，乍一看好像压得很严实。

“你要吃的用的我都可以给你买，休息的时候一起出去吃吃饭逛逛街，在我兄弟面前别让我丢面子就成。不过说好了，毕业前这么处着，等毕业了，你得跟我一块儿去毕业旅行。”

陈就一愣。

冬稚狠狠地盯着他。

“这些都是郑扬飞跟我说的。”她靠得很近，眼里的黯淡也教他看得更清楚，“你觉得好听吗？”

冬稚气得眼睛都红了。

陈就却在她说话时走了神，眼神在瞥向她脖颈时一顿，视线意外地被她下落的领口吸引住。她身上清冽的沐浴乳的香味似有若无，温和又汹涌地将他包围。

起伏的线条晃进他的眼里，他呼吸一滞，跟着喉头紧了紧。

不过很快，在看见冬稚为扔包之事不悦的面色后，陈就从短暂的愣怔中回神，移开视线，顺带压下脸上那一丝不被她察觉的赧意。

下一秒冬稚站直身。他心里松了口气，然而竟难以启齿地生出一丝微妙的遗憾情绪。

冬稚把话说到这儿，懒得再多言语，转身就走。

陈就下意识地伸手拽住她："冬——"

嗡嗡的振动声从他的口袋里传出，在安静的小院中显得格外分明。

手机铃声取代了他原本要说的话。

陈就拿眼瞟着冬稚，没有松开拽住她的那只手，用另一只手拿出手机。

"喂？妈……"

许是院子里太过安静，电话里的声音冬稚听得很清楚。

电话那端的声音她听起来并不陌生，是陈太太打来的电话。

陈太太问："儿了啊，你在哪儿？怎么还没回来？哎哟，你有个同学上家里来了，现在在客厅等你呢。"

陈家的这座宅子有些年头，打从陈就爷爷那一辈开始就住这儿。屋里的物件摆设保留着那个时候的痕迹。几年前他们把宅子翻新过，对细微之处进行了维护，整座宅子的大致模样不曾变。

虽然早就知道陈就的住址，但这是赵梨洁第一次来他家。

赵梨洁的成长环境不差。她的爸爸是省会一所大学的教授，她的妈妈也有一份体面的工作，她的爷爷是知识分子，退休后在家喝茶遛鸟，闲来无事常常辅导她的功课。

对这个陈就生活的地方，赵梨洁感觉很新奇。

宅子是用青砖黑瓦垒砌起的墙面，外观古朴，正门口的廊前立着四根威武的大圆柱。屋里的地板、门窗、墙顶边角，全是棕红色的实木。

"你们家这个屏风一直都有吗？"赵梨洁小声问陈就。

他们正在客厅里，各坐着沙发的一侧。

陈就看了看客厅入口的雕花大屏风，嗯了声，道："那是我爷爷留下来的。"

赵梨洁笑着垂下头，吐了吐舌——这使她显得有几分可爱。

客厅入口处响起脚步声，陈太太端着一盘水果从屏风后走来，满脸带笑："难得有同学来找我们陈就，他平时闷得很，一个人在家也不爱出去玩……来，梨洁，吃点儿水果。"

赵梨洁站起身，托着陈太太递过来的果盘，连道两声谢，脸因害羞有些红："阿姨您不用这么客气。"赵梨洁说，"陈就的东西落在学校了，他走得急，我就帮他送过来。我这么突然跑来真的很不好意思。"

陈太太掩着嘴笑："你们俩成绩都不错，可以多交流一下。我也不懂这学习的事，你们啊，多互相帮助帮助。"

闲说了几句，她知道自己在这里孩子拘谨，推说自己还有别的事要忙，就起身走了。

赵梨洁问陈就："你刚才去哪儿了？怎么没在家？"

"刚才有点儿事。"

她看着陈就的侧脸："嗯……冬稚还好吗？"

陈就帮冬稚挡过好几次麻烦，可要说他们有什么特别的关系，两人在学校又甚少有交集。之前还有同学私下乱猜，后来见他们走得确实不近，反而陈就和赵梨洁接触更多，大家就都只当是陈就心善才总对冬稚施以援手。

赵梨洁比旁人知道的事情更多些。她问过陈就，陈就说他和冬稚是邻居，他们从小就认识。

她追问："那个包的事是怎么回事？她又跟别人起冲突了吗？"说着她往周围看了看，"冬稚的家在这附近？我来的时候没注意周围。她住得近吗？"

陈就没答，顿了顿，突然问："你刚才为什么没打我电话？来之前怎么不和我说一声？"

赵梨洁一愣："我……我想快点儿把东西给你，没考虑那么多。"她小心地瞥他一眼，"我突然来是不是让你不高兴了？抱歉……下次不会了，我……"

"没有。"陈就见她拘谨起来，安抚地笑了笑，"我只是说提前打电话，这样我知道你来了，你也不用等这么久。"

赵梨洁一听，放松下来，笑了笑。而后她只和陈就聊学校的事，不再扯其他。

陈就单手抱着赵梨洁送来的书，后者拎着自己的书包。他们上了一段楼梯，刚过拐角，陈就停了停，转身朝后伸出一只手："给我书包，我帮你拿。"

赵梨洁抬头，笑着将书包递给他。

书房在二楼。陈太太说难得有同学来，让赵梨洁多留一会儿。他俩成绩都相当出色，陈太太便让他们去书房一块儿做作业、看书。

陈就替她拎包，两人继续往楼上走。楼梯上光线有点儿暗，赵梨洁差点儿踩错台阶，幸好撑住扶手。旁边的窗被窗帘遮得严实，只隐约漏出丁点儿光线。

"这里好暗，为什么不拉开窗帘啊？"赵梨洁问，"可以拉开吗？"

窗帘晃了晃，在赵梨洁好奇地伸出手想看看窗帘外的风景之前，陈就啪地摁下墙上的按钮："有灯。"

头顶的吊灯被打开，这里瞬间变得明亮起来。

赵梨洁看向造型精致的小灯，轻轻地发出"哇哦"一声，把要撩窗帘的手收了回来。

陈就没多说，带着她走向二楼书房。

陈太太原本想留赵梨洁吃晚饭，但赵梨洁竭力推辞，说家长不允许她在外蹭饭。连番推辞后，陈太太才略感可惜地和陈就一起送她出去。

晚饭准备得差不多了，还没等开餐，陈太太接到电话，抱怨了几句，忙不迭地回房换衣打扮。

半个小时后。

一身外出装扮的陈太太手上拎着个小包，敲开书房的门，正看书的陈就闻声抬头。

陈太太摆摆手示意他不用站起来："晚上有个饭局，你爸那边在应酬，突然打电话让我去。你一个人在家，等会儿记得吃饭啊，晚饭已经做好了。"

陈就颔首："知道了，妈。"

"一定要记得吃饭，别看书看得太久！"陈太太再三叮嘱，而后理了理鬓角，让司机把她送出门。

陈就一个人在家。今天当值的帮佣不是冬勤嫂。帮佣婶子上来询问他什么时候吃饭，他推说没胃口，婶子只好将菜放起来。

陈就在书房待了十几分钟，把书一合，趿着鞋下楼——没去楼下厅里，到楼梯拐角就停了。

他轻轻撩起拐角处的窗帘，外头天还没黑，一眼就能看到冬家的院子。

冬稚正在门前写作业。

她的房间窗户太小，朝向不对，室内一直很暗。冬勤嫂嫌她天不黑就开台灯浪费电，总是让她在门口写作业、看书，说院子里光亮。

冬稚坐的是小矮凳，再用一张高一点儿的木凳当作桌子。木凳是红漆的，时间太久，红漆掉得七零八落，她的书和试卷就铺在木凳上面。

陈就在窗前站了一会儿，给冬稚发消息。

"我教你做题。"

院里的冬稚因为手机的响动而停笔，看完消息，抬头朝陈就在的方向看来。陈就没躲，但她只看了一眼就低下头，飞快地摁了几下屏幕。

他收到她的回复，只有两个字："不用。"

不知是做完还是累了，没多久，冬稚收拾东西进了屋。

门口再没人影，只留下一张矮凳和一张掉漆的红色木凳子。

休息日结束，礼拜一充满疲倦和忙碌的气氛。

下午第四节课是自习，负责值日的人一向都将自习当作"劳动课"。

冬稚做完试卷，自习已经过半，这才带齐工具到操场外开始清扫。从操场边缘的铁丝网外起直至艺术楼前，这一片都是她负责的区域。

教学楼离操场远，在这里的人隐约能听到篮球场上传来的打球的动静，间或夹杂着哪个班体育老师吹的哨子声。

树枝上的叶子和花坛里的丛木不时轻晃，飒飒作响。

艺术楼里，不知从第几层传出悠扬的琴声。

有手挽着手的女生经过，朝艺术楼上望一眼，边走边感叹。

"真好听！"

“是赵梨洁吧，她的小提琴拉得好好……”

“学艺术的人就是好，下午最后一节课全都不用上。”

“人家文化分还高呢……”

冬稚仿佛没听到，在楼正门前一心扫地，竹扫把尖儿滑过地面，发出“刺啦刺啦”的声音，和琴声是两种极端。

她转过墙角用眼扫到楼的另一边，发现石凳上躺着个人。

这是个没穿校服的男生。

冬稚不爱管闲事，低头忙活自己的事。

听见声响，石凳上的人翻了个身侧过来，瞧见她，支起手肘托着脑袋，侧躺着不动了。

他盯着冬稚看，冬稚任他看。

“你鞋脏了。”他将她从头到脚打量了一遍，挑眉。

冬稚不理他。

他也没不高兴，就那么看着她从自己面前一路扫过去，从他的脚尖扫到他脑袋朝着的那边。

楼上的小提琴声一直没停。

他往上瞧了一眼，跟冬稚搭话：“这琴拉得不错，你觉得呢？”

冬稚认真地把地上的小石子扫进畚箕里。

石凳上的人或许压根儿没觉得她会理会自己。她抬头看过去的时候，他明显愣了愣。

她说：“我觉得很一般。”

他一个挺身坐起来：“你倒是不客气，人家拉得多好听啊，被你说得这么不客气。”

“我不是不客气。”冬稚淡淡地道，“我只是比她拉琴拉得好。”

他乐了：“你还真敢说，你……”

她的脚边是装垃圾的畚箕和铁桶，手里拿着的是笨重的竹扫把，鞋上还有灰，校服边角隐约泛白。

她一脸平静，也不在乎他信或不信，蹲下用手捡起难扫的三两个小纸屑。

石凳上的男生不笑了。他看着她，忽然觉得她说的是真的。

冬稚清理完艺术楼周围，绕道去倒完垃圾，在打铃之前回到了班里。

她和石凳上的那个人没有太多交流。

他和冬稚搭了几句茬，见冬稚没有聊天儿的兴趣，不多会儿又懒散地躺回去。

冬稚斜后桌的女生在赶作业，埋头苦写。冬稚去吃晚饭之前，接了她的钱，顺便帮忙带回来一份饭。只是她回来得稍晚，踏进教室的时候离晚自习打铃没剩几分钟。

对方没埋怨，忙不迭地接过来并一口一个“谢谢”，边吃边继续赶作业。

班主任和平时一样，在晚自习的第一节课出现。不同的是，班主任平时只露个脸盯一会儿就让班长管纪律，但这趟还带了个人来。

“今天新转来一个同学，要在我们班待一段时间，大家欢迎一下。”

班主任在讲台上带领学生鼓掌，让转学生做自我介绍。

男生站到讲台前，看着跟一米七八的班主任身高差不多，似乎比班主任还要高一点点。他的一双眼睛不小，而且是单眼皮，整张脸属鼻子长得最好，笑起来比不笑好看。

全班人坐着，需要稍微抬头才能好好打量他。冬稚在他站到讲台前时扫了他一眼。

他好像也瞧见了她，但和看别人一样，看她的眼神没有半点儿不同。

下午在艺术楼前，他躺在石凳上，看着也和现在差不多，都有些懒散，尤其笑起来的时候。他骨子里就没有紧张的感觉。

“大家好，以后就是同学了，多多关照。”他拈起一根粉笔，转身在黑板上写下两个字，回过头笑嘻嘻地对众人说：“这是我的名字，我懒得念了。大家随便记一记，记不住也没关系。”

班上响起一阵轻微的笑声。

黑板上的那两个字的字体细长，他写的是——温岑。

温岑被安排在倒数第二排坐，前面都没位子，就这里还是后边他们挪来换去腾出来的空位。

他没什么意见。坐哪里对他来说大概都一样。他从讲台上下来后，拎着个看起来就没装几样东西的书包往后座走去。

他经过冬稚身边，手肘不小心把她桌角的笔袋碰到地上。他蹲下把东西一样样装回笔袋，放回她的桌上。

“对不起啊。”他冲冬稚笑。

冬稚只觉得他高。他一站起来，她跟前都稍微暗下来了。

“没事。”她说。

他低头，拍拍书包上因蹲下沾上的灰，走到自己的位子坐下。

周二下午，冬稚回家吃晚饭。她在家吃晚饭一向迅速，不到五分钟就吃完，搁下碗筷就去帮冬勤嫂的忙。

冬勤嫂当值的时候，不用冬勤嫂开口，能分担的事情冬稚都会主动帮着分担。但冬勤嫂总催，冬稚慢慢就养成了在家吃饭争分夺秒的习惯。

陈家的厨房很大，和正厅之间隔着一小段距离，厨房的烟火气怎么都不会飘过去。

冬稚在择菜叶，冬勤嫂去储备间找东西，刚出厨房的门，陈就便进来了。

冬稚听见声音，抬头见是他，手里的动作停了一瞬又继续干起来。

陈就在她的身边蹲下，抿了抿唇：“冬稚。”

她不吭声。

陈就的声音也不大：“你生气了？”

冬稚择下一片菜叶子往盆里扔，权当回答。

“我只是不想你跟他起冲突。他是男生，而且身边有那么多人，你一个人肯定会被欺负。”陈就温声解释，“我……我确实不该没有问清事情经过就先对你态度不好。我只是有点儿急，你一直不肯回答，我才——”

“好了，我知道了。”冬稚打断他的话，轻轻推他的胳膊，由于怕弄脏他的衣服用的是手背，“你出去吧，我妈马上就回来了。”

“你不生我的气，我就走。”

冬稚垂眼，又择了片叶子，轻飘飘地道：“我不生气了，你走吧。”

陈就盯着她的侧脸，她斜眼看过来：“还不出去？你想害我挨骂？”

他从口袋里掏出一样东西——那条手链。

“你重新戴上，我之前特意给你买的。”

“我不戴。”

“为什么？”

“不戴就是不戴，没有为什么。”

“是不是因为赵梨洁也买了一条一样的手链？”

陈就没傻到家，虽说学校里一流行起来什么东西，几乎每个女生人手一份，但不喜欢和别人用相同东西的人也是有的。

他道：“那我再给你买一条手链，换个颜色？或者换个款式？”

“不用了。”

“你不喜欢这条手链，那就换别的。”他坚持要往她的手腕上弄点儿什么来戴。

冬稚很想问他为什么非要送自己东西，然而估摸着冬勤嫂快回来了。冬勤嫂是不会说陈就什么的，却会怪冬稚把陈就叫来这种地方。

厨房这种地方是陈就该来的吗？

当然不是。

冬稚无奈，从他手里拿过手链：“好了，就这条，你出去！”

“你戴上我就走。”

她没办法，扔下菜，把手链戴在手腕上：“可以了？”

陈就这才笑了。仿佛她收下就代表她真的不再生气，那天的事也能彻底翻篇。

“那我走了。”

冬稚低下头继续忙着干活儿，不轻不重地嗯了声。

陈就走出去又倒回来，从厨房外探进来半个身子。

冬稚蹲着昂头看他。

她皱着眉还没说话，陈就一笑，叮嘱道：“很好看，别摘下来。”

得了冬稚不生气的答复，一连三天，陈就下午放学到家后把东西一放就去找冬稚。

冬勤嫂没当值的时候，他就从后门绕到她家小院去待一会儿，在被他妈看见之前赶回去。冬勤嫂当值的时候，陈就便找空当偷偷溜进厨房。

冬稚从来不让他帮自己干活。即使他想，她也不会肯。他只能蹲在旁边和她说几句话，但冬稚不是能和人热聊的性格——至少现在不是了。她说不了几句，便没什么话了。

快到休息日了。这天下午放学，冬稚和几个同学被老师叫去科技楼帮忙整理东西，忙完回去后，班上的人已经走光了。

她收拾好东西，书包里只装了一本打算带回去边吃饭边看的书。

她快到校门口时被叫住，陈就从花坛边跑过来。

“我找了你好久，你电话怎么打不通？”

冬稚低头瞥了口袋一眼，没有要把手机拿出来的意思，说：“会议模式。”

“我去你班上也没找到你。”陈就说，“好了，去吃饭。”

冬稚蹙了下眉。

他看出她的不解，道：“我之前去省会参加全国数学竞赛，评选结果出来了，我拿了一等奖，庆祝一下。”

“我得回家……”

“我已经打电话跟勤婶说过了，没事。”陈就伸手拿过她的书包，“走吧。”

冬稚稍做犹豫。她从没和他一起在学校及附近吃过饭，不管是校内食堂还是校外的小餐馆。

他已经拎着她的书包走出去几步，停下脚步回头看过来，冬稚缓缓提步跟上。

他们走到校门的另一侧，陈就说的那家店就在离这里不远处。赵梨洁站在路边等他们，准确来说应该是等陈就。

“这边——”赵梨洁笑着冲他们俩挥手。

冬稚跟在陈就身后，不动声色地从陈就手里拿回自己的书包。

陈就垂头瞥了眼，松了手。

赵梨洁看见他帮冬稚拎着包走过来，也看见冬稚把包拿回去，但没多嘴。迎上他们俩之后，先和冬稚打招呼，然后才和陈就说话。

冬稚插不进他们的话题。

他们和其他人碰面后，一群人进店坐下。

人不多，只有七八个人。冬稚和陈就的朋友不熟。他们有说有笑的，她插不上话，安静地用纸巾擦拭餐具。

菜陆续上桌，其他人和冬稚不熟，不太搭理她，知道陈就和她有点儿交情，看在他的分儿上也没有对她不好。

冬稚左首边是陈就，右首边是个戴眼镜的女生。那女生筷子掉到地上的时候，冬稚手快帮她抓住——她给冬稚道了谢。之后女生偶尔跟冬稚说两句话，冬稚也都柔声回应。

菜吃到一半，陈就出去接电话。

赵梨洁不经意地露出手腕上的手链，桌对面的一个人看见了觉得好看，便问："梨洁，你的手链好好看啊。"

"是吗？"她说，"我自己买的，她们都夸好看呢！"

两个人正聊着赵梨洁的手链，这时那边有人看见冬稚手上也戴着一条手链，怎么看都觉得两条手链一模一样。

"冬稚手上的那条手链和梨洁的一样？"说话的女生和赵梨洁关系不错，嘴上的笑有点儿微妙。

一桌人都看过来，倒是冬稚身旁戴眼镜的女生打圆场："冬稚也买了一条？很正常，这个款式这么好看，女孩子都喜欢。我也觉得好看。"

冬稚没说话，冲她轻扯了下唇角。

陈就接完电话回来："在聊什么？"

有嘴快的人道："在聊冬稚手上的手链。"

陈就转头看向冬稚的手腕，见她戴着那条手链，弯唇："挺好看的吧？看到的时候我觉得她戴很合适，就给她买了。"

"你买的？"

满桌人都看着他，心思各异，大多数人是觉得诧异。

他们知道两个人认识，但不知道他们……原来这么熟？

陈就不觉得这有什么。是没几个人知道他和冬稚从小一起长大，但是事实的确如此。

陈就不遮掩："嗯，我买的。"

陈就的回答教桌上的人静了一静。

赵梨洁最先反应过来，缓和气氛道："这么看来我和陈就的眼光还蛮一致的。我也觉得好看。"

旁边的人陆续回过神，都开始调侃。

"那可不，你俩看的书都差不多。"

"上回听你们聊什么，反正我是没听懂，一句话都插不进去！"

"梨洁喜欢听的歌，陈就也很爱听……"

话题就这么被岔开。他们说得热闹，冬稚安心地吃着饭。在她眼里，与其闲谈，不如多吃两口饭。

饭毕，一桌人早早散了，回学校的回学校，去校外逛的去校外逛。陈就和赵梨洁一起去广播站。

他们并不急着赶路，步调适中，边走边聊。

学校的小湖边，垂柳青青。

他们说到饭桌上的事。

赵梨洁把手背在身后："一起长大的朋友感情就是好。你看他们都注意到冬稚那条和我一样的手链，还特意帮她解围，陈就你人真的很好啊。"

"解围？"他一愣。

赵梨洁笑着啊了一声。

还没等她说话，就听陈就说："那条手链确实是我送给她的。"

她停住步子，不笑了，不过瞬间又有了笑容，只不过笑得浅了些。

"是这样啊，我还以为你只是……难怪你那天一直盯着那个摊子看，你该不会跟我在大路上分开以后又倒回去买手链吧？我以为你没买，也是觉得它很好看，所以隔天去买了。哎呀，你都不告诉我，这下好了，买到一样的啦！"

陈就听她这么说，感到有点儿抱歉："我不知道你也喜欢……"

"没事没事，"赵梨洁大方地摆手，"虽然戴了一样的，但是在冬稚手上也很好看。这说明我们两个眼光很好，对不对？"她露出手腕晃了晃："而且我戴也挺好看，这是缘分哪，不打紧。"

陈就见她不介意，半带歉意地又道了句"不好意思"。

他们继续往广播站走，赵梨洁想起一件事："对了。我的小提琴老师在外面的琴行教课，过几天他们有个小演出，老师让我去和她琴行的学生一起表演，你到时候来看啊。"

陈就略一思忖："要看具体时间，如果有空的话可以。"

"那你叫上冬稚一起来？"赵梨洁弯着眼笑，"我和她还没有好好认识过，挺想和她交个朋友的。"

陈就皱起眉："这个……"

赵梨洁猜测："怎么？她不喜欢这些？"

"不是。"陈就舒展眉头，表情算不得轻松，"她以前学过小提琴。"

赵梨洁一听来了兴趣："真的假的？那更应该叫她来啊，她学过肯定也——"

"不了，她来不了。"陈就打断赵梨洁，婉拒，"她有别的事。"

这话一听就是借口，赵梨洁识趣地打住，没再继续话题，只笑了笑："这样啊，那好吧。"

冬稚斜后桌的女生叫苗菁。二人座位离得近，比起别人她们接触得算多了。偶尔有小事情，比如替换值日或者帮忙带饭这种事，两人都互相照应。

冬稚背后被笔帽轻轻戳了一下，侧转头，苗菁单手撑着脑袋："昨天你跟陈就一块儿吃饭了？"

"啊。"冬稚点了点头。

"我还以为人家说你们有交情是瞎猜的呢，怪不得你有麻烦他总帮你。"

冬稚垂下了眸子："算不上什么交情。"

苗菁用眼神朝第四组瞥了瞥："整天打扮的花里胡哨的那些人得多恨你啊。"

冬稚没说话。

她们离得近，苗菁就这么细细地看她的脸。不说旁的，冬稚的模样跟画上的人似的，谁不爱看呢。

冬稚在学校里有点儿名气，不过不是什么好事。在认识冬稚之前，苗菁听到别人用不堪的话形容冬稚，可怎么个不堪法，没谁能说出个所以然，偏就传得跟真的似的。

苗菁觉得冬稚还好。苗菁说不上来怎么个好，冬稚就是很平常的一个人，没有别人说得那么玄乎。

“那个赵梨洁，她也在吗？”苗菁岔开话题，“她人怎么样？我听说她人超好。”

“我不清楚。”冬稚道，“没跟她说什么话。”

“她好像小提琴拉得很好，说是打小儿学的，八九岁就开始考级。啧，瞧瞧人家，我那个时候就知道玩儿，人家却正儿八经地在学艺术。听说她今年已经考过十级了……”

“是吗？”冬稚似答非答地应了一句。

苗菁感叹完，想起上上节课的笔记还没做全，忙停止了闲聊：“哎，老班那节课你做笔记了没？借我补一下。”

冬稚说有，从书桌里找出给她。

她们没再聊别的话题。

冬稚去厨房帮冬勤嫂忙活了一会儿。要择的菜不多，冬稚洗好放旁边给冬勤嫂备用。又洗干净水池里为数不多的几个盘子，这里没有需要她的地方了，冬勤嫂就让她先回去。

“行了行了，吃饭去吧，菜在锅里热着，早点儿吃了早点儿去上学。”

冬稚应下，洗干净手回家。

菜都是中午做的，回锅以后颜色变深，色香味一样不占。不是冬勤嫂的厨艺不好，只是她把精力都用在陈家的厨房了——在家总是火急火燎地做饭，味道跟她在陈家做的饭没法比。

冬稚一个人坐在桌边吃着，放在一旁的手机忽然振了振。她顺手拿起一看，顿了顿，咀嚼几下，咽下嘴里的米饭。

她在课余时间才会登录的社交账号，有一条新的好友添加请求。

验证信息写着："我是赵梨洁。"

冬稚通过她的添加请求，没主动说话，很快那边发来消息。

赵梨洁跟她打招呼："你好。"

这条信息后边跟着一个热情的笑脸。

她的回应就显得冷淡得多："你好。"

冬稚不知道赵梨洁突然加她为好友是为什么。赵梨洁和她说话，她便回着。

"我是赵梨洁，我们上次吃饭的时候见过。"

"嗯，我知道。"

"突然加你，你会不会觉得我很冒失？我也挺不好意思的。"

"没事。"

"我问了好多同学才要到你的账号。"

"嗯。"

"这个时间你应该在家吃饭吧？"

"对。"

冬稚吃了两口饭，那边才发过来："其实也没什么，陈就说你们是一起长大的朋友，我蛮想和你认识认识的，只是一直没机会。希望你别觉得我烦，我们以后可以一起玩呀。"

赵梨洁热情、开朗、大方，所以她的人缘一直很好。

看着她发来的这句话，冬稚不知该怎么回应。

冬稚还没想好措辞，赵梨洁又道："对啦，听说你也学过小提琴，有空可以一起交流一下。"

冬稚抿紧唇。

赵梨洁听说？她听谁说？除了陈就也没有别人知道这件事了。

冬稚回道："不用了，我已经很久没碰了。"

赵梨洁说："没事，我一直在学，你生疏的话我可以教你啊！"

"我不太喜欢和别人来往，谢谢你的好意。"

冬稚这就是拒绝了。

冬稚有些用力地打完这行字，发送过去后，把社交账号退出登录状态，又把手机调到会议模式，啪地一下将它反过来扣在桌上。

冬稚比平时更早吃完晚饭，本该去学校，偏偏满脑子里想的都是和赵梨洁的那番聊天儿。

她去了有段时间没去的地方。

冬稚在店门侧边站了好久，最终还是推门进去。

“欢迎光——”

柜台里的人抬头正要招呼，见是她，感到诧异，而后笑了：“你怎么这个时候来了？”那人又说，“好久没来了啊。”

“最近学习紧张。”冬稚说着走到摆放乐谱的柜前，垂下眼细细地看。

这个点琴行没人，再者这家和韵琴行本身就不大。

阿沁在这儿上班快三年了，冬稚隔三岔五地就会来。最近这段时间冬稚来得越来越少，她有好些日子没见到冬稚了。

“今天去里面不？我舅舅不在，店里就我一个人。这两天没人上小提琴课，那把公用琴就放在先前的位置，你要不要去……”

冬稚摇摇头：“我等会儿要去学校上课。”

阿沁正欲说话，店门被推开，外头进来客人，看模样是祖孙俩。

“我去招待客人，你等一会儿。”

冬稚不是第一次来，嗯了声，继续看乐谱教材。

来的祖孙俩想挑小提琴，阿沁陪他们将不大的店面转了一圈。六七岁模样的小男孩儿看中最左边的一把琴，让阿沁拿下来给他看看。

小男孩儿把琴拿在手里，姿势不对，拉出来的声音也难听得要命。

“好难听啊……”男孩儿拉了两下琴弓，被刺啦的声音闹得皱紧眉头，慌忙停手。

“没学过的人是这样的。”阿沁解释，“要入门掌握了以后才能拉出好听的声音。”她看向带着孩子的老人：“请问是打算学小提琴吗？我们这里可以报班学的，有专门的老师教，以后想考级啊什么的还是要经过专业的培训比较好。”

头发略带花白的老人说：“他确实有点儿兴趣，一直要我带他来看小提琴。”说着老人笑眯眯地问男孩儿：“你想学吗？这里有老师。”

男孩儿撇了下嘴：“可是这把琴有点儿难听，跟在电视上听的琴声不一样……它是不是坏的？”

阿沁忙又解释了一遍，没学过琴的人拉出来就是这个声音，不是琴的问题。

见男孩儿生了退意，阿沁回头往摆放乐谱教材的地方看了两眼，招手道：“冬稚，快来！”

冬稚不明所以，放下手里的书走过来。

“这个姐姐会拉小提琴，我让她拉给你听听，这把琴没有问题啊。”阿沁挤出一个微笑，将那把琴拿给冬稚。

冬稚稍有些发愣。

阿沁说：“这小朋友以为琴是坏的，你拉给他听。”

阿沁只懂些理论知识——真要上手，这店里哪样乐器她都是不会的。

冬稚明白阿沁的意思，这是想要留住客人。冬稚没推辞，摆正架势，将小提琴架到肩上。因为不是成人的琴，她感觉略微有些别扭。

在男孩儿手里只能发出噪音的琴，到了冬稚手上全然不同。

悠扬的琴声飘荡在店内不大的空间里。刚刚还失望的男孩儿此刻用眼直直地盯着冬稚，看着她演奏，整个人都愣愣的。

冬稚演奏了一小段就停下。

小男孩儿立刻兴奋地问：“姐姐拉得好好听！这个是不是很厉害？是最厉害的吗？”

冬稚愣了一下，笑道：“当然不是。”

“那什么是最厉害的？姐姐你会吗？”

阿沁接话：“说厉害的话那就要说很久了，不过如果你想学的话，以后可以考级，最高是十级……”她用胳膊肘撞撞冬稚：“拉一首那个，考十级的曲子。”

冬稚被她用眼神催促，无奈，从十级考试的曲目里选一首拉了一小段。

小男孩儿的兴趣被重新勾起，他追着问：“姐姐，姐姐！学多久才会拉这个啊？”

冬稚说："这个不一定。"

"那你呢？"

"我学了好几年才学会的。"

小男孩儿满眼都冒着光。

阿沁趁机加大力度推销课程。

冬稚把琴还给她，回到乐谱教材柜前。

冬稚是从 7 岁开始学琴的。那个时候虽然过得也辛苦，但有人宠她，她从来不觉得自己比别人差什么。连她想学琴这样"异想天开"的愿望都能被满足。

学小提琴的人学得笼统些五六年就能考十级，可这种基本都是他们马马虎虎被赶着学出来的，水平经不起考量。

如果你真正精细地练，那考十级就得花费八九年。

冬稚拉出那首十级曲目的时候不到 9 岁——是她学小提琴的第二年。当时教她的老师对她比对谁都严格，要求高，十分上心。

冬稚记得有那么一天，那位老师也曾在课下退去了教课时的严厉和凶悍，很温柔地摸着她的头对她说："你一定要刻苦，你是我教琴十几年来见过的最有天赋的学生。"

他们上完连续六天的课，终于轮着休息一天。

陈就收到赵梨洁的三条消息，说的都是让他傍晚时候去琴行的事。一条消息告诉他确切的地址，一条消息告诉他开始的时间，一条消息是和他约碰面的地点。

她问了好几次，陈就今天没有别的事，便应下去为她老师的教学汇报演出助阵。

陈就收拾好后出门，和赵梨洁在琴行附近的一条街见面，这时时间还不到五点半。

"去吃什么？"赵梨洁拎着一个黑色的小提琴盒，里面装着她的琴。她特意约得早，就是为了和陈就一起吃个饭。

陈就将视线在她的琴盒上盘桓数秒才慢慢收回，觉得没什么特别想吃的："都行。"

“那我们去吃小火锅？”赵梨洁说，“就像澳门豆捞那样的餐馆，一人一个小火锅。我记得这附近新开了一家，应该很好吃！”

陈就嗯了声，说“好”。

赵梨洁说不知道具体位置，四处张望：“我问问那家店的地址。”

陈就见她腾不出手，便道：“我帮你拎着琴。”

“啊？哦，好！”赵梨洁抬眸冲他笑，二话不说就把琴递给他。

两人站在路边。赵梨洁问旁边路过的人那家店的地址，陈就站在她身侧，马路上车流不断，不禁有点儿出神。

赵梨洁问完后告诉他：“去那边要拐两条街，不过不远，要走过去吗？”

陈就慢了半拍回过神：“嗯？好。”

他和赵梨洁一起去过很多次书店、图书馆，还算聊得来。

这是他第一次这么心神不宁。陈就也不知道自己为什么突然想起冬稚。

或许他想起冬稚是因为这把琴。

以前冬稚还在学琴的时候，每次他要帮她拎琴，她都会拒绝。他见过她连摔跤都要护住琴，对她来说那是她最宝贝的东西。所以就连拎琴这种简单的事，她都舍不得假手于人。

“陈就？”

赵梨洁叫了两声，陈就才听到，忙敛了神色：“嗯？”

她笑着问：“你在想什么？”

“没什么。”陈就抱歉地冲她笑了下，岔开话题，“接下去怎么走？”

赵梨洁看了他几秒，没追问，说：“前面左拐，过一条街再右拐，那家店就在那附近。”

“那走吧。”陈就说着转身。

赵梨洁看向他的手：“琴会不会很重？不然我自己拿吧？”

“还好，不重。”他说，“没事。”

赵梨洁一笑，便任他帮自己拿着：“那麻烦你啦！”

陈就微笑：“不麻烦。”

入秋了，风有点儿凉，路上的人已经开始穿起稍厚的外套。

陈就穿一身浅色风衣，原本就个儿高，此时显得更加出挑。

平时他每天都穿校服，只有休息日的时候赵梨洁才能看到他穿别的衣服。赵梨洁边走边侧着头打量他。待陈就发现，问她看什么的时候，她不好意思地笑了笑，说："看你的衣服。你穿风衣很好看啊。"

"是吗？"

"是真的，没骗你。"赵梨洁特意强调，"你今天这身穿得好好看！"

陈就对穿什么、好看不好看不甚在意，闻言也只是笑，不说话。

他们走过第一个路口时，赵梨洁忽然提起冬稚。

"对了，我前些日子和冬稚互相加了好友。"

陈就一顿："是吗？"

她点头："我加的她，聊了几句。"

"说了什么？"

"没什么，就随便聊了几句。"赵梨洁怕他不信，"是真的没什么，可能聊了都没有二十句吧，冬稚好像不怎么爱聊天儿的样子。"她不好意思地道，"也可能是我太烦了。"

陈就解释："她不太爱和不熟悉的人聊天儿。"

赵梨洁打量着他说话时的神情，嘴角的笑意淡了一点点，但很快又重新变得浓重："你好像很了解她啊，果然是一起长大的朋友啊！"

陈就没有否认，扯了扯唇，没有笑。

赵梨洁看不懂他的神情是什么意思，有那么一瞬间，甚至觉得自己完全不知道他在想什么。

她又道："我也邀请冬稚一起去玩，不过她好像没什么兴趣。"

"很正常。"陈就说。

"然后我说有空的话可以互相交流一下学习小提琴的心得，她回了一句，后面我再跟她说话，她就不在线了。"

陈就一怔，停住脚步："你和她提了小提琴？"

"对呀……"赵梨洁愣愣地看他，"不能提吗？"

陈就没说话，将眉头拧起一个结。

赵梨洁忐忑地等了几秒，最后他却只叹了一声："算了，没事。"

后半段路，赵梨洁没再提冬稚的事，找了好几个不同的话题，气氛才重新好起来。

他们到小火锅店门前，陈就却说不进去了，把小提琴递给赵梨洁，正要推门的赵梨洁一愣。

“我想起还有点儿事要回去一趟，今天可能没办法去看你演出了，对不起。”

赵梨洁动了动唇，半晌没说话，好不容易挤出笑：“很着急吗？不能吃完饭再回去吗？”

“不了，你好好吃。”陈就颔首，言毕一刻都没多留，转身到路边拦下一辆车，扬长而去。

冬稚正在家里吃饭。听见院门被推开又合上的动静，她以为是附近的邻居有事来找她妈，还没起身就见陈就从外面进来。

她愣了愣，而后表情缓缓沉下去，默不作声地拿起筷子继续吃饭，连招呼都没跟他打。

这会儿冬勤嫂正在陈家当值。

陈就把正门掩起一些，屋里霎时暗了不少。

他走到冬稚身边坐下，看着她却不说话。

冬稚吃了几口饭，实在吃不下去，放下碗筷，无声地叹气：“你干吗？”

“对不起。”他说。

冬稚轻轻挑眉：“对不起什么？”

“赵梨洁加你好友了对不对？”陈就说，“小提琴的事，我不该嘴快告诉她。对不起。”

“没什么好对不起的。”冬稚垂下头，把滑下来的头发丝拢到耳后，重新端起碗执起筷子，“又不是什么大不了的事。不就是学过几年琴，然后不学了。”

陈就听她这么说，心里不是滋味。

冬稚夹了一筷子菜放在米饭上：“你不走？”

“我去哪儿？”

“你在这儿干吗？”

陈就说："反正也没什么事，陪你吃饭。"

冬稚并不是很想让他陪，谁喜欢吃饭的时候被人盯着，都没胃口了。

但是陈就不肯走，她起来赶他也不像话。等会儿要是惊动陈家的人，不止她妈要骂她，别的当值做事的人背地里不知道要怎么嚼舌根子。

冬稚瞥了门一眼，门半开着，从外头也看不见里面，就索性由他去。

她慢条斯理地吃饭。难得有清闲的时候，不用上学，做完了作业，还不用帮妈妈的忙，没人在旁边催她吃快点儿。

若是没有人盯着她就更好了。

陈就不知道她心里的想法，看她吃得挺香，忽地道："好吃吗？"

冬稚说："还行。"

"我尝尝。"

冬稚皱眉。

陈就见她这副不赞同的神色，马上加一句："我还没吃饭呢。"

"回去吃啊。"

他说："不想回去。我妈不知道我回来了，你没看到我从你家院门进来的吗？他们以为我还在外面。"他又催促，"夹一筷子，我尝尝。"

"你不爱吃。"

"谁说的？我又不是没吃过勤婶做的菜。"

冬稚还想找理由拒绝，见他伸手就要去握她拿筷子的手，只好道："好了，我来。"

冬稚将筷子反过来，夹了一口菜递到他面前，直到对上他那张脸才反应过来。

她喂他像什么话。

她应该给他筷子才对，或者重新拿一双筷子，何必偷这点儿懒。

陈就却没觉得哪里不对，凑近了，就着她伸来的筷子把菜吃进嘴里。

他斯文地咀嚼、吞咽，然后才说话。这是他的规矩，也是习惯。

他皱起眉：“怎么跟平时吃的味道不一样？”

冬稚回过神，垂下眼：“我妈今天急着出门，跟佳嫂她们一起去买菜，煮菜马虎了一点儿。”

陈就哦了声，信了。

冬稚将筷子调转回来，继续吃饭。

陈就静静地看着她吃。她吃东西的时候不说话，也不看他，眼里只有手里的碗和面前的菜盘子。

他觉得她也太过专注了些。

陈就忽然想起什么，用胳膊肘碰碰她：“冬稚。”

她停住动作，抬头，只发出鼻音：“嗯？”

“我这身衣服好看吗？”他笑起来，“好不好看？”

冬稚一时不知道怎么回答，想了想才道：“没看你穿过这身衣服。”

“嗯，新的。”他追问，“不好看吗？”

她没说话。

陈就突然在意起来。

一瞬间，他着了魔般就想听她说一声“好看”。

第二章 小提琴

冬稚拿他没办法，从脖领到腰身随意地打量一番，点头说他这身衣服确实好看，他才消停。

她很快吃完剩下的几口饭，用塑料盖将剩菜盖住，进厨房洗碗筷。陈就跟在她身后，真真是太闲了。

“你往后去一点儿。”拧开水龙头，撸起袖子的冬稚用手肘挡住他，“水滋到你身上了。”

陈就退后一小步，在她的身后看她洗碗。

“等下跟我一块儿出去。”他忽然说。

“去干吗？”

“头发有点儿长了，我去理一理。”

冬稚关上水龙头，拿着碗筷甩了甩：“你理头发，我去干吗？”

陈就亦步亦趋地随她到橱柜前：“你有别的事？”

“没有。我想在家看看书。”

他皱眉：“那我不理头发了。”

“也行，那就回家吧。”

冬稚关上橱柜门，刚转过身，就听他道：“不回，在你家待着。”

她看他一眼，无奈：“你别耍赖。”

陈就拉着张脸不说话。

“陈就。”

陈就不吭声。

“陈就？”

陈就仍不吭声。

冬稚伸手拉住他的外套一处，扯了扯，语气缓和许多：“好了，我陪你去，少爷。”

“别这样叫，我不喜欢。”陈就对她的称呼有异议，脸色倒是似多云转晴。

冬稚进房间换上外套。

陈就在她的房门口看着。她的房间不大，一眼就能瞧全乎。窗户对着邻居家的墙，窗户与墙之间是窄窄的缝隙，日光根本透不进来。窗户下放着一张用了多年的书桌，桌角立着的台灯很干净，她应该经常用布擦所以它才没落灰。

床上的被子是蓝白色，和枕头成套，被褥被叠得整齐，一丝不乱。

屋里阴凉，总透着一股潮湿气。

她的琴装在琴盒里，被放进了衣柜的某一层，那是她房间最干燥的地方。

冬稚往口袋里装了个手机，把钥匙拿在手里方便一会儿关门，其余的什么都没拿，也没有要拿的。别的女孩儿在这个年纪已经开始背各式各样的包了，而她只有一个书包。

“走吧。”她领着陈就往外走。

她打开半掩着的门，让陈就先到院门外等，锁了大门，缓步走出来。

两个人特意绕开陈家正门，从另一边走，彼此心照不宣。

陈就去的理发店不是他妈常去的那间。他带着冬稚，去了一家门面不太大的店。

刚坐下，陈就见冬稚要往候客沙发上坐，对理发师道：“给她做一个护理。”

冬稚抬头，立刻拒绝："我不用。"

"带她去。"陈就当没听到她的话。

"我……"

洗头的女技师上来揽着她，热情地把她往二楼带。她推拒不得，不习惯和陌生人有肢体接触，只得走在前头，躲避对方过分亲热的动作。

冬稚很少，甚至可以说是从没在理发店洗过头。女技师带她上楼后，真正上手的人却是个男生。洗头小哥比她大不了几岁，头发染成棕色。

她僵硬地躺着，躺了可能是五分钟，也可能是十分钟，总之到后面才慢慢放松下来。

期间，旁边的一位客人洗完头被领下楼。

冬稚的头发被紫色的毛巾包起，小哥问："做个按摩吧？"

"啊……"她稍稍愣怔。

小哥笑道："做吧，都是套餐里的。"

他说着就替她做了决定。

冬稚好不容易放松的筋骨又绷紧。

"没事，您躺着别动，放松一点儿。"小哥冲她笑笑，执起她的手。

门忽然被打开了。

陈就理完头上来看看，一推门，把到嘴的话咽了回去，轻轻皱了下眉头："干什么？"

躺着的冬稚转头看向他。

小哥正拎着冬稚的一只胳膊，捏着她的掌心。他解释："我在给这位客人按摩……"

冬稚趁机收回手，坐起来："算了，不用了。"

洗头小哥只得笑笑："那您跟我下楼。"

"你先去吧。"冬稚说，"我穿好外套马上下去。"

小哥没多说，先下了楼。

冬稚坐着穿衣服，头上还包着毛巾，陈就走到她面前。

他在她对面的洗头床上坐下，离她非常近。

冬稚穿好外套站起来，她的腿和他的膝盖碰了一下，见他不动，奇怪地说："走啊。"

陈就看了她半晌才站起来："下回别随便让人摸你的手，傻不傻。"

冬稚盯着他走在前面的背影，觉得他有点儿小题大做了。

之前旁边先下楼的那位客人做按摩时也是一样，技师从手臂开始按摩，然后是背，她瞥见过几眼。

他们从理发店出来，陈就正准备研究去哪儿，突然他的手机连连振动。

冬稚说："你要是有事的话就去吧。"

他不承认："没事。你想去哪儿？"

他们很久没有一起出来，冬稚也不知道去哪儿，但还是配合地思考起来："不如……"

她的话没说完，他的手机又响起来。这次不是社交软件的消息提醒，而是有人打来了电话。

陈就说："我接个电话。"

说完她走到一旁。

冬稚不知道是谁打来的，也不知道他们说了什么，陈就接完电话回来就皱着眉头。

他说："我……朋友出了点儿事，我过去一下。"

她点头，说："你去吧。"

"我先拦辆出租车送你回去。"

"不用了，我自己拦。"冬稚轻轻推他，但没推动，"你快去吧。"

陈就犹豫了两秒，道："那你回家小心一点儿。"

她说了声好，嘴角淡淡地含笑目送他离去。

陈就跑到路边，飞快地拦了辆车上去。

车拐过街角，消失在她的视线里。

冬稚在马路边站了几秒，听到路过的空车鸣喇叭，把手揣进兜里，走路回家。

周一。

晚自习上课前的这段时间，校门口是最热闹的。天刚擦黑，天空没有云雾，月亮探出头，伴星子三两点，将暗不暗的。此时的夜色极美。

入秋开始，卖热食的小摊贩们不再吆喝，锅炉铁板各样家伙都冒着白气，直往上飘，飘上去又在路灯下散开。

此时是最有烟火气的时候。

身边穿校服的人来来往往，有的拎着一袋煎饼，有的捧着个饭团，有的打包了汤汤水水，小心翼翼地托着包装袋，生怕汤汁洒出来。还有的人出去的时间早，吃完进来后满足地用纸擦完嘴，把纸往垃圾桶中一丢，两手揣在校服外套的口袋里，比别人多了几分悠闲。

冬稚随前行的人群进入高二教学楼，到班上一看，自己的后座换了个人，不是原来的那个男生。

苗菁还没来，冬稚的后座也就是苗菁的同桌。那里原本坐着个寸头、戴眼镜的男生，沉默寡言，一天也跟她们说不了两句话。现在这个位子换成了新转来的人。

冬稚看在眼里，嘴上没多问，到自己的座位坐下。

椅子还没坐热，她的背后突然被人用笔戳了戳。

她回头，用一秒半想起转来的那个人的名字——温岑。

他冲她一笑。

温岑笑意晃眼，用戳过她的笔帽正对着她："同学，你做完英语作业没？借我抄抄。"

冬稚沉默了三秒，没吭声，从书桌里找出英语练习册递给他。

他道了声谢，话不多说，埋头苦抄。

没多久苗菁来了。她属于自来熟的人，见旁边的人变了，一放下奶茶就问："你怎么坐这儿？换座位了？"

温岑的回答伴随着笔尖在纸上摩擦的声音一同响起，他说："那谁……我也忘了他叫什么名字，就是你原先的同桌说想跟男生坐，我就跟他换了座位。"

苗菁哦了一声。

她安静了半分钟，见冬稚在看书，不好打扰她。苗菁一扭头，好奇地对新同桌说："你叫温岑？"

"对。"

她又好奇地往他桌上瞅："你在抄谁的作业？"

"喏，她的作业。"温岑微抬下巴对着冬稚，说，"错的地方还不少。"

苗菁没忍住，扑哧一下笑出声。

冬稚一顿，回头，面带赧色地要把练习册抽回来："你别抄了。"

"哎，别呀。"温岑摁住练习册不让她拿走，瞥了她一眼，"抄都抄了……行行行，我不说了好吧。"

冬稚抿抿唇，到底没真的用力，松开手，转过身去不再理他。

上课前温岑把练习册还给冬稚，冬稚接了就往书桌里塞。

背后又有东西戳她，她回头一看，还是温岑。

"干吗？"

"刚刚忘了说。"他又笑，"谢谢啊。"

冬稚嗯了声，似应非应。

不一会儿，苗菁被朋友叫出去说话。冬稚看看时间，还有两三分钟就要上课，找出一会儿要做的作业，刚在桌上把作业堆成小山，背后又被笔戳了一下。

冬稚有点儿不高兴，回头看他，语气稍稍硬了一些："干什么？"

温岑趴在桌上，问她："你觉不觉得含糊一点儿念我的名字，特别暧昧？"

"不觉得。"

"是吗？温岑，温存……不觉得吗？"

这个人有点儿莫名其妙，但看着还好，不讨人厌，好像并没有什么恶意。

冬稚沉默了一下，说："还好吧。"

温岑点点头，短暂地聊完这个奇怪的话题，没再缠着她继续说什么。冬稚专心地做自己的作业，他单手托腮，翻开草稿纸涂涂画画。

苗菁回来后，上课铃响了，加上冬稚闷葫芦一样的同桌，四个人都安静了。

晚上放学，冬稚和苗菁一道出校门。她们收拾东西慢，收拾完，学校里的人已经走了一半。

校外有一排小卖部。他们经过第三家店，苗菁要买矿泉水，冬稚等她。

小卖部里面有几个把校服脱下来，穿着私服的女生在聊天儿。

“我跟你们说！你们没看到，刚刚赵梨洁坐陈就的自行车回去了……”

“真的假的？陈就的自行车不是不载人吗？他真的载了赵梨洁？”

“对啊，赵梨洁脚扭伤了嘛，刚刚才走。”

苗菁把零钱付给老板，一转头，见冬稚盯着地板发呆，小声地叫她：“冬稚？”

冬稚没有反应。

苗菁伸手在她的面前晃了晃。

冬稚蓦地抬头：“嗯？”

“怎么了？想什么呢？”

“没什么，走吧。”冬稚挤出一丝笑，收敛好表情，又是一贯的平淡模样，仿佛自言自语，用只有自己听得到的声音说，“没什么好想的。”

冬稚和苗菁不顺路，但有时候苗菁没有约别的伴儿，她们会一起走一段，到路口再分开。

就像现在，两个人买完水去推自行车准备一起走。

高二教学楼下有一片停车场，由于位置有限，很多人把自行车停在校外。小卖部前整整齐齐，一排都是自行车。

苗菁先给自己的粉色“小绵羊”开锁，扶着车在旁边等冬稚。冬稚的自行车是深蓝色的，苗菁笑吟吟地瞧它一眼，叫它：“哟，小红。”

冬稚扯了下嘴角，推着她的“小红”到苗菁处：“走吧。”

她们的身旁都是车流，除非家住得近，很少有人不骑车。

她们到第一个岔路口，该分道走了，虽然苗菁闲谈还不过瘾，也只能打住。

“我走了啊。”

冬稚点点头：“好。”

苗菁跨上自行车，脚一蹬骑出去一段，回头冲她挥手：“路上小心——”

冬稚等她的背影远到看不见才骑上车，刚踩两下脚蹬忽然感觉不对劲，轮胎一震一震地抖，仿佛经过的地方全是坑。

冬稚从车上下来，一检查，后胎瘪了。这个点修轮胎的人早就收摊了，她瞅瞅四周，觉得头疼。

她只能推着自行车慢慢走。

冬稚离学校越远，放学的人潮越稀疏。周围的店铺差不多都关门了，路灯黄色的光落在地上。

她经过第二个路口时，背后隐约传来说话声。

冬稚回头看过去，一群男生边走边打闹。

他们离得不远，不知道从什么时候开始出现在她的背后。在这条安静的道上，他们的说笑动静不算大，但有一种让人慌张的喧嚣感。

前面的路越发窄，路灯坏了，所以暗了许多。

她背后的说话声渐渐变近，他们似乎加快了步行的速度。

冬稚不想听，但四周过于安静——他们说的每一句话她都能听得清清楚楚。

“扬飞，我的手机呢？”

“在老刘那儿，你问他。”

“我没拿，别翻我的包！”

“扬飞，上去不？”

“等一下。”

“等什么？直接过去，她还能跑？”

“就是啊……”

冬稚握紧车把手。后胎破了，如果她强行骑上车，车轮钢圈轧在地上哐哐作响，轮胎只会坏得更彻底。

她若是露出一点儿怕的样子，她的惊惧全都会变成让他们促狭发笑的乐趣。

深吸一口气，她心想：没事，我不怕。

她扔郑扬飞背包的那天就做过心理准备。他们可以捏爆软柿子，软柿子也能糊他一脸稀巴烂。

冬稚重新调整步伐节奏，一边背着英语单词，一边往前走。

她背到第三个单词时，背后响起车轮碾过地面的声音，随即听见嘎吱一声，一辆自行车突然出现，停在她身边。

冬稚下意识地往旁边躲了躲，扭头一看，骑自行车的人冲她笑："嘿。"

来人是温岑。

她看清来人，脸色稍缓和，轻声回应："嘿。"

温岑看看她，再看她的车："坏了？"

她点头。

"这个点儿……"他四处看看，嘀咕，"没地方修啊。"

冬稚没想到会遇到他，因为和他不太熟，一时不知道说什么。

温岑道："这样，我认识前面一个书店的老板。看看关门没，把车停他店里，明天再修。"

他从自行车上下来，架势看起来一点儿都不陌生，仿佛对做这种事很熟似的，陪她一起推着车走。

见冬稚略微有些发愣，温岑催促："愣着干什么？风这么冷，想冻死我？"

"没有。"她回过神，低了低头，推起车跟上，走在他的旁边。

温岑絮絮叨叨，从天上扯到地下，从昨天做的梦扯到今天吃的饭。冬稚嗯、哦地应着，他也不觉得她敷衍，一个人说个不停。

他们到了温岑说的那家书店，店门被关了一扇，眼看着就要关门。温岑把车停下："你在这儿等我。"

他推起冬稚的车跑向书店。

冬稚在他的自行车旁守着。

温岑和老板说了些什么，两分钟后跑回来，伸手："钥匙。"

她从口袋里掏出钥匙递给他。他接过去又跑回店里，把她的车推到书店的角落停好。他把车锁上以后，老板用手机拍了张照，他道了几声谢，拿着钥匙回到她面前，把钥匙还给她。

“我跟老板说好了，你明天中午放学记得去推车！要不是我前两天在这儿买了全套的两部漫画，老板还不一定肯让放……”

温岑往后面瞥了一眼，不远处的树下，一群男生在说着什么，不时往这边看来。

他蹙了一下眉，转瞬恢复了若无其事的样子：“走吧，我带你回去。你家住哪儿？”

冬稚愣愣地看着他。

“愣什么神？”他在她面前一挥手，跨上车，往后一别脑袋，“上来。”

冬稚的视线落到他的车后座上：“这……”

“站上来就行，没事。你抓着我肩膀，不会掉下去，我骑得很稳。”

他的自行车和苗菁的是差不多的款式，都是“小绵羊”，后座低。

冬稚扶住他的肩膀的边缘，站上后座。她的视野一下就高了，她低头能看见他的头顶，抬头一探手就能揪到树枝垂下来的叶子。

“你抓紧我的肩膀。”他说。

冬稚沉默了下，跟着用两手严严实实地抓住他的肩。

“站稳了！”

他带笑的声音一响，车倏地向前冲去。

男生比女生有力，温岑载着她，踩着脚蹬一点儿都不累。

“你怎么惹到他们的？”温岑问。

“嗯？”

风在耳边吹得有些吵，冬稚过了一会儿才听清。

“我扔了他的包。”她顿了一下，“你认识他们？”

温岑笑了一下：“打篮球嘛，在球场上见过。不过我刚来，就跟他们打过两次。是郑扬飞那些人吧？你扔他的包干吗？他怎么得罪你了？”

冬稚不语。

“不想说？行吧。反正他看着就人厌狗憎的，不像好人。”

冬稚垂眼，只能看到他的头顶，他的头发很软，被风吹得有些乱。

“他对我说了很不好听的话。”过了几秒，她道。

"这样啊？那他活该。"

他们路过一个小土坑，温岑没看清，车就那么碾过去，震了一下。

冬稚问："你是特意来帮我解围的？"

"也不算吧。"温岑说，"之前你和苗菁在路口，我看你的车好像坏了，本来想过来问问的，但我在买东西，买完出来你就不见了。再往前走看见郑扬飞他们一帮人，没想到你也在这儿。我看他们好像在跟着你，就过来了。"

冬稚哦了声。

"哎，我口袋里有口香糖，葡萄味的，你吃吗？我给你拿。"

温岑说着，松开一只手要去掏口袋。

车晃了晃。

冬稚差点儿站不稳，吓得抓紧他的肩："我来！我来……"

温岑忙两手握住车把，放慢速度："哦，那你掏，我骑慢点儿。"

冬稚微微屈膝，将手伸进他的外套口袋里，摸到一盒葡萄味的口香糖。她抽出一片，银白色的锡纸被拆了一半，她的动作一顿："你要吗？"

温岑骑着车，迎着风张嘴："啊——"

冬稚把纸皮剥了，将口香糖递到他嘴边。他叼去吃了，她才剥了第二片给自己。

温岑把冬稚送到她家附近，到路口她就从他的自行车上下来了。

落地的瞬间，冬稚跟他道谢："谢谢。"

他也没客气，只笑不说话。

冬稚往家的方向走，走出去几米，没听到身后有动静。她回头一看，温岑跨坐在自行车上，还在原地。

灯光昏暗看不清她的表情，但温岑大概知道她想说什么。他冲她摆手："你快回去吧，我马上走。"

她看了他几眼，没说话，默默转身，贴着别人家的墙继续一步步往前走。

冬稚没有再回头，也不知道温岑是什么时候走的。她到家，吃饭的时候还不觉得，洗漱的时候才咂摸出，嘴里全是浓浓的葡萄味。

“谢谢。”赵梨洁单脚落地，站稳以后，松开拽着陈就外套的手。

陈就送她到家门口，扶着车看向她的脚：“你能进去吗？”

“可以的。就这几步路，没事。”赵梨洁笑笑，看向他的脸，停了几秒，慢慢敛了笑，欲言又止。

“怎么了？”陈就问。

赵梨洁低头看向脚下：“嗯……”她组织措辞，几秒后抬头，“我让你送我回来，是不是有点儿过分了？”

陈就顿了一下，宽慰道：“没事，你别多想。”

“本来也是。我自己吃完小火锅出来扭伤了脚，跟你没有一点儿关系。”赵梨洁说，“你那天赶来陪我去医院，我已经很感谢你了。刚才放学的时候，我问你能不能载我，其实是开玩笑，我看得出来你有点儿为难。”

“没有，你……”

“没有？”赵梨洁笑了下，“那我脚伤恢复之前，你可以一直载我吗？”

“这……”陈就露出犹豫的神色。

“看吧。”她叹气，笑意不减，“我开玩笑的，你别为难。”

陈就抿抿唇，刚想说话，被她打断。

“我有个问题很想问你。”她道。

他稍做停顿，道：“你说。”

赵梨洁盯着他的眼睛：“陈就，你喜欢冬稚吗？”

她突然这样问，陈就猝不及防地愣了愣。

尽管只是短短一瞬，他显得略微少见的慌张，舌尖似乎被绊了绊：“我……我们……”他好不容易把话说顺，“冬稚跟我，我们从小一起长大。她的性格其实没有别人说得那么不好，她以前……我和她相处这么多年，的确是有感情在的。”

“我问的不是这个。”赵梨洁不肯给他逃避的机会，打破砂锅问到底，“你知道我的意思。我问的是，你是不是喜欢她，把她当成一个异性。抛开你们一起长大的情分来看，你对她是怎么想的？”

“我……”陈就的眼神有些迷茫。

赵梨洁等了几秒，没待他回答就先说：“你知道吗？一旦和冬稚沾上关系，你就变得很奇怪。就像郑扬飞的事情，她为什么扔郑扬飞的书包，我听说似乎是郑扬飞说了不好听的话，但是一个巴掌拍不响——如果她没问题，怎么偏偏郑扬飞就找她呢？退一万步来讲，不管什么事情，就算郑扬飞做得过分了一点儿，难道冬稚就不能和他好好说吗？为什么不好好沟通解决问题，一定要把郑扬飞的包扔下楼？这个举动有点儿过激了。”她不赞成地看着陈就，“我听说你差点儿和郑扬飞起冲突，之前我其实就想问你这件事，一直没说。平时你根本不会这样，你是最讲道理的，但就因为事情和冬稚有关，你就变得那么冲动，一点儿都不像你。”

陈就脑海里闪过那天冬稚在院子里发脾气的样子，他记起她那双气红的眼，替冬稚解释：“是郑扬飞过分了。他如果不那么过分，冬稚也不会发脾气。”

“我知道。我知道你理解冬稚，我也理解她，人都是会有脾气的。但是也要客观一点儿看问题对不对？”赵梨洁说，“我知道冬稚是个很好的人，你和她能相处那么多年，她肯定有很多可取之处。只是她现在在学校里的这种处境，那么多人说她，议论她，难道她就一点儿问题都没有吗？很多事情她明明可以换一种方法很好地解决，但她就是不，所以才造成现在这种局面。真的，很多事情明明都可以避免的。”

陈就没说话。

赵梨洁叹了口气：“我也不想太八卦，可是我们认识挺久了，难得有个能这么聊得来的朋友。”她顿了一下，看向他，“如果你担心骑车载我冬稚会生气，以后在学校我会尽量跟你保持距离，没关系。”

她说完转身就要往门里蹦。

她的面前就是一个坎。她一蹦，没站稳，惊呼一声，整个人往前栽去。

陈就一惊，忙伸手去揽她的腰。

赵梨洁被他揽住，肩撞到门框，好在没摔着，扶着陈就的手臂站稳。

“没事。我自己进去，你回去吧。”她不看陈就，闷头就要继续往里冲。

陈就拦住她，叹气：“你先站好。”

赵梨洁不再动，却低着头。他的袖子被她越攥越紧。

陈就试探地叫了一声：“赵梨洁？”

她垂着脑袋，摇了摇头。

“你没事吧？”

她别开脸。

陈就听到她吸鼻子的声音：“你哭了？”

“没有。”她抬头的一瞬慌忙转开，用一只手扶着他的胳膊，另一只手擦了擦眼角，“风有点儿大。”

陈就瞥见她微红的眼睛。

他沉默了一会儿，放软语气：“我也没说别的，你哭什么？”

她往下掉眼泪，真的哭了：“陈就，我不想被你讨厌。”

“我不讨厌你。”

她还在哭。

陈就想找纸巾，但身上没带，只好强调：“真的。”

赵梨洁眼红红地看他，抿抿唇，自己把眼泪擦干，有些不好意思：“对不起，我没忍住。”

她可怜兮兮的模样有点儿好笑，陈就扯了下嘴角：“没事。你别哭了就好。”

松开他的胳膊，她去扶墙：“那我进去了。你快回家吧，已经很晚了。”她蹦过门槛，停住，回头看向他，“我的脚没那么疼了，谢谢你送我回来。”

她脸上带着真诚又有点儿说不清的傲气，陈就心一软：“明天下晚自习我送你。你进去吧。”

赵梨洁愣了一下，脸上还有眼泪，一下子又像笑又像哭，用力点头。

冬稚到家比平时晚。照往常的时间，冬勤嫂也已经睡了。

她轻手轻脚地开门，洗漱也不敢发出大动静，怕吵醒她妈。

冬稚换上睡衣，躺在床上，直直地看着天花板，几乎没有困意。她转了个身，对着衣柜发呆。半晌后，她掀开被子起身，开了台灯，打开衣柜门，从靠下的一层拿出装着琴的琴盒。

她把琴盒放在柜子里是怕屋里太潮，琴坏了。她一个人在家的时候常把琴盒拿出来擦一擦，担心它落灰。

这把琴不是成人用的琴。她在现在这个年纪，身量和成人无异，所以用这把琴有些不太顺手。不是贪图便宜故意买小，是收到这把琴的时候，她还是个半大的小孩儿。

冬稚抱着琴盒蹲在柜子前，没把它打开，只摸着盒身。

她去老师家上课的记忆仿佛已经过去很久了。

别的好多事情也仿佛过去很久。

她不清楚具体是什么时间发生了改变，但在这之间改变的人和事，倒再清楚不过。

她刚开始学琴的时候，陈就刚学会骑自行车。他小时候不爱出去闹腾，没多少朋友，整天在家抱着书看，收到大人的礼物，第一个就想着拉她一块儿玩。

那会儿陈就似乎没什么运动细胞，也许是不常运动，所以笨拙。不像现在，他在篮球场上一跑起来，所有人的视线都离不开他。

陈就学自行车比别的小朋友慢。等她也学会以后，他憋了口气，不知道跟谁较劲，紧跟着也学会了。

有时候他在门前骑车，遇上她出门学琴或者下课回来，总拦着她要载她兜两圈儿。

八九岁的男孩儿女孩儿，从小一块儿长起来的，在一起玩很正常，那会儿陈就的爷爷也还没走。老人家碰上了他们，偶尔会站在门边看，劝冬稚："你给他个面子，让他载你两圈儿。骑得不稳摔了，回来我收拾他。"

等坐上去后，陈就载着她，她抱着琴，便在附近来回兜圈子。他故意骑得快了，她就紧紧揪住他的衣服，迭声地喊："慢一点儿！慢一点儿！"

风里都飘散着她嚷嚷的声音。

年少不知愁滋味，日子好像每一天都那么美好。

有的时候她碰见陈就载了别人——尽管载的都是男孩儿，等他放下人，再过来要她上车，她就会耍脾气，说："别人坐过的车，我才不坐。"

陈就怪她蛮横，抱怨："你怎么这样啊？"

一梗脖子，她还振振有词："我爸的车后座就只载我。"

她这样说了，后来陈就的自行车再也没有载过别人。

她的思绪回到现在。

她说的那些幼稚蛮横的玩笑话，最终还是变回了玩笑。

冬稚不再去想，低着头，摸摸琴盒，不多会儿就把它放回了衣柜。

关上柜门，又关上台灯，她躺回被窝，余温尚在。

闭上眼，她平静地等待入梦。

人生不如意事十之八九，深重的苦难，一辈子多了去。

她碰到的这些小事，也就不算什么。

冬稚再见到温岑，感觉有些不一样。他们之间的距离仿佛被拉近，陌生感一下退去许多。

他没特意找冬稚说话，一如平常。

中午放学，苗菁邀冬稚一块儿走，冬稚说："我车坏了，拿去修了。"

"小红坏了？"

温岑横插一句："小红？她的车不是蓝色的吗？"

"蓝色的就叫小红多好，叫小蓝多普通。"苗菁瞥他一眼，继续对冬稚道："我陪你走到路口。"

冬稚没推脱，两人还是一块儿出了校门。

她们走到校门外停车的地方，听见旁边的人在聊，陈就又骑车载赵梨洁了。

苗菁小声跟她嘀咕："陈就跟赵梨洁两个人怎么回事啊？"

冬稚拿着纸巾擦拭苗菁的车坐垫，没抬眼，对苗菁的嘀咕，只回了三个字："不知道。"

苗菁发觉冬稚似乎不怎么想聊陈就，就收了话头。

她们一块儿走到路口，道别后分开。

冬稚的车修好了，下午她照常把车骑来。

和以往一样，苗菁没邀伴的时候，她们就一起短短地走一程。苗菁和别的朋友有约，冬稚就一个人慢慢骑车回家。

连续几天，陈就中午放学都骑自行车送赵梨洁回家。他下午放学不送赵梨洁，是因为她不回去，在学校或者校外附近解决晚饭。

全校大半的人都知道陈就的车后座上，有了一个常客。

周六。

晚上他们不用上自习，校园里充满"自由"的气氛。

冬稚收拾好东西出教室，学校里的人已经走了大半。她取了车，经过小卖部门前，见温岑坐在第二家店门口，百无聊赖地玩手机。

她侧头看向店门口，步子慢下来。

温岑感受到注视他的视线，抬头，见她盯着自己，笑了："干吗？"

她干脆停住脚步："你不回家？"

"回不回都无聊。"他耸肩，"坐一会儿。"

冬稚没说话，也不知道说什么。她想道个别走人，谁知道他把手机往口袋一揣，起身过来了。

"轮胎没再出问题吧？"温岑打量她的后车轮，"我骑一下？"

冬稚愣了下，也没拒绝，将车把手让给他，退开一点儿："骑吧。"

温岑跨上车，踩着脚蹬用力一蹬，骑出去好一段距离。一个急刹车，他脚点地，一转车头骑回她面前。

"赶着回家吗？"他停住，问她，"我载你兜两圈儿？"

换作以前，或者大多数时候，她应该会拒绝。

温岑突然打响车铃，丁零丁零地发出一串声音，脆生生的，在他的指下一点儿都不费力。

她就没办法将车铃打得这么响、这么干脆。

他的头发看起来还是那么软，冬稚想起那天风把他的头发吹乱的样子。

她沉默了几秒，然后说："好。"

冬稚第一次知道师范附属小学旁边有一条坡道。

温岑带着她上了坡顶，说往下冲才刺激。

他第一次往下冲时，冬稚坐在车后座上，揪着温岑腰身两侧的衣服，紧张兮兮地嘱咐："你骑慢一点儿，刹车不好。"

温岑嘴上说着"放心"，真正上路的时候，嫌速度不够，还蹬了两下加速。

他的这个举动把冬稚吓得够呛，她将他的衣服扯得绷直。

第二遍开始前，温岑嘱咐她睁眼："你别紧张，闭眼干什么？睁开眼才刺激。"

冬稚在原地喘着粗气。

他已经上了坡，到半道上停下，回头冲她招手："来啊。"

他一笑，露出两颗小尖牙。

他冲下来的时候冬稚听话地睁了眼。这个过程中她的心跳飞快，脚落地的刹那，她却没忍住莫名地笑了起来。

第三遍他骑车带她从高高的无人坡道冲下来时，冬稚睁着眼，迎着风大喊。

尾音长长地被拖在她的身后，被风吹散，吹得稀碎，一点儿不剩。

风就在她的耳边呼呼地吹。

坡道的一侧是小学，另一侧是居民楼。

楼里某一层人家的小男孩儿坐在窗边看，或许觉得奇怪，也可能觉得莫名其妙。

两个穿一样校服的人在坡道上跑来跑去，一个人推着车冲在前面，一个人气喘吁吁地跟在后面。他们到了最高的地方，又一起骑着车冲下去，如此循环往复。

他们每次上坡的时候，一边跑一边哈哈大笑，乐得都快背过气去了。

人有时候可能就这么无聊。

坡道上的两个人撒欢儿玩了好久。

小男孩儿趴在窗边看，一看也看了好久。

最后的光缀在远处连绵成片。

落日余晖，晚霞漫天。

冬稚理好被风吹乱的头发，脸上有淡淡的红晕，是冷风刮出来的结果，也是情绪太兴奋所致。

她太久没有发泄。

有时候人不只有哭过才觉得痛快，笑也可以。

温岑在她的身旁推着车。

“天都擦黑儿了。”他啧了声，终于想起担心正事，“你这么晚回去，家里会不会说你啊？”

冬稚摇头，掏兜，摸出一张十块钱和两个硬币。她捧着这点儿家当，犹豫了一下，问：“你不介意的话，我请你吃米粉？反正也晚了，我吃完再回去。”

温岑不和她客气，一听有吃的，推着车就跟她走。

冬稚带温岑去了自己常去吃早餐的一家小店——店家本身是早中晚都营业的。但她平时很少在外就餐，只在早上去过。

她要了两份米粉。温岑和她面对面坐下，吃了没两口，招手叫老板加了两块大排。

他把一块大排夹到自己碗里，将剩下那块推到她面前。

“你请我吃粉，我请你吃肉，来吧。”温岑说，“多吃点儿，长长胖。我看风快把你刮走了。”

冬稚顿了顿，说：“说好我请你吃……”

“哎呀，这有什么。”温岑皱眉，吃一口粉，吃下去后道，“你要觉得不好意思，那没事多给我抄抄作业就行。”

她想起上次的事：“你不是会做作业吗？”

温岑说：“什么会不会的，也就那样吧，我懒得写。”

冬稚没说话。

他们吃完，冬稚付了两碗粉的钱，温岑付了两块大排的钱。

他们走出店门，还是他推车。冬稚打算回家，温岑要去坐公交车，他们还能一起走一段路。

温岑感觉无聊了，又开始和她说些有的没的。

他说着，忽然想起他们第一次碰面那天，问："哎，你真的会拉小提琴哪？"

冬稚稍做沉默，而后平静地答道："会。"

"很厉害？"

"以前可能有一点儿厉害。"

"现在呢？"

她说："不知道。"

温岑侧目打量她，她没什么表情。在坡道上大概只是短暂的放松，那阵情绪过去以后，她又变回平时的样子。

她给温岑的感觉，像一张透光的白纸。这张纸太轻太薄，一不留神就会被风吹走了。

他们还没走到公交车站，不远处有家文具店。

温岑说要去买支笔，道："刚好，我那支笔没油了。"

"你就一支笔？"

"对啊，要那么多干吗？用完再买。"

他们到店门口，温岑把车停好，往前走一步，看看店门又犹豫："要不要上锁？"

冬稚说："不用了吧，我就不进去了。"

"你不进去看看？"

"我文具都够用。"

温岑点点头，提步。

突然迎面走出来两个人。

"冬稚？"被搀着的赵梨洁一只脚悬着，并没有完全着地。

扶着她的陈就先是一愣，接着瞥向温岑。

陈就没想到会在这儿偶遇冬稚。

冬稚也愣了一瞬。

温岑停了停，回头。

见温岑看来，冬稚敛神："你进去吧。"

"等我一会儿。"温岑说。

陈就和赵梨洁的目光在他们俩身上来回打量了两遍。温岑没看他们，径直进店。

赵梨洁朝前蹦了一步，陈就只得跟着往前，轻轻扶着赵梨洁。

她和冬稚打招呼："你来买东西吗？"

"没，陪……"冬稚顿了一下，接上话，"朋友。"

赵梨洁回头朝店内看了一眼，笑道："也是我们学校的啊，你班上的同学？"

冬稚嗯了声。

赵梨洁热情地邀请："那要不要一起去吃东西？我们准备去吃火锅。"

冬稚说："不了，我吃过了。"

"你没回家吃饭？"陈就忽然开口问。

陈就的目光略沉，冬稚淡淡地迎上："没有。"

陈就几不可察地皱了皱眉头。没等他说话，温岑出来了。

温岑把笔往口袋一塞，走向冬稚："好了，走。"

他推起冬稚的车，跨坐上去，一扭车头，脚下一蹬，骑到马路边上等她。

冬稚冲赵梨洁略略颔首，不多看陈就，走到车旁，侧着身子坐上后座。

温岑载着冬稚骑过路口。

他边蹬脚蹬边说："我听学校里那些女的天天叽叽喳喳，说什么陈就的单车后座不载人，现在每天都载着赵梨洁，她们羡慕死了。"他乐出声，"可笑死我了。"

冬稚问："笑什么？"

"一个单车后座就羡慕死了，有没有出息？等他开辆法拉利来的时候再羡慕不行吗？"

冬稚也笑了。

踩了几下脚蹬，温岑忽地问："冬稚，你想不想坐法拉利？"

"啊？法拉利？"冬稚想了想回答，"我不知道，我没想过这些。"

温岑没忍住笑了："哎呀，我就这么一问，你怎么这么老实？"

他把车骑过公交车站。

冬稚嗯了声，疑惑地道：“你不是要去等公交车？”

温岑说：“等什么等，骑都骑了，送你回去算了。”

路上他们有一搭没一搭地说着话。温岑把冬稚送到上次的那个路口，把车还给她就要走：“天还早，你自己进去，我就不在这儿傻站着了。”

他留给她一个摆手的背影，走得潇洒，头也不回。

冬稚回到家，冬勤嫂已经歇下，在房间里看电视。冬勤嫂听见动静出来，问她：“怎么这么晚才回来？吃饭了没？”

“吃了。”冬稚说，“今天陪同学去买东西了。”

冬勤嫂没多问。

冬稚把车停在屋檐下，回房放东西，收拾完，然后洗漱。

冬稚想开台灯看会儿书，又怕冬勤嫂嫌她浪费电，打消念头，钻进被窝。

手机突然振了振，她把手机拿起来一看，是社交软件上有人请求加她为好友。

那人不是别人，是温岑。

冬稚通过申请，温岑头一句话就说：“我找苗菁要的你的号。”

她回：“嗯。”她又问，“你到家了吗？”

他说：“在路上，快到了。”

他的下一句话就直接终止话题：“我听会儿歌，不聊了。”

冬稚想想，还是发过去一个“嗯”字。

对话结束在她这儿，不算不礼貌。

冬稚把手机放回枕边，闭上眼。困意不明显，她开始数羊，数到三百多只还没睡着，转而默默在心里背单词，更睡不着了。

冬稚打开手机音乐播放器，开始放歌。她不戴耳机，将声音调到最小。她有了音乐做伴，时间显得好挨一些。

整个音乐列表的所有曲目循环到第三遍过半，突然有消息提示的振动声横插进来。

她伸手摸到手机，光有点儿刺目，眯着眼缓了几秒才适应。

“出来。”

消息只有两个字，是陈就发来的。

冬稚盯着屏幕看，直到光快要暗下去，才回："睡了。"

没多会儿，他说："我在门口。"

夜里的静谧足以将一切动静放大。冬稚掀开棉被，趿着拖鞋，轻手轻脚地开门出去。

周围黑漆漆一片，她也就借着陈家还亮着的灯略微能看清一二。

陈就站在院门口，自行车还在身边，大概没有先回家。

"什么事？"冬稚轻声问。

陈就伸手递来一袋东西，他的脸被冷风吹得白了几分，表情绷得稍紧。

冬稚疑惑："什么东西？"

"给你带的。"陈就说，"吃了再睡。"

他的目光从她身上扫过，她的领口处露了一小块皮肤，和脖子一样白，锁骨过分明显。她大概是冷，肩不自觉地微微缩着。

他蹙了下眉，有几分责怪："你怎么不披件外套出来？"

冬稚没接这话茬儿，穿不穿外套的，横竖就这一会儿。她的注意力在手里的点心上："我吃过东西了。"

陈就问："吃的什么？"

"米粉。"

"跟谁？"

"朋友。"

"晚上那个人？"他问。

冬稚点了点头。

陈就抿唇："以前没见过他。"

"嗯。"冬稚含糊地应了一声，不太想聊这个。晚上有风怪冷的，她说："我进屋了，你回去吧。"

陈就动动唇，最后什么都没说。

冬稚把陈就给的点心放进了碗橱里。第二天早上她让冬勤嫂把点心热了和早餐一块儿吃。

冬稚在家待了一天，过完休息日，又是新的一周。

周五要月考，这周他们几乎都围着考试的事转，各人该复习的复习，紧张地做着准备。周三的时候学校里那些爱传八卦的人聊，赵梨洁的脚似乎是好了，陈就不再骑车载她。

冬稚照常过日子，稍有改变的，大概就是和温岑交集多了。经常是下午或晚自习的时候，他会在背后用笔帽戳戳她的背，问她借练习册看。

他有时候特别爱说，特别能说，有的时候又一静就是一整天。

月考的前一天，下午放学时学校临时通知晚上免了自习，一帮学生欢天喜地地回家了。

苗菁和朋友走了。冬稚正收拾书包，温岑在背后叫她："哎，等会儿给你看样东西。"

她一顿，回头问："什么东西？"

"看了就知道，在校门口。"温岑说，"你不是要去推车？正好一块儿去。"

冬稚没拒绝，背上包。他两三下收拾好东西，两人一前一后地走出教室。

他们到了校门口，温岑把冬稚领到一辆学生电动车前："看。"

"你的车？"冬稚问。

温岑点头："法拉利。"他拍拍车的坐垫，"要不要感受一下？"

冬稚反应过来，哭笑不得："不了吧。"

"真的不？"温岑说，"我新买的，还没载过人呢。"

冬稚带着笑摇头："我骑车了。"

今天难得有空，她想去阿沁那儿看看。

温岑的"法拉利"款式不错，确实挺好看。冬稚走之前没忘提醒他："你骑车小心点儿。"

他没拦她，歇了兜风的心思，摆摆手算道别。

店里又只有阿沁一个人在。傍晚这个时间点，教课的老师都吃饭去了，学生们也没那么快来。阿沁给冬稚倒了杯茶水："你吃饭了？晚上不上课？"

“明天考试，晚上没课。”冬稚捧起塑料杯，喝了一小口放下杯子，“嗯……今天可以去里面拉拉琴吗？”

其实冬稚挺不好意思的。最初冬稚因为经常来这家琴行，和阿沁能聊到一块儿去，有客人来买东西她帮着应付过几次，后来阿沁就常给她开方便之门。

这家琴行是阿沁的舅舅开的。只要不是太过分的事情，他都会睁只眼闭只眼。

“当然行啊。”阿沁一听就笑了，“上次你来了一会儿就上课去了。隔了这么久，我还琢磨你老不来，是不是跟我客气。”

冬稚笑笑，说不出更多的话，还是只有又沉又实的两个字：“谢谢。”

阿沁拉开抽屉给她拿一楼那间屋的钥匙。那间屋子就在后面，因为房间小，又在一楼，所以老师们不爱用，大多在楼上教课，很多时候屋子也就空着。

冬稚拿了教室的钥匙，又取了老师用的一把成人琴，再三道谢，去了后面的屋里。

冬稚在练习教室里待了很久。

阿沁常常说听她拉琴是一种享受，但冬稚心里却一片茫然。

冬稚没有专业的课可以上，没有专业的老师教，连一把顺手的成人琴也没有。她靠着阿沁的好心和大方得来的这些安静拉琴的时间，更像是偷来的时光。

冬稚的处境就像这间别人嫌弃的练习教室一样，位置在楼梯拐角，昏暗，你关了灯就见不到一丝自然光。

琴声停下的时候，阿沁来敲门。

冬稚应了一声，阿沁开门先探了个脑袋，接着整个人兴冲冲地跑进来。

“我差点儿忘了，这个！”阿沁拿着张传单冲到她身边，“前两天人家拿来的。主办方和我舅聊了一个多小时，听说全城的琴行都会组织参与，街上也有广告，你没看到吗？反正就是，我们琴行学小提琴的学生都会去，你要不要试一下？”

“比赛？”冬稚看着那张传单上印的内容，没有伸手去接。

“对啊。”阿沁说，“每个组的第一名都有两千块钱奖金，你报小提琴！”

冬稚很努力才把视线从传单上移开，摇了摇头：“我没有琴。我妈也不喜欢我弄这些事情。”

阿沁一愣：“虽然你那把琴小了点儿，但是应该也能用。”她犹豫道，“要不然我跟我舅舅商量一下，让他借你一把琴？你妈那边……”

外面有人叫店员，是客人进来了。阿沁忙扬声应了一句，也不管外面听得到听不到。

“我先去招呼客人！”阿沁把传单塞到冬稚手里，赶紧往外跑。

阿沁招呼客人忙了很久，时间也不早了，等会儿琴行的老师们就该陆续回来。

冬稚和阿沁说要走。阿沁虽然想和她多聊几句，但实在没空，连说让她下回有时间就来。

“你注意安全，路上小心。”阿沁在背后叮嘱。

冬稚一边推门出去，一边嗯了声，冲她挥手。

冬稚推开院门进去，发现门前坐着一个人。

她一愣：“你在这儿干吗？”

陈就抬眸盯着她，不答反问：“你去哪儿了？”

“没去哪儿。”她含糊其词，停好车，提步走到屋门口。

陈就从矮凳上起身，站到她背后：“你是不是又跟上次那个人出去了？”

他的语气不好。冬稚稍微停住找钥匙的动作，没理他，拿起钥匙开门。

陈就拉住她的胳膊一扯，扯得她转过身来。他微微用力捏紧她的手臂，低头盯着她的脸，越看越气。

“明天就要考试了，你不早点儿回家复习，跟他出去鬼混什么？”陈就将力气用得稍微有些重，边说着又扯她一下，“说话啊？”

冬稚被生拽了一把，不小心踩到他的脚尖，踉跄小半步，脸一沉甩手挣开他。

啪嗒一声，她的外套里掉出一样东西。

陈就先一步捡起，是张被叠起来的传单。他将传单展开半边，才看清上面的几个字，冬稚伸手抢回去。

陈就顿了一下："小提琴比赛？"

冬稚把传单塞回口袋，不答他的问题，再抬头，正色道："我没跟谁出去。还有，凭什么我出去就是鬼混？"

陈就的眉一拧："我不是说你，是说那个人。你跟他认识才多久？你知道他是什么样的人吗？你就跟人家走得那么近？"

"我心里有数。"冬稚不想跟他吵架，转身开门。

陈就跟在她身后进屋："你有数？你的有数就是明知道隔天要考试，还在外面待到天黑才回家？要不是勤婶今天有事不在，你难道不知道你回来后她又会骂你？早点儿回来把时间用在复习上，明天精神充足地进考场不好吗？"

他从昏暗的客厅跟进她的房间。

冬稚背对着他，把书包里的东西倒在床上，一样一样地整理。她不转身，不接话，动作带着说不清的躁意。

陈就站在她背后，沉声道："我在跟你说话。"

她的旁边是被放好的几本练习册，冬稚手里还拿着一本书，停住动作，抬头盯着掉皮的白色墙面，启唇长吸了一口气。

"冬稚——"

在他的声音响起的同一瞬，她把手里的书扔在床上，转过身。

"我说了我没跟谁出去。我知道明天要考试，我的成绩是不怎么样，但也知道要复习。我知道这些。"

冬稚从口袋里拿出那张被叠起的传单纸，把它展开。她的眼睛有一点儿红，但没有流泪。

生活不需要眼泪。

"我只是去人家的琴行逛了一会儿。拿到这张比赛传单，我心里很烦，在外面转了几圈儿。"

陈就看着她，看着那张折痕明显的纸，面色一沉："你……"

"回来之前我就想清楚了。"她用力地将情绪压下去，"你说的确实很对，不如把时间用在复习上，精神充足地进考场。我是该做点儿实际的事情。"

冬稚把传单撕成两半，再把它撕成碎片，丢进床边的垃圾桶里。

赵梨洁和陈就约好考完一起去书店买资料。

两人的考场不同，但都在一栋楼里。赵梨洁先出来，在空旷处等他。陈就背着单肩包从楼梯上下来，赵梨洁向前迎了两步，两人一起走出去。

“考得怎么样？”她拎着帆布包，笑吟吟地问。

陈就说：“和平常一样。”

赵梨洁没忍住笑出声：“要不是知道你的实力，看你板着张脸，还以为你考砸了呢。”

陈就勉强扯了下唇角。

他们朝外走，赵梨洁问：“晚上赶着回家吗？去买完资料以后，要不一起吃饭？”

陈就蹙了下眉：“明天还要考试。”

“没事啊，不会耽误很久，吃完饭就回家。”

他犹豫几秒，还是拒绝：“不了。今天我想早点儿回家，下次吧。”

赵梨洁敛了敛嘴角挂着的笑，但没有强求：“那好，下次我们再一起去吃好吃的。”

他嗯了声。

两个人的步伐迈得不大。赵梨洁侧头打量他，斟酌着问：“你是不是心情不好？”

“嗯？”陈就像是刚回神，对上她的视线，否认道，“没有。”

她试探道：“我看你今天好像有心事。”

他只道：“可能是昨天没睡好。”

他们快到校门口时，陈就忽然问：“你学小提琴很久了？”

赵梨洁愣了下，见他有兴趣，忙答：“对啊，好多年了。不过我开始考级比别人晚，老师想让我打好一点儿基础，不然应该能早一点儿考完十级。”

陈就问：“你用的小提琴多少钱？”

赵梨洁想了想：“之前用的那把琴六千多，今年我爸给我买的新琴，差不多一万三的样子。”

陈就紧绷着脸："那一般价位的呢？"

"一般价位的也有啊，最便宜的两三百就能买到。那种都是工厂琴，入门的时候才会用。不过我没见过，身边也没有人会用，感觉应该很糟糕。"赵梨洁摇了摇头，"像我们从小开始学琴的话，要用好几把琴，一开始是小号的琴。如果是初学的话可以不用买太好的，等到最后定型，买一把好一些的 4/4 的琴就行了。成人的琴从一两千起，什么价位都有。"

陈就略有出神。

赵梨洁盯着他看了几秒："你怎么突然问起小提琴的事？"

"没有。"陈就抿了下唇，说，"随便问问。"

没等她再说，他着急地提醒她："有车。"

他伸手扯她的衣袖，把她拉向自己。

一个人从旁边飞快地骑着辆自行车过去，赵梨洁扭头瞥了一眼。

陈就绕到外面，和她换了位置，站到靠马路的一侧。

赵梨洁一愣，朝他一笑。

他们没再聊琴的话题。

他们连考三天，月考结束。

陈就趿着拖鞋从楼上下来："妈，我昨天带回来的那个袋子呢？"

陈太太姓萧，全名萧静然，正坐在客厅喝茶。她听见声音，放下手里的书："什么东西？"

"昨天拎回来的那个蓝色纸袋。"陈就走进客厅，没坐下，四处找东西。

"噢，你说那个。昨天佳婶打扫卫生收起来了。"萧静然到橱前，开柜门拿出他说的纸袋，递给他，"好好放东西。"

陈就接过，笑着受了她的嗔怪，解释："我想今天就要带出去，放在一楼方便。"

虽然他的衣领很整齐，萧静然还是给他理了两下："你要出去啊？刚考完试回来，又去哪儿？"

"广播站的同学过生日，晚上不用上晚自习，请大家去庆祝一下。”

“我还说让佳嫂今天给你炖汤呢。你看你，都瘦成什么样了。”

“哪儿有。”

“还说没有。”萧静然指他一下，叮嘱，“早点儿回来啊，天凉了，晚上冷。”

“我知道。”陈就拿着东西要上楼，“我回房换衣服。”

他跑出去没两步，萧静然叫他：“回来！”

陈就扭头看了一眼，乖乖走回她面前：“怎么了，妈？”

萧静然去沙发上拿包，拉开拉链，从里面抽出三张一百块：“身上有钱吗？这么大个人，出门带点儿钱。”

陈就说：“不用，我有。”

“让你拿着就拿着。”萧静然把钱塞给他。

陈就低头看一眼，笑着道：“妈，你今天真好看。”

萧静然假意瞪他：“油嘴滑舌！”

说着，她又多塞了一张一百块的纸币给他。

陈就俯身抱了抱她：“妈你早点儿睡，晚上冷，别等我了。”

萧静然嗯嗯地应了几声，脸上的笑意遮掩不住，在他背上轻拍一下：“好儿子，去玩吧。”

萧静然在背后目送他上楼，见他趿着拖鞋，脚踝露在外面，禁不住又念叨：“你不冷啊，快穿上袜子！”

陈就应了声，回了楼上的房间。

陈就关上门，径直走到书桌前，拉开抽屉，拿出最上面的一个白色信封放到桌上。

他妈给了他四百块钱。

陈就抽出两百块钱装进信封里，想了想，又拿了一百塞进去，然后才把信封放回抽屉里。

这样做完了一系列事情，陈就这才去换衣穿袜。

他简单收拾完，拿上手机和送寿星的礼物，顶着即将黑下来的天出门。

第三章　为什么躲我

每场考试都是这样，有人认认真真地坐到铃声响再交卷，也有人一过可以出考场的时限，立刻就交卷走人。

冬稚既不属于前者也不属于后者。她提前二十分钟交卷，把会做的题都做了，因为觉得不会做的题干想也想不出，从某种方面来说心态尚算平稳。

冬稚一早和苗菁约好晚上陪她去买东西——但正好轮到苗菁做值日，于是冬稚出了考场拿回书包，去读书亭等她。

没过几分钟，苗菁按约定来亭子里和冬稚碰头。她们歇了会儿，消磨时间。直至铃响，休整完毕的两人一同回到教室里。

值日的人都在教室里。

冬稚刚拿起扫把还没加入清扫队列，苗菁就一把将她摁在椅子上，把她手里的东西抢过来。苗菁感到过意不去："你可歇着吧，就这么点儿要打扫的，我一会儿就弄好。"

冬稚拗不过她，坐着也不是，干脆拧了块布，帮忙擦讲台。

值日的人都一门心思地想赶紧走人，苗菁也动作利索，没多会儿，就把教室里扫了个干净。

“我去倒垃圾，你等我。”垃圾桶几乎装满了，苗菁拎着它往外走，“帮我看着书包。”

冬稚点头，说：“好。”

整栋楼仿佛从平日的喧闹中抽离。

隔壁的几个班中，有两个班里还有学生在打扫卫生，一个班已经锁上门。

有一个戴眼镜的男生在扫走廊，冬稚记得他的名字，但从来没有和他说过话。她靠着门框不作声，看这个陌生的同班同学细致地扫净灰尘。

天气很好。

冬稚靠在门边，只觉得四周静得快让人入定。大概过去五六分钟，她泛起些微困意，突然见拐角冲出来一个身影。

苗菁风风火火地拎着空垃圾桶跑回来：“冬稚！冬稚！”

“嗯？”冬稚站直，往前迎了两步。

苗菁冲到她面前，捋了下飞起来的刘海儿，说：“温岑在篮球场上跟郑扬飞打架，被主任抓去办公室了！”

冬稚一滞：“为什么打起来？”

“不知道啊。”苗菁猜测，“可能是打球起了冲突？”

温岑这人说话有意思，苗菁本来就话多，平时挺爱和他闲聊天儿。冬稚也常借练习册给温岑，相处得还算融洽。

苗菁想，他们多少算是有点儿友谊在，便问：“要不要去看看？”

冬稚正愣神，听她一说，点了点头，下一秒就提步往楼道冲。

“哎！等等我，我放下垃圾桶——”苗菁见她跑得快，赶紧进教室放下桶，反身出去追她。

温岑挨完训从办公楼出来，冬稚和苗菁正好赶到，三个人在楼前的小路打了个照面。

“咦。”温岑奇怪地道，“你们怎么在这儿？”

苗菁说：“过来看看。”她往他身后瞅了几眼，“主任这么快就把你们放出来了？”

“哪儿有那么好。”温岑笑了下，扯动伤口，嘶了一声，说，“本来还要骂的，主任看我们受伤了，就让我们先去诊所。都打电话给老班了，明天来了接着罚。”

冬稚有一会儿没说话，盯着他那张脸——脸上挂了彩，青的红的一块一块的。

“你们为什么打架？”她问。

温岑沉默了一下，笑着说：“哎呀，篮球场上磕磕碰碰的很正常。我被撞了那么多下本来就窝火，他先发脾气，那我也没办法。”

“赶紧去诊所看看。”苗菁打量他，“身上没别的伤吧？都在脸上？”

“没别的，都在脸上。”温岑说，“我这就去，你们回吧。都这时候了，你们怎么还在学校？”

苗菁说：“冬稚要陪我去买东西，等我做完值日呢。”苗菁见他没有大碍，拉着冬稚打算走，“那我们走了啊。”

冬稚反握住她的手，没动。

苗菁扭头：“嗯？”

“我陪他去诊所看看。”冬稚说，“你在校门口小卖部等我，我记得过了前面的一个路口就有一家诊所。”

“你骑自行车载他去？”

温岑忙说：“别，我有车。我一个大男生，让女孩子骑车载我，不得累死她。”他看了看冬稚，问：“会骑电动车吗？”

冬稚想了想，道：“会是会，但是很久没骑，可能有点儿……”

苗菁说：“我也会，不过没试过载人。要不我骑？”

“没事。”冬稚舒了口气，松开眉头，“我载他去。”

三个人商定好了，一块儿出校门，走到小卖部前。

苗菁守着她和冬稚的自行车，在第二家店里等。

冬稚拿钥匙取了温岑的车，坐在车上面，整个人从头到脚绷得紧紧的，就连表情也是。

温岑坐上后座，车晃了晃。她用脚踩住地，竭力撑稳。

“行吗？”他在后面问。

冬稚点头，嗯了声。她拧下把手，慢慢加速，骑得还算稳。

冬稚不敢开太快，匀速前行。

她开过几家店铺，听到温岑笑了。她一愣，偏了偏头，但不敢往后看："笑什么？"

"就你这速度，我迈开大步走绝对比你更快到，你信不信？"

她脸上闪过一丝赧意："我怕骑快了会摔倒。"

温岑不笑她了，动了动，稍稍往前倾。他靠近她，问："哎，你干吗要陪我去诊所？"

她说："你眼睛都肿了，我怕你看不清掉坑里。"

"你盼我点儿好行不行？"

"别乱动。"车轻晃，她盯着前面，皱眉，"摔倒了都怨你。"

"行行行。"温岑笑得开心，"怨我、怨我。"

冬稚沉默了一下，问："你和郑扬飞打起来，是不是跟上次你送我回去的事有关？"

"嗯？"温岑一顿，"没有，没什么关系。就是篮球场上的事。"

"你帮了我，所以他找你麻烦？"

"你想多了。"

冬稚不说话，温岑也不说话。

风迎面吹来，比往常柔和。

他们又经过几家店，温岑轻叹了一口气："你别想那么多，反正没什么事了。他们人多，我也不是好欺负的。知道我敢豁出去，试过这次，下次他们就不敢再来。"他说，"你上你的课，认真做作业，他们不是吃饱了撑的，就应该不会再来烦你。我还指着你借练习册给我呢。"

冬稚紧紧握着两侧的车把手，没出声。

直到他们过了路口，她说："谢谢。"

温岑不知听到没听到，迎着风吹起口哨。

冬稚把车停在诊所门口。温岑先下，她扶着车把手后下。他们一同进了门，老医生看过他的伤，让诊所里的护士先给他处理伤口，接着便是打针开药之类的事。

老医生开了药单，护士一样样对照着拿药，算下来，总共要九十多块钱。

冬稚有些为难——她身上没这么多钱。她拿出手机，正准备给苗菁发消息让她送钱过来，先借了苗菁的钱垫付。坐在椅子上等着打针的温岑突然喊："冬稚。"

"嗯？"她转头。

温岑招手让她过去。她到了他的面前，他从兜里掏出一张十块钱的纸币："你帮我去隔壁买瓶水呗，我渴。"

"噢，好。"冬稚应下，没接他的钱，说，"我有。"

说完她转身出了诊所的门。

没多久，冬稚拎着一瓶水回来。她把水递给温岑，他接了，随口道："谢谢啊。"

她转身去药柜前准备取药，看了手机一眼，苗菁还没回消息。她刚想给苗菁打个电话，护士已经把药装好，将药往她面前一丢："吃多少，怎么吃，都写在盒子上了，照着吃就行。"

冬稚一愣："那个，药钱……？"

"不是已经给了吗？"护士说完，走开去忙别的事。

冬稚转身看向不远处坐着的温岑，他在玩手机。护士配好打针的药，探头叫了一声，他立刻起身。

"我去打针，你等一会儿。"他朝她看过来，不说别的，只打招呼，说完就进去了。

冬稚站在药柜前，苗菁终于看到消息回复："要多少钱？我现在过来？"

冬稚抿了抿唇，过了许久，回道："没事，不用了。"

学校每隔一周开一次晨会。因为上礼拜开过晨会，所以他们这周一不必大清早赶到学校，全校人乌泱泱地站在操场上听训。

冬稚照常早起。早饭是米粥配酱菜，她满足地吃下一碗，背了包，立刻蹬上自行车出门。

她到了巷子口。这里有一家早点摊生意极好，几层高的大笼屉随便揭开哪层，热气裹挟着满满的香味扑面而来。

冬稚停在摊前，招呼老板："要一个大烧卖，一袋牛奶。"

“好嘞。”老板用塑料袋先装了烧卖，再拿一个透明袋子，将牛奶和烧卖一同放进去，“三块八。”

她掏兜，摸出一张五元的纸币。老板接了，找了钱，递还到她手里。

冬稚把早餐放进自行车篮子里，就听身旁传来嘎吱一声急刹车的声音。

陈就骑着车在她身边停下：“冬稚！”

冬稚扭头看清是他，嗯了声，轻轻地道：“早。”

“你买早餐？”陈就朝她篮子里瞥，见里面装着烧卖和牛奶，“怎么不坐下吃？”

“不用了。”冬稚说，“我赶着去学校，先走了。”

“你——”

他的话还没说完，冬稚骑上车，已经走远。

老板瞅他一眼，催促：“你买不买？挡着后面的人了。”

陈就回神，忙道：“对不起，我这就走。”

骑上车，他往学校的方向走去。

他赶是赶不上冬稚的。就算赶上了，她也会故意和他分开。

陈就顶着冷风想，他们已经多久没有一起上学？除了在家，其他时候她也总是不愿意和他扯上关系。

这种状况有很久了吧。大概从他十三岁那年起，她就开始疏远他。

温岑一向是三个人里来得最晚的。说三个人，是因为冬稚的同桌从来不参与他们的任何聊天儿或是娱乐项目，关系不错的，也就是他、冬稚和苗菁三个人。

冬稚和苗菁先后到了。温岑不见踪影，直到快打早读铃，才姗姗来迟。

老班几乎全程盯着温岑进门的背影，绷着张脸，有种山雨欲来的感觉。

班上的学生和别班的学生打架，被主任逮了个正着，他身为班主任，要负起主要责任。

老班能给温岑好脸色就怪了。

温岑一坐下，冬稚扭头小声对他说："桌子底下。"

"什么？"他一愣，慢半拍才反应过来。

冬稚背着手，从桌子底下往后递给他一样东西，是薄薄的一张纸。

温岑接了，拿起来压在书本下一看，是一份检讨书。他往桌前凑，冲着她的后脑勺压低声音："给我的？"

冬稚冲斜下方回答："嗯，我帮你写好了，怕被认出字来的话，就再抄一遍。"

温岑饶有兴趣地细细看起那份检讨。

冷不丁老班从走廊进来，站在第一组前，沉声道："温岑，跟我来办公室！"

"好的好的，老师我马上来，我先交下作业。"温岑站起来抬手冲他比画一下，坐下开始掏书包。

班上各人发出低低的笑声。

老班气不打一处来。这时候他这么勤奋好学，惹事的时候不注意点儿？老班偏也不能说不行，冷声丢下一句："我在办公室等你，快点儿！"

他说完甩手走了，早读秩序交由班长维持。

温岑把几本练习册交了，嘴上没闲着，嘀咕："月考还要做作业，累死人……"

冬稚没忍住回头："你少说两句。"

"嘿！"温岑差不多收拾好，"你骂我干吗呀。"

"没骂你。"冬稚撇了下唇角，背贴住椅子，又从桌子底下递过去东西，"桌子底下，拿去。"

温岑半好奇半疑惑地伸手，摸到一个塑料袋，不算太沉。他拿到面前一看，里面装着一个烧卖和一袋牛奶。

冬稚说："你揣口袋里，要是罚站很久，饿的时候吃。"

苗菁凑过来，伸指戳了戳冬稚的肩膀："你怎么不给我带早点？"

"他脸上伤成那样。"

"就是，我伤成这样。"温岑拿着手里的小早餐，忙不迭地插了一句。他一边乐呵呵的，一边把烧卖和牛奶合着透明塑料袋装进外套的兜里，优哉游哉地起身，去办公室听训。

第一节课快开始了，老师一翻教案，拍了下脑袋："陈就，你去办公室，把我办公桌上的那叠卷子拿来。"老师的后半句话是对全班学生说的："月考卷子明天才能改完，今天我们先做点儿小测验的题。"

班上鸦雀无声，除了翻书的声响别无其他声音，静得很。

陈就应声而起。他不是第一次替老师跑腿，不管重要的还是不重要的事情，老师们总喜欢交给心仪的学生去做，所有人都已经习惯。

陈就人高腿长，没用多久就到了办公室。办公楼附带一个小院子，高二教学组在一楼。

他进了拱形门，抬眼就见廊下站着个人。

陈就的步子一顿。

温岑叼着一袋牛奶，听见动静朝他瞥去一眼，手上拆小塑料袋的动作没停。袋里的烧卖已经凉了，但不妨碍他填饱肚子。

陈就将目光停在他手里的牛奶上，过后再到烧卖上，停了许久。

温岑没理会他的打量，两三口吃了烧卖，吞咽干净，叼着牛奶袋小口小口地嘬。温岑站得挺直，但就是身上那股吊儿郎当的劲儿看着没有半点儿罚站的样子。

陈就提步进了办公室。老师们都不在，上课的上课，开会的开会，这时候屋里是空的。

陈就拿到老班要他拿的试卷，把它抱在手里。他出来时在门边停了一下，看向廊下罚站的人。

温岑的牛奶喝到一半，感知到被盯着，他转头看过去，咬着袋含糊不清地说："干吗？"

陈就比他高一点儿，看他的时候视线轻垂，带着少见的严苛："罚站的时候可以吃东西？"

温岑一口吸完剩下的牛奶，反诘："有规定不能吃？"

他走到院子里的垃圾桶边，把牛奶包装扔进去，又大摇大摆地走回来。

温岑站着，昂起下巴看屋檐外的天。陈就抱着厚厚一叠试卷，目光沉郁。

大概有那么几秒钟，谁都没说话。

陈就先收回视线，抱着试卷离开，高挺的背影在拱门外渐远。温岑站在原地，始终是那个姿势，下巴上的弧度一丝不变。

下午放学后冬稚回家吃饭，冬勤嫂在忙，家里没有人。冬稚停好车，自己去厨房热东西吃。

正门突然被打开了，有人进来。她从厨房探出头一看，顿了顿，道:“陈就？”

陈就出挑的高个头儿让她家昏暗的客厅显得更加逼仄。

他掩上门，拿着本书走进来。

冬稚擦干手走到厅里:“你来干吗？”

“这本教材你拿去。”陈就把教材递给她，“上面有我做的笔记，还有一些题目，重要的题型都圈起来了。”

冬稚稍显犹豫。

陈就蹙了下眉，直接把教材塞到她手里。

“嗯。”她用拇指摩挲着封面，道，“谢谢。”

陈就垂眸看她，话锋一转，忽然问:“你早上买的早点是给那个人的？”

冬稚一顿，没说话。

“他不会自己买吗？”陈就的声音有点儿低沉。

“老师要找他谈话。”冬稚说，“他平时也经常不吃早餐，所以……”

“我听说了，他跟人打架。这关你什么事？你管他干吗？”

“本来就关我的事。”冬稚迎上他的视线，“郑扬飞一路跟着我回家，是他帮了我，不然他也不会和郑扬飞打起来。因为我，郑扬飞才找他麻烦。”

气氛一时有些僵滞。

“郑扬飞跟你回家，你为什么不告诉我？”陈就的气息稍稍不平。

“我不知道你在哪儿。”冬稚说，“而且是突然发生的事情，温岑刚好路过帮我解围。”

陈就忽然不知道说什么。

冬稚的视线低垂，盯着他的鞋尖。

他们就这么沉默着。

许久后，她叹了口气：“你回去吧，我要吃饭了。”

陈就觉得有种说不清的烦躁，那股火气横冲直撞，想发泄。他不喜欢看她这副表情，更不喜欢她总是说这么几句相同的话，道：“你能不能不要每次我一来就赶我走？”

冬稚抬眸直视他：“不然呢？你妈在家吧？她要是找你找不到，发现你在这儿，又该不高兴了。”

“那是不是以后我都不要来找你了？上学放学你不想和我一起走，在学校里你不想和我接触，现在在家里，你也不愿意和我多待。你干脆就明说‘下次别来找我’好了。”

陈就扭头走人。

冬稚扯住他的衣袖。

陈就抬手要挣开——却看不出他使了劲儿。

冬稚攥着他的衣袖，慢慢地抓住他的两根手指，握着不放。

“陈就。”她的声音极轻。

话音轻飘飘地落地，砸在某个不知名的地方。

陈就背对着她长舒一口气，没有再挣扎，慢慢蜷起修长的五指，渐渐握成拳。

分不清是谁攥住了谁，他和她的手以一种怪异的姿势，紧紧握在一起。

她的手凉凉的。陈就知道她手背的皮肤很薄，血管清晰分明，她这几根捏着他手的手指，细瘦嶙峋。

“我没说你以后不要来找我。”她说。

他没吭声。

“你别这样。”她晃了一下他的手，“陈就？”

门虚掩着，光透过缝隙照进来，余晖落在地上，黄得有些发旧。

他的声音也和昏黄的太阳光一样落下，比空气中的灰尘还轻。

“我没生气。”陈就转过身来，松开手。他从外套的口袋里掏出一个用透明塑料袋装着的烤红薯，塞到她的手里：“回来的路上给你买的，还热着，你焐焐手再吃。”他垂下眼，“你的手都是冰的。”

秋末的雨有一种刺骨的寒意，连着下了几天雨，空气中泛着潮气。

萧静然轻敲两下门，一手端着茶杯，另一手推开书房的门。

陈文席端坐在书桌后，放下手里的东西，往后一靠，柔软的皮椅靠垫被挤压，面上被挤出的褶皱泛着一层光。他透过眼镜看向门口处，平时不戴眼镜，只备在书房里，偶尔看东西时才戴。

萧静然把茶杯放在他的手边：“歇一歇。”

陈文席经常在外面，有时和朋友应酬晚了就直接在外过夜，萧静然难得能白天在家见着他。他摘掉眼镜，端起茶杯抿一口。

“这是什么时候的茶？”他放下杯子，皱起了眉头。

“前阵子杨太太送我的呀。”

“别弄这些，喝不惯，还是换我常喝的好。”

萧静然嗯哼地应一声，倚着皮椅一侧，将手臂放在他的肩上。

陈文席刚把手里的书翻过一页，瞥她：“干什么？”

“过两个礼拜是什么日子呀？”萧静然挑眉，笑着暗示他。

“什么日子？”陈文席说，“你的生日嘛，当我老糊涂不记得了？”

“没忘就好。”她在他的太阳穴虚虚地一戳，盘算起来，“我生日那天，咱们在家里吃还是去外面吃？”

陈文席皱着眉头：“在家吃什么？不知道的人以为咱家差那两个钱。城中区新开的君华大酒店不错，我让人订几桌位子。”

“你请朋友吗？”

“请。叫上老刘、老周他们，常来往的人都请，别得罪人。”他说，“要么直接开两个厅，你们女人家一起，也好方便你招呼你那些朋友。”

“我那些朋友你哪个不认识？”萧静然嗔道，“知道了，都听你的。”

她给陈文席理了理衣领：“我下楼去让他们炖个虫草汤。”

说着她出去了。

陈文席叫住她：“等一下。”

萧静然停住，回身："怎么？"

"你平时多给儿子点儿零花钱。"

"嗯？"

"我看他最近好像缺钱花。"陈文席说，"刚刚上学前管我要五百块钱，我给了他一千。他从来没跟我开口要过钱，是不是哪里钱不够？"

"怎么会？他每次出门，我都问他钱够不够。够也会给他一百两百，零花钱也每月都给，从来没少过。"萧静然皱眉，随即把眉舒展开，"可能是给同学买礼物，或者同学聚会花钱了吧。"

"嗯。"陈文席点点头，"反正你多上点儿心。他也不是乱花钱的人，他要钱你就看着给。"

萧静然说了声好。

她走了两步，陈文席又叫她："别炖汤了，晚上老周请吃饭，你跟我一块儿去。"

萧静然应了，回房挑出门穿的衣服。她想了想，琢磨晚上得很晚才回来，不放心陈就，从包里拿出钱夹，提步去陈就的房间。

这孩子哪里都好，聪明乖巧，一表人才，有出息又让人省心，从不去做让大人头疼的顽皮事儿。他读书也不需要人钉着，成绩出众。他到了这个年纪，别说叛逆，连跟她吵架也是从来没有过的。

他打小儿开始就听话，像他爷爷在时给他备的存折，连摸都没摸几下，转手就交给了她。每年过年的压岁钱和过生日收的礼钱，他全都存在存折里头。

这么好的儿子，认识的人没有一个不羡慕她的。

陈文席说陈就的钱不够花，萧静然哪儿能不上心？钱嘛，这东西你还是得亲手摸着才踏实。她的钱夹也总是满满当当的。

除了晚上睡觉，陈就不管在家不在家，基本不锁房门。他不防备父母，萧静然只觉得万般贴心，平时也不去翻他的东西。

她推门进去，屋里一尘不染。虽然房间不需要他打扫，但床铺是他整理的，被子枕头被叠得整整齐齐，书桌上的东西也被有规矩地摆放着。

萧静然走到书桌前，从钱夹里拿出五六张百元纸币，想拿本书把钱夹在里面，又不想弄乱儿子的书桌，便拉开抽屉。

她把几张纸币放进去，刚要关抽屉，动作一顿。

她撇开自己放下的钱，见有一个白色的信封，随手拿起看了看。信封里装的也是钱，一张张的都是一百块钱，她估摸着有一两千。

陈就攒钱干什么？

萧静然皱着眉翻了翻，瞥见他桌上的台历，这个月有一个日期被圈了一个圈，旁边写了一个“妈”字。

确实，那一天是她的生日。

萧静然愣了一下，唇边的笑意禁不住溢出。

“这孩子……”萧静然欣喜地叹了一声，不想让儿子的心思白费，只好把那几张纸币取出来。要是他回来发现抽屉里有钱，那不就知道她开过他的抽屉，看到他的信封了吗？

萧静然把抽屉里的东西按原样规整好，将钱装回钱夹，像没来过一样离开。

下午第一节课结束，陈就去办公室帮老师抱练习册回教室。他在路上遇见赵梨洁，两个人同路走了一段，到各自班门前散开。

练习册由各组的组长分发下去。

陈就坐回位子上，背后的一个男生拍了拍他。

陈就一转头，听到男生问：“晚上打游戏不？”

“不了。”陈就说，“晚上回去已经很晚了，没时间。”

“你在学校不就能把作业做完吗？”

“回去得看书。”

男生叹气，道：“唉，算了。”

陈就这个后桌，是班上出了名的爱玩游戏的人。他天生脑子好用，虽然比不过陈就，但也总是占据成绩排行前五名的位置。他经常在放假的前一天发疯一样赶完所有作业，就为了放假时可以痛痛快快地玩游戏。

而陈就对游戏没有太大兴趣，只是无聊时偶尔玩一玩，并不沉迷。

陈就转回头。

这时班门口有人叫他。他抬眼一看，是赵梨洁，起身过去。

赵梨洁来找他聊广播站下一期稿子的事。

没过多久，陈就谈完回座位。

后座的男生看着窗外跑走的赵梨洁，用笔帽戳了戳陈就的后肩：“哎，赵梨洁是不是喜欢你啊？”

陈就一转头就听到这话，一顿，皱着眉说：“没有。我们都是广播站的，她是站长，我是副站长，她找我聊的都是正事。”

“又不是一天两天了，哪儿有那么多正事天天聊。”

陈就皱着眉：“这样说对女孩子不好。”

“你别不信。”后座的男生信誓旦旦，“我敢跟你打赌。”

陈就还没说话，上课铃响了。他没作声，转回头去。

下午放学，赵梨洁来找陈就。

“一起走？”她用一双笑眼看着陈就。

陈就正站在门边，手臂被撞了一下。后座的男生经过，朝他投来一瞥，带着点儿含有深意的笑。

陈就蹙着眉，说：“不了，今天我不回家吃饭。”

“啊？那我们一起吃？我刚好也不是很想回去。”赵梨洁又道。

陈就婉拒：“可能不太方便，我还有别的事。”

赵梨洁笑里带了些许惋惜，说：“这样啊，那下次吧。”

陈就跟她告别，取了自行车，骑上它出了校门。

他一直骑，转过几个街角，离学校渐远。

十几分钟后，他停在一家琴行门口。陈就把车停在树下，推门进去。

琴行的店员是个男生，斯斯文文，一见他就笑了：“您好。”

“您好。”陈就冲对方颔首。

“来看之前看的那把琴吗？”

陈就沿着一排货柜走过，稍做犹豫，道：“再贵一点儿的吧。”

“比上次看的那把琴再贵一点儿？”

“对。”陈就说，“看三千块钱的，两千多的不看了。”

店员道声好，领着他去看三千元价位的小提琴。

陈就比前几次更快地敲定下来，付给对方订金。

“我周五晚上来拿。”

“好的。”店员笑着递给他一张小票，“您凭票来取，到时候再付剩下的钱。”

温度降得很快，冬天已经来临，各人的校服里面都加上了厚外套。

课间是闲话滋生的时间。

午休时，旁边组的组长正收着模拟卷，才收到一半就停下来，站着和几个女生一聊就是半天。

苗菁百无聊赖地喝着酸奶，听着他们聊天，突然插话：“赵梨洁参加比赛？什么比赛？”

聚在一块儿聊得正欢的几人回头看她一眼，说：“就是小提琴的比赛啊，她不是学小提琴的嘛。”

“学校要办比赛？”

“不是。”有知道的人说，“咱们学校哪儿会办这类比赛，是我去办公室的时候听到老师他们在聊这个比赛，好像会借咱们的体育馆做场地，然后说赵梨洁也参加了。”

苗菁哦了声，点头，接着听，不乱插嘴了。

温岑在纸上涂涂画画，专注得很。

而冬稚看着书，仿佛什么都没听到。

下午，太阳拨开阴云。同学们都趁着课间出去晒一晒太阳，走廊上的人不少。

冬稚不爱走动，没离开座位。身旁的同桌去向别人请教题目，没在座位上。温岑身边也同样——苗菁在走廊上，是晒太阳大军的一员。

他用笔帽戳了一下她的背。

冬稚回头看了一眼：“嗯？”

温岑趴在桌上，问：“那个你不是也会嘛。你参加比赛不？”

冬稚稍顿，明白他说的是其他人八卦的那件事。

“不了。”冬稚说，“我很久没拉了，手生。”

“手生也试试啊，怕什么。”

她沉默片刻，说：“我的琴小了，不太方便，没换新的，估计拉不好。”

温岑还想说什么。她坐直，背不再贴着他的课桌前沿，枕着自己的桌子继续看书。

周五晚上，陈就到家比平时晚。往常他回家都很准时，除非临时有事。

萧静然一直等着，照例让厨房预备了热汤，在炉子上煨着。她刚从厨房出来，听见动静，知道他回来了，马上迎出去。

“怎么现在才到家？”她趿着拖鞋朝门口处走。

陈就手里拎着一个大袋子，正在玄关处换拖鞋。

她一瞥，随口问：“拿的什么东西？那么大。”

陈就抬眸看她一眼，只说：“我和朋友在外面逛了一会儿。”他三两下换好鞋，提步就往楼上冲，“我先回房换衣服。”

“哎——”萧静然还没说话，他跑得飞快，转瞬就上了楼。她无奈，叹气：“跑那么急做什么。”

陈就换好衣服下楼，两手空空。

萧静然让人盛好汤端到餐厅的桌子上。陈就拉开椅子坐下，萧静然在旁边看着他喝。

他舀一口汤喝下，冲她笑：“好喝。”

“好喝就好。”萧静然笑盈盈地说，“妈让人天天给你炖。”

陈就说：“妈，我回来晚了你就别等我，别跟着我熬夜，我又不是小孩子了。”

“知道、知道，你喝你的。”萧静然心里熨帖，怎么看他怎么好。

萧静然想起刚才他拎回家的大袋子，张了张嘴，刚想问，又打住了。

他拎着东西跑得飞快，不就是不想让她知道？

抽屉里他攒钱的信封，他在日历上圈起的她的生日，还有今天晚上他神秘兮兮的……她琢磨着，已然勾勒出事情的大致模样。

萧静然压下唇边的笑，轻轻拍了拍陈就的肩："妈去厨房让人再给你煮点儿东西吃。"

"妈，不用了。"陈就忙抬头。

萧静然没有停下来，趿着拖鞋进了厨房，拦都拦不住。

陈就喝完汤，又吃了一碗馄饨，正好待会儿还要看会儿书，可以消消食。

等看书看到眼睛发酸的时候，差不多胃里也消停了，陈就起身去洗漱。

他洗漱完上床就寝，入睡前收到赵梨洁的消息。

"休息日一起去图书馆吗？"她问。

陈就关了房间的灯，手机屏幕的光照在他的脸上。后座男生贼兮兮的笑在脑子里一闪而过，陈就拧起眉，回道："不了，我没时间。"

她又问："你有别的事要忙吗？去干什么？"

陈就想了想，说："我妈马上过生日，我要给她买生日礼物，还没挑好。"

她说："这样啊。"

他回了个"嗯"字，她没再说什么。

陈就一夜安眠。

隔天在学校，上午第二节课结束后的大课间，赵梨洁出现在陈就的班门口。

"陈就。"她叫他。

背着光，陈就看不清她的表情。

陈就起身，走到门口。赵梨洁叫他到拐角说话。

"什么事？"他问。

赵梨洁沉默了会儿笑了，说："我是不是做了什么惹你不高兴了？"

"没有啊。"

"那你为什么躲我？"

陈就一顿，说："我没躲你。"

赵梨洁不说话，直勾勾地看着他，脸上的表情复杂。

“真的没有躲我？”她自问自答似的低声说着，“如果我有什么做得不好，你跟我说，一定要跟我说。”

她性子开朗，鲜少这样。

要说陈就躲她，其实有一点儿。她本身太过敏感，被他婉拒了两回，一下子就察觉了。陈就不知道该怎么说，略微闪躲，动了动唇：“真的没有。”

赵梨洁从口袋里拿出一张纸，展开递给他，纸上写着几个店名。

“你说你要帮你妈妈挑生日礼物。这是我知道的几家店，以前给我妈妈买生日礼物的时候去过，还有一些我妈妈经常去逛的店，现在正好上新品。你去看看，应该能挑到合适的礼物。”

陈就没接，视线落在她的眼眶下，有一层淡淡的黑眼圈：“你昨晚熬夜弄这个了？”

赵梨洁不吭声，不说是也不说不是。

陈就接过那张纸，叹了一声，说：“谢谢。”

她将唇角向下撇，低声说：“我可能有的时候确实比较让人烦吧。如果你觉得不方便，以后我会少找你，你别为难。”

他手里拿着的东西轻飘飘的，被风吹过，纸张发出轻轻的声响。

“如果……”过了小半晌，陈就才说，“如果你不用太早回家的话，等休息日下午我挑完礼物，可以再陪你去图书馆。”

赵梨洁的脸上闪过诧异和轻微的喜意：“真的？”她说，“那……那我陪你一起给阿姨挑礼物好了！上次在你家和阿姨聊了几句，感觉她人真的很好。”

陈就犹豫。

“我每年都给我妈妈准备礼物，我的审美还可以啦。”她说。

陈就想了想，最后道：“也行，那到时候再电话联系。”

萧静然生日当天，天气不错。

冬稚不记这些日子，但冬勤嫂一大早就去了陈家。冬稚上完半天的课回来，下午休息，家里空无一人。

前头陈家正热闹着，一堆人还在忙着。

陈家从早上就开始大扫除，中午陈就的父母都在家里吃的饭。现在刚过中午，陈就的爸爸出门见朋友，预备晚上在酒店里招待客人。陈就的妈妈在家和一堆朋友喝下午茶，估摸着时间差不多就会动身。

冬稚在房里看书，天色未暗前，借着窗户外透进来的那一点点光也能看清楚。

她放在桌角的手机突然振动。

她拿起一看，是苗菁发来的消息："晚上一起去看电影？"

冬稚奇怪地道："怎么突然想去看电影了？"

苗菁道："新上了一部片，我想看。今天我家来亲戚了，我估计下午四点前是出不去了，待在家里好无聊，晚上出来呗？我请你看电影，你就当陪我嘛！"

冬稚想了想，应下："好，几点？"

"看七点多的吧，看完逛一逛，到家差不多十一点。可以吗？"

"行。"

苗菁又道："我问问温岑来不来，叫上他一起。"

不多会儿，苗菁道："温岑也来。这下有男生在一起，走夜路也不怕。就这么说定了，我买三张票。"

冬稚回个"好"字。

冬稚继续看书，翻了几页，手机又响，仍然是收到新消息的振动声。

冬稚以为是苗菁，拿起一看，却是陈就。

"晚上你别太早睡，在家等我。"

陈就站在能看到冬稚家小院的窗前，撩开窗帘的一角，给她发了条消息。

天冷了，冬稚没在外面，大概在房间里。

他很快收到回复。

冬稚："干什么？"

他说："我找你有事。"

"什么事？"

“等到时候你就知道了。记得，别太早睡，等我回来。”

她发来一个字：“嗯。”

陈就提醒她：“一定要等我回来。”

冬稚再三说好，他才放心。

院子里空空如也，莫名有几分萧瑟。

陈就回房穿上外套。他临出门前，打开藏小提琴的橱柜，把大袋子拿出来检查了一遍，琴盒还好好的在袋子里。他正要把橱柜门关上，瞥见袋子里的小票，赶忙把它拿出来。

他给冬稚送琴的时候，小票可不能给她看到。她要是看到价钱，肯定就不愿意收了。

这时门外响起脚步声，萧静然叫他：“儿子——”

陈就忙把小票塞进外套的口袋里，关上橱柜门，回头应道：“我在换衣服。”

萧静然没推门进来，在外面道：“换好衣服快点儿下来啊，我们准备走了，楼下的阿姨们都想跟你聊会儿天儿呢。”

陈就朗声说“好”。

萧静然是主人，不能把客人晾在楼下太久，门外的脚步声渐远。

很快，陈就带好手机等随身物品，背起书桌上装有礼物的包，出了房间下楼去。

君华大酒店一层最大的两个厅被包下。

不管陈文席的朋友是亲是疏，平日有来往的人都被邀请了。他给太太过生日，客人自然也都带着老婆来，加上萧静然自己的朋友也来了，一整晚，就见觥筹交错。夫妻俩应付完这桌应付那桌，忙得像对花蝴蝶。

他们歇下来的时候，萧静然和相熟的朋友们坐一桌。

她是今天的寿星，话题都围着她转。

“我说你呀，气色越来越好了。以前上学的时候皮肤就好，这么多年了，还是跟个小姑娘一样！”

“那是日子过得好啊，省心，人不烦当然就年轻。”

“我看你都不用护肤品吧……”

萧静然忙嗔道：“你们少拿我取笑，年轻什么年轻，都一把年纪了。”

“哪儿呢，你跟你儿子站在一起就像姐弟俩，不说谁知道是妈妈跟儿子！”

满桌都笑了。

萧静然也乐：“你这话说的，再说我都不好意思见人了。”

这些人把话题顺着这儿聊，些微一转就聊到陈就身上。

有个人道：“你有福气的嘞。你家陈就真是好啊，我越看他越喜欢，真恨不得带回我家去。”

萧静然乐得合不拢嘴：“哎哟，我儿子跟个闷葫芦似的，我还羡慕你家那个呢！你赶紧带走，带走！”

“我是想，就怕你舍不得。”

“那不会，我正好偷几天懒，度假呀旅游呀，也出去玩去……”

一群人正说说笑笑，另一个厅来人叫：“切蛋糕了，寿星呢？寿星在哪儿？”

那些人一听，挨个儿起身，众星捧月般围着萧静然往隔壁走去。

服务员推进来一个巨大的蛋糕。陈文席和陈就站在萧静然身边。

她说：“一把年纪了就不唱生日歌了。”

他们便只陪她许愿，吹蜡烛，切蛋糕。

朋友送的礼物早就被归置在厅里的一侧，切完蛋糕才到父子俩的重头戏。

陈文席送了她一对手镯，金贵得很。在朋友们打趣的羡慕声中，萧静然让陈文席给她戴在手腕上。

陈就的礼物盒稍大些。她拆开一看，是一条项链。

他一个半大的男孩儿，买也买不起多贵的东西。况且谁没见过首饰，贵重的是这份心意。

在场的女性个个都夸陈就。

“陈就真懂事。”

“陈太太好福气！”

“这孩子好，有出息，还孝顺……”

萧静然眼睛弯得只剩一条缝，陈文席带着褶的脸上也露出笑意。

他们祝完寿，聚会继续进行。

陈就被陈文席带着去和他的朋友说话。萧静然让服务员帮自己把首饰盒收到一旁，递过去盒子，忽然想到什么，停顿了一下。

服务员问：“您怎么了？”

“没事。”萧静然笑着松了手，让他把盒子拿走。

她还以为陈就给她买了什么大物件，那天他拎个那么大的袋子回家。

萧静然摸摸脖颈上的吊坠，略觉奇怪，但没多想，转身继续招呼朋友。

酒过三巡，气氛正好。

陈就端着饮料，跟着他爸给一众叔叔伯伯敬酒。萧静然从隔壁厅过来，看他们有说有笑，陪着聊了一会儿，拍一下陈就的肩，叮嘱：“不能喝酒啊。”

陈就脸热得有些红，揽了揽她的腰：“妈你去休息吧，多吃点儿。”

萧静然笑着走开，他们一帮大老爷们儿闹哄哄的。她绕过一圈，经过陈就的座位，见他挂在椅子上的外套正好落地，就把它拿起来，朝放置物品的桌子走去。

她把衣服折起来前随手摸了一下口袋，一边没东西，另一边摸到一张纸。萧静然顺手拿出来一看，愣了愣。

是一张购买小提琴的小票，花了三千多块钱。

电影散场时是晚上十点多，冬稚三人在街上逛了一会儿。

温岑请她们喝奶茶。虽然两个女生一个说不用，一个想喝又担心会胖，还是一人被塞了一杯奶茶。

“暖手也好嘛。”他说。

冷风吹得人清醒许多。苗菁和他俩不走一个方向，挑了个折中的地方打车。

“我坐出租车回去。”苗菁道，“温岑你陪冬稚走一段呗？时间有点儿晚了。”

冬稚刚说“不用”，温岑笑嘻嘻地应下：“好，你回去吧。”

出租车载走一个人，温岑二话不说接过冬稚的车：“行了，别看了，走吧。”

冬稚犹豫：“我可以自己骑车回去的，要不你回家吧，等会儿就太晚了……”

“没事。”温岑说着啧了声，“苗菁不让送，你也不让送，在你俩这儿我怎么这么不像个男的。”

冬稚没办法，在他的催促中，坐上车后座。

温岑骑了一会儿，刚过路口，忽然停下。

“怎么了？”

“戴着手套不太方便。”

他用脚撑着地，冬稚怕不稳，从车上下来。

温岑把手套摘了，要摸兜，突然想起穿的这件衣服是没口袋的外套。

冬稚伸手：“给我吧，我帮你拿。”

他应了声，顺手把手套塞给她。

冬稚把手套装进口袋，重新坐上车。这回温岑骑得不快，因为速度慢，风刮在脸上也没那么疼。

他仍旧把她送到她家附近的路口。冬稚道了谢，从温岑手里接过自行车。

“你打车回去吗？”

他说：“我去搭末班公交车。”

他摆摆手，和她往反方向走。

冬稚骑上车，骑了不远的一段路，很快就到家门口。

她刚推着车进院子里，手机响了。她拿出来一看，是温岑打来的电话。

她边停车边接：“喂？”

“我的手套是不是落在你那儿了？”

“啊。”冬稚这才想起来，摸摸兜，“是在我这儿。”

“你明天……算了。我没走多远，现在来拿吧。你方便走出来吗？”

冬稚想了想，说：“好。你到刚刚的路口等我，我马上来。”

冬稚挂了电话，先进屋放下东西。她正要出门，手机又响了。她以为是温岑的电话，结果是陈就打来的。

她一接听，他就问："你睡了吗？"

冬稚说："没有。"

"你到小门这里来！"

他说的小门，是从陈家的后厨旁直通她家院子的那扇门。

冬稚犹豫："我……"

"快点儿，我现在下楼了！"

走过去就几步路，冬稚只好先去找他。

她走到门边，站在阶下的石板上，敲了敲铁门，就听见响起拧锁的声音，门从里边被打开。

陈就扬着笑脸："冬稚。"

"你找我什么事？"

"这个。"他拎起手里的东西。

"这是……？"

"我……"

他的话没说完，直接被另一道声音打断。

"你大晚上不睡觉，跑到这里来干什么？！"

两人猝不及防被吓得一怔。

陈就回头，脸色登时微变："妈……"

萧静然铁青着脸，显然早就在这里等候多时。

陈家的客厅里灯火通明。

还没回家的帮佣站在一旁连大气都不敢出。冬勤嫂被叫来时一头雾水，待萧静然狠狠骂了几句才慢慢咂摸过味儿来。

冬勤嫂见冬稚垂头不语，气不打一处来，上手就是一巴掌拍在她的背上。

冬稚脚下踉跄一步，忙站稳，背后又是接连挨了许多下。

"勤婶！"陈就提步就要过去拦。

萧静然扯住他："没你什么事！"

他挣了挣，萧静然死死地拉住他，狠力把他往后一拽："站着不许动！”

冬勤嫂边打边骂：“你长本事了？！

“你敢撺掇着少爷给你买小提琴？这么花钱的东西你也敢要？

“我让你要小提琴！小提琴！就知道小提琴！”

冬稚被打得站不稳，忍不住辩解：“我没叫谁给我买……”

“你是没叫谁给你买，那我儿子都巴巴地给你买琴，给他的钱全买东西送你了，你要是开口了还得了？！”萧静然气得不行，转脸叱骂冬勤嫂：“勤嫂，我们家待你们可不薄，从我公公那辈开始这么多年了，没想到你们现在这样打我儿子的主意！你们要是这样，那真是好心没好报，我可不敢再留你们了！”

冬勤嫂连连赔不是，说着又动手打冬稚。

陈就看不下去：“勤婶你别打了，跟她没关系！”他扯萧静然的胳膊：“妈！冬稚真的没叫我给她买东西，她根本不知道，是我自己想给她买……”

“闭嘴！”萧静然气过头了，没忍住打了他一下，“你是不是要气死我？不听话了是吧？为了外人跟我顶嘴？你想气死我是不是？是不是？”

“妈——”

“你想气死我，你就说！”萧静然眼圈红了，快要流下眼泪。

陈就左右为难：“我没有，妈你别哭……”

萧静然指着沙发上的琴，对一旁的帮佣说：“明天让人拿小票去把这东西退了！”

“妈！”

“这个家我和你爸说了算！”萧静然红着眼喝止陈就，“我给你钱是让你给自己用的，不是让你拿去给别人造的。你又不拉小提琴，要这东西干什么？谁要谁自己去买！”

陈就想争辩，萧静然已经让帮佣把琴和小票一起拿走。

“这次就算了。”萧静然扭脸对冬勤嫂母女道，“下次我绝没这么好说话！”

冬勤嫂连声说是。

萧静然盯着冬稚看了几秒，没好气地说：“年纪不大，心思倒是多，自己没个样子，还带坏别人家的孩子。”

冬勤嫂扯了冬稚好几下，要她低头认错。但任冬勤嫂怎么拉扯，冬稚就是一声不吭。

“够了够了，赶紧走！”萧静然不乐意再看到她们，挥手让她们出去。

冬勤嫂忙拽着冬稚走了。

陈就下意识地动了动脚，才走了一步，就被萧静然一把拽回来。

院子里凉风飕飕，冬勤嫂抓着竹条冷喝：“跪下！”

冬稚不动。

“你丧着脸给谁看？丧着脸给谁看哪？”冬勤嫂用力戳她的额头，“我养你容易吗？”

冬稚被戳得往后退，站回来，又被戳得后退。

“跪下！”冬勤嫂指着面前的地，“跪不跪？不跪是吧？好，不跪，我让你不跪……”

冬勤嫂转身往屋里走去：“你的那把琴呢？我给你砸了，我看你以后还会不会惦记。”

冬稚一惊，拔腿就冲过去，在房门口拉住她：“妈！”

“走开！别拦我，今天我一定要砸了它——”

扑通一声，冬稚抱着她的腿跪下：“妈你别砸我的琴。我跪就是了……那是爸爸给我买的琴，求你了……”

冬勤嫂踢了踢腿，没甩开她。

冬稚抱着她的腿，想说话，咽了咽口水，眼泪先掉下来。

冬勤嫂低头看着跪在地上的冬稚，忍着泪骂：“你难道不知道我们家是什么条件？这些东西是你能碰的吗？是你要得起的吗？啊？你托生在我们家，没那个运道就是没那个运道！是什么人什么命就做什么事，不该是你的，趁早死了这条心。”

冬稚无声地哽咽，没有回答。

冬勤嫂别过头：“去院子里跪好，今晚不许睡！”

冬稚被赶到门口。

门狠狠地被关上，冬勤嫂连灯都没给她留。

冬稚跪在水泥地上。风吹在脸上，像在扇她巴掌。

口袋里的手机响了，她看也没看一眼，摸出手机来直接挂断。

半分钟后，手机又响。那声音锲而不舍，响了半天也没停。

冬稚把手机拿出来，摁下接听键，没看屏幕——其实想看也看不清。她泪眼模糊，用力吸了一口气。

“喂？”她的泪珠子啪嗒地掉下来。

“喂？你在哪儿？我在这个路口。

“喂？冬稚？”

冬稚长时间地沉默。

那边的人顿了一下：“你哭了？”

冬稚哽着喉咙，说不出一个字，每一根神经都紧绷着。她满脸淌泪，只能紧紧地捏住手机，像是要把它捏碎。

月亮被遮在云后。

黑漆漆的夜里，只有她啜泣着喘不上气的哭声。

路灯薄黄的光驱不散浓夜，除了马路对面亮着的便利商店，各处都黑了。

冬稚坐在路口屋檐下的阶梯上哭，没有发出声音，只是往下掉眼泪。

温岑跑过马路，买回来两包纸巾。他本来只买了一包纸巾，怕不够，又多买了一包。他抽出纸巾递给她，看她擦眼泪，半天才劝：“别哭了，脸上都是眼泪，风一吹多冷啊。这晚上的风跟刀子一样。”

冬稚不言语，鼻尖红红的，眼睛也红肿着。

温岑没见过她这副颓丧的模样，想说什么又觉得说什么都是废话。他站了半天，忍不住蹲下：“我搞不懂，陈就给你买琴，为什么挨打的人是你？”

冬稚摇头，说不出话。

“他可真是个事儿特别多的人，净给别人招事儿。”温岑低低地说了句。

他本来是找冬稚拿忘在她口袋里的手套，到了路口，一等就是半天。他打电话给她先被她挂断，第二个电话打过去她接了，就听见她在那边哭得快没气。

等冬稚边哭边走到路口给他送手套来，他一追问，结果听到这么个让人撮火的事儿。

冬稚和陈就两家住得近，从小一起长大。她这么说，温岑就这么听着，多的也不去问。

“不哭了。”温岑默默叹气，抽出张纸巾递给她，“真别哭了，仔细等会儿脸疼。我不骗你，眼泪干了脸上多疼啊……”

他一张张地递，冬稚一张张地接过来拭泪，攥了一手的纸团。

“给我吧。”温岑看她渐渐缓过来了，要过她手里用过的纸，起身去路边，扔进垃圾桶里。

他再回到她的面前，问：“那你等下怎么办？”

“回家。”她说。

“回去跪着？”

她默然。

“我说你别那么傻啊。”温岑皱着眉蹲下，“这大晚上的，冷得要死，跪一整晚明天你的膝盖还要不要了？你听我的，能蹲就蹲一会儿，最好是坐着……家门口有椅子没？反正没人看着，宁愿坐到天亮也别跪。”

冬稚不说话。

他又问：“听到没？”

她这才点头。

“我回去了。”冬稚嗓音沙哑，站起身。

温岑跟着起身：“我送你。”

“不用了……”

“你眼睛都肿得睁不开，我哪儿放心让你一个人走，万一掉坑里或者绊倒摔跤了算谁的？我陪着你也好有个人给你从泥里捞起来啊，是不是？”温岑说，“要是怕被认识的人看到告诉你家长，你就在前面走，我在后面跟着。这黑咕隆咚的，万一有坏人出来遛弯儿刚好碰上你，那你一个人不就完蛋了嘛。”

冬稚觉得嗓子疼，哭这么久也累了，不想说话。她知道他是好意，没再坚持，疲惫地点了点头。

两个人一前一后地走。

冬稚在前面走，温岑在后面走。

这条路上只有沙石被鞋底踩过的声音。

她放慢速度，回头看。温岑两手插兜，跟着她的步子一如往常那样散漫，那双眼睛却发亮。

他冲她摆手，示意她安心往前走。

她转回头，继续走，于是沙石摩擦鞋底的声音又响起。

回家的路还是那条路，只是今晚变得格外长。

冬稚坐在屋檐下，院子里漆黑静谧。正门一直关着，她妈应该在房里气得哭过，现下大概睡着了。至于门，她不用试都知道肯定反锁了，有钥匙也进不去。即使可以进，她也不想。

冬稚坐了不知多久，口袋里的手机嗡嗡作响。

温岑给她发消息，说："我到家了。"

他的下一句话像盯活儿的监工似的："有没有坐着？还是偷偷跪着？赶紧起来坐下，别让人不省心。"

冬稚抿紧起皮的嘴唇，回复："我坐着呢。"

"真的？"

"真的。"

"那还行。"他又问，"冷不冷？"

冬稚缩着肩，告诉他："不冷。"

"你猜我信吗？"他发来一个表情，"你就穿那么点儿，我还不知道晚上这个温度？"

她不言语了。

温岑突然变得话多，一句接一句地和她闲聊。

冬稚问："这么晚了你还不睡吗？"

他说："睡不着。陪你聊一会儿，省得你无聊。"

"不用了。"她说，"你早点儿睡吧，要不明天起不来。"

"还有赶人睡觉的？我就不睡。"

她没回复。

他不在意，开始自言自语。

“你觉得晚上的电影怎么样？

“我觉得还不错。不过我以前很少看这类型的片子，没想到还挺好看的。

“下回要是还有新片上映，我们仨再一块儿去。

“边喝奶茶边看电影，多爽。

“要是作业少点儿就更好了，天天一堆作业，我都快烦死了。

“你高一的时候就是这几个老师教你吗？应该分科以后重新分班分老师了，对不对？

他发来的消息一句接一句，她仿佛能想象得到他说话的语气，甚至是表情。

冬稚吸了吸鼻子，摁下待机键，手机屏幕啪地一下黑了。她抱住膝盖，把脸埋在手臂之间。有一股酸意横冲直撞，顶上鼻尖，闯入眼眶，肆意泛滥。

凌晨快三点的时候，冬勤嫂给冬稚开了门。

冬稚抱着膝坐在门口，正睡得迷迷瞪瞪。

冬勤嫂披着外套，面沉如水，呵斥她：“回去睡觉！”

冬稚睁开眼，站起身，两条腿僵硬发麻，晕乎乎地踉跄一下。她一句话都没有说，拖着沉重的步子，路过冬勤嫂的面前，走进房间。

早上六点多她起床上学，冬勤嫂做的早饭还是那些。冬稚比往常更沉默，洗漱，吃早饭，收拾妥当，最后骑车出门。

她们谁都没跟谁交流。

冬稚一进教室，发现苗菁和温岑都到了。

苗菁奇怪地道：“你今天居然来得这么迟！”她感觉不对，皱着眉问，“你脸色怎么这么差？”

冬稚摇摇头：“没睡好。”

冬稚整个人恹恹的，看着一点儿精神都没有。

温岑凑近，在冬稚的背后问：“着凉了？看你像发烧了。”

“没有。”冬稚说，“我出门前摸了脑袋，不烫。”

“你……”

这时老班的身影出现在门口，于是三个人噤声，拿起书本早读。

第二节课的大课间要集合做操，苗菁说：“要不你请个假在教室里休息？”

“算了，还要体育委员写假条给老班签字。”冬稚不想找麻烦，“我没事。”

苗菁不放心，挽着她的胳膊，一路陪着她走。

他们做完操，苗菁想和冬稚一块儿回去。但是有不同班的朋友找过来，说有事和苗菁说，苗菁只能让冬稚先走。

冬稚一个人走到教学楼，在拐角处被陈就拦住。她停了一下，提步就要绕开他走。

“冬稚！”陈就拉住她的手腕，一脸焦急。

冬稚不想听他说话，想都没想就甩开他的手。

“你听我……”

“陈就、冬稚！”突然前面出现一个人影，笑吟吟地和他们打招呼。

他们转头一看，来人是赵梨洁。

陈就拦冬稚的动作微顿，就趁这么个空当冬稚迈开步向前走，头也不回。

“冬……”赵梨洁迎上来，刚要打招呼，冬稚径直从她身边过去，赵梨洁的笑意僵在脸上。赵梨洁转头看向陈就，不解地道：“冬稚怎么了？”

陈就不语，忽然觉得喉咙里泛起苦味。

校外的奶茶店生意不错，赵梨洁挑了个最里侧的两人卡座坐下。时值午休，他们吃过中午饭在这儿消遣最合适不过。在她对面坐着的陈就，表情从头到尾都没有放松过。

“我觉得这也不能全怪你。”赵梨洁连叹两声，“你想送她礼物是出于好意，谁也想不到会闹成那样。”

陈就不说话。

赵梨洁劝他：“你别怪自己。你想想，你们只是住得近，从小一起长大，你对她可以说是很好了，对不对？我要是有这么好的朋友，不知道得多开心。”她说，“阿姨发脾气，估计也是怕你乱花钱。你没告诉她呀，她在不知情的情况下，突然知道你花了三千多块钱给朋友买小提琴，她生气也是正常的。”

陈就说：“你不懂。我妈对她……我妈说了很难听的话。”

“阿姨是在气头上嘛。”赵梨洁说，“而且打她的人是她妈妈，她妈妈问题更大才对。你是好意，她妈妈……其实不是我说什么，冬稚有的时候真的是自尊心太强了。”

她可以感受到陈就周身的低气压。

“别想了。”赵梨洁安慰道，“喝点儿热的东西，吃点儿甜的，缓解一下情绪。等过两天冬稚气消了，你再好好跟她说，她肯定能理解你。”

她说罢，招手叫来店员，给陈就点了一份甜点。

冬稚没有来过网吧，晚饭都不吃，放学了就直接到附近的网吧来，更是第一次。

这里打游戏的人很多，网吧里飘着烟味儿，嘈杂声不绝于耳。

她在角落找位子坐下，开机登录后，点开一个网站，一步步按照提示操作。

她花了一分钟左右，将所有信息填写完毕，界面跳转，出现几个字：“报名成功。”

这几个字下面是几行内容，写着初赛和决赛的时间与地点。

冬稚盯着电脑屏幕看了一会儿，关闭网页，下机。

她退了钱，走出网吧。外面的空气闻起来无比清新，天也蓝澄澄的，像幅画。

她沿着街走了一段，收到温岑的消息。

“弄好了吗？”他问。

冬稚轻轻地触屏输入文字，告诉他：“嗯。我报名了。”

第四章　别　听

和韵琴行。

这个时间店里没有客人，里间的楼梯上倒是隐隐约约传来各种乐器的声音。

阿沁给冬稚倒了杯热水，杯子里搁的几粒枸杞还没被泡涨，沉在一次性塑料杯底部。

“喝点儿水润润嗓子。”

“谢谢。”

冬稚坐在柜台外，是阿沁给她端的椅子。外人不能轻易进柜台里，两人一里一外正好面对面坐着。

“紧张不？”阿沁问。

冬稚说：“还好。”

“不紧张就好。”阿沁一笑，抬头看了墙上的钟一眼，“你在这儿歇会儿，等时间差不多了，我就给你把琴装好。”

“嗯。”冬稚虚虚地握着塑料杯，热水的温度透至掌心，感觉有说不尽的暖。冬稚停了一下，道：“谢谢你。”

“跟我还客气什么。”阿沁嗔她，“你参加这个比赛我可高兴了，真的。先前你说不去，我还替你可惜了好久。想通了就好！”

冬稚扯了扯嘴角，略微自嘲：“借琴参加比赛的人，估计也只有我了。”

“那有什么的，说明咱有诚意呀！”阿沁不乐意听她这话，“也就是这比赛没有心意分，不然咱这么认真，这么诚挚，说什么也该加分！”

冬稚被她逗笑，表情轻松了些。

阿沁又说：“我今天要看店走不开，不然我就陪你一块儿去了……我听说主办方只派了两个初赛的评委，其他评委都是各个琴行的老师。虽然初赛没有最后定名次那么正儿八经，但好歹能感受一下气氛……”

冬稚安慰她：“你想听什么？等有空了我拉给你听。”

阿沁笑着说：“那敢情好。”

她情绪一下好起来，嘻嘻哈哈地和冬稚闲扯。

眼看就要到冬稚要走的时间了，最后她们把话题说回到比赛上。

“在我们琴行报名的两个小男孩儿也去比赛了。我看了课表，今天没有小提琴课，最后比赛那天也没有。我把琴给你备着，下场比赛你照样提前来拿就行。”阿沁说，“今天是初赛的第二天？是不是只比初赛和决赛来着？那到决赛的时候我一定去给你加油！”

冬稚说：“八字还没一撇。”

“你肯定能行。”阿沁摆摆手，“你等我一会儿，我去给你拿琴。”

不多时，阿沁拎着一个琴盒出来。里面的琴是琴行里老师上小提琴课时用的那把，也是往常冬稚来的时候，借着拉一拉的那把琴。

“你平常用的琴就是它，挺熟了，应该不会不顺手。”阿沁把琴盒放在桌上，“直接拎？要不要拿袋子装？”

冬稚说：“直接拎。”

“行。”

冬稚预备起身：“我写张借条给你？”

“写什么借条。”阿沁瞪眼，“我要是信不过你就不借你了。”

“我怕万一有什么，你不好跟你舅舅交代。”冬稚执意要留借条。

阿沁拗不过她，只好收了她写的借条。冬稚在借条上面写得清清楚楚，何时借、何时还。

“等你晚点儿拿琴过来，我就把借条给你。”阿沁叹了口气。

冬稚笑笑：“我走了。”

阿沁从柜台里出来，把她送到门口。

这是全城规模的比赛，人不多，但也绝对算不上少。

冬稚在登记处排队，排了半天才被轮到。

“哪个琴行的？”

“网上报名。”

“叫什么名字？”

“冬稚，冬天的冬，稚嫩的稚。”

“报名码？”

“921513。”

工作人员在电脑上把报名码输入，过后在打印出来的表格上盖了个章，外加一个牌子，递给她。

冬稚拿着编号为“018”的牌子去指定的地方等候。

厅里来来往往都是人。有许多家长陪同孩子来比赛，还有各个琴行的老师带队，领着学生们来参赛。

钢琴这项的报名人数最多，小朋友、大孩子都有。

冬稚在小提琴比赛的入口外等候。人到齐后，工作人员摇号分组，一组三个人，按组入内。

她被分在第三组。同组的两个女孩子比她年纪小一点儿，却都微抬下巴，目视前方，连唇角向下撇的些微弧度都相似，有着如出一辙的神态。

等前两组出来后，轮到第三组上场，冬稚跟在两个女孩儿身后进场。

屋里坐了一排老师，看起来全都严肃得不得了。

她们三人按照号码大小分先后，不巧冬稚刚好排在最末一位。

别人演奏的时候，另外两人在一旁的椅子上坐着。谁也不发出声音，老师们交流时也把音量压得很低。

冬稚被叫到号，步入场中站定。对面是一整排正襟危坐的老师，她暗暗松了一口气。

从和韵琴行到这里，一路上她都很紧张，第一次那么明显地感觉到自己的手指发凉。

只是这一刻，一切好像又没那么吓人。

冬稚从比赛场地出来，搭公交车乘坐两站，下车后步行几十米，看见了便利店。

温岑和苗菁等在便利店门口。温岑站着玩手机，苗菁吃着冰棍儿，一边冻得哈气，一边不停地吃。

冬稚朝他们走去。

两人听见声音，转头看来。

苗菁扬起笑："冬……嗯？"苗菁低头，盯住冬稚手里的东西，"什么东西？"

冬稚走到他们面前，稍稍把那东西拎起来一些："小提琴。"

"小提琴？哪儿来的小提琴？"

"借的。"

"哦，我还以为……你借这个干吗？"

没等冬稚回答，温岑问："比赛怎么样？"

冬稚一笑，说："过了。"

他也笑："恭喜。晚上我请客，看完电影去吃好吃的。"

苗菁感觉云里雾里的，忍不住叫停："什么跟什么啊？"她迟钝的脑袋后知后觉地反应过来，问冬稚："你会拉小提琴？"

冬稚轻轻点头："嗯。"

"你怎么从来没告诉过我？"苗菁瞪圆眼睛，"我们认识这么久了，我竟然一点儿都不知道！"

"没有什么合适的场合说，所以就没有提。"冬稚解释。

苗菁吃了口冰棍儿，道："那……那你去参加了什么比赛？"她又自问自答道，"是不是那个？就那个，赵梨洁也参加了的比赛？"

冬稚嗯了声。

"你刚刚碰到她了吗？"

“没有。”冬稚说，“今天是初赛的第二天，我报名报得晚，她可能是昨天去的。”

苗菁像看新大陆一样看她，左右打量。

冬稚失笑：“你干吗？”

苗菁一巴掌拍在她的胳膊上：“出息了！好啊，真好！”苗菁蓦地想起什么，猛地转头指着温岑：“你是不是早就知道了？我就奇怪你怎么今天突然说要请客看电影！”

苗菁气得跺脚，抱着冬稚的胳膊要赖：“好哇，你们背着我有小秘密！太过分了，我难道不是自己人吗？”

冬稚被她晃得差点儿站不稳：“没有……”

“不是自己人你会站在这儿？”温岑说，“你手里那根冰棍儿还是我付的钱，大姐。”

苗菁冷哼。她闹完，把冰棍儿吃干净，将剩下的光秃秃的棍儿扔进垃圾桶。

冬稚说：“我先去还琴。”

苗菁奇怪地道：“还琴？……哎，你会拉小提琴，那你不是应该有琴吗？你的琴呢？”

冬稚平静地道：“太久没拉了，我的琴是以前的，小了点儿，不方便。”她说，“还琴的地方离得不远，你们先去电影院吧，我马上就来。”

苗菁和温岑都说了声好。

从那日冬稚罚跪完以后，她和冬勤嫂的关系降到冰点。平时冬勤嫂吩咐要她做的事，冬稚照样都做，默不吭声地完成，只在出门和回家的时候招呼一声，无外乎是“我回来了”和“我出去了”这两句话。其余的交流，她们一概没有。

冬勤嫂让冬稚做的也都是自己家里的事。陈家的活计她不让冬稚再搭手，免得冬稚踏进陈家，招来其他干活儿的人的非议。

冬稚在傍晚的时候得了清闲。以前要是赶上冬勤嫂当值，冬稚回来匆匆吃完饭就得去陈家打下手，现在可以尽情地在家消磨时间。

时下已然入冬，冬稚待在院子里看书，冷风刺骨一个劲儿地往脖领里钻，穿再厚也熬不住。房间里虽然暗但好歹暖和，冬稚回到屋里没再出去。

离决赛没剩几天。比赛地点在他们的学校，轮到小提琴组比赛的当天正好是休息日，除了部分有闲情逸致的人，大多数学生应该不会围观这种比赛。难得放假，他们都是要出去玩乐解闷的。

冬稚看了会儿书就歇了。

冬勤嫂忽然回来，到冬稚的房门前看了一眼，声音比步伐来得更快：“吃饭了没？”冬勤嫂站定，见她蹲在柜子前擦她的那把琴，脸色登时有些沉，“你怎么又在摆弄这东西？”

冬稚和她对视一眼，没说话，把琴装进琴盒。

“你是不是不长记性。”冬勤嫂骂道，“我打你打得轻了是不是？跟你说了那么多，你怎么就一个字都听不进去？我看你还是想挨打，这把琴我迟早给你……”

“你砸呀。”冬稚一下站起来，“你除了会砸我的东西，你还会干什么？”

冬勤嫂一愣，微怒：“你学会顶嘴了是吧？”

冬稚看着她，一字一顿着沉沉地说：“你要是砸了我的琴，我这辈子都不会认你这个妈。”

冬勤嫂一听来气：“你长本事了？你再说一遍，我辛辛苦苦养你，你跟我说这种话？你看我不打你……”

她四处找家伙。

冬稚冷着脸不动：“打，你有本事就打死我。”

“你以为我不敢是不是？”冬勤嫂找不到东西，干脆用手狠狠地拍在冬稚身上。

冬稚用胳膊挡着头，抿着唇一声不吭，不肯示弱。

冬勤嫂气急了，甩开她，冲过去拿她的琴。

冬稚一下扑过去，把琴盒关上，紧紧地抱在怀里。

“松手！”

冬稚不语。

“给我！”

冬稚死死抱着不撒手。

冬勤嫂的巴掌落在她的背上、胳膊上，冬稚拧着一股劲儿和她对抗。

“这把琴是爸爸给我买的——”冬稚挨着打，喝道，“你砸我的琴，我就跟你拼命！”

“你……”冬勤嫂气得举起手，这一次却没落下巴掌。

冬稚抱着琴死死地瞪她。

冬勤嫂用力揪了一下她的衣领，眼圈有点儿红：“你扯你爸干什么？我骂你是为你好，你怎么就不知道听劝？我们是什么人，你整天想这些没用的东西，有什么用？”冬勤嫂咬着牙叱骂，“你看看你现在这个样子，就是你爸在的时候把你惯坏了，惯得你心比天高！你不知道你是什么命吗？啊？”

“我管你要钱了吗？我爸走了以后，我有强求你继续供我学琴吗？”冬稚听不得她提这个，忍着鼻尖的酸意还嘴，“我把琴放起来，再没提过这些事，就这样我都不能碰一下琴？我碰琴怎么了？你告诉我，我是什么命？我摸一下琴，你要这样打我骂我？”

“我是为你好。”冬勤嫂喝道，“我是为你好，你听劝！”

“我不听劝！”

冬勤嫂打她的背，哽咽着骂：“你怎么这么不知道好歹啊？

“不该你的别去想，心比天高……你这辈子要吃苦的啊！”

冬稚抱着琴盒不撒手，听冬勤嫂哭了，眼睛也红了。冬稚紧紧地把琴盒拥在怀里，一声比一声哽咽：“我就是喜欢小提琴，我就是喜欢，就是喜欢……”

到后来，冬勤嫂不打她了，也不骂她了，用粗糙的手掌捂着脸只是哭。冬勤嫂的眼泪从指缝间流下，一道道淌过粗糙的手背。她手背那些褶皱像干旱的沙漠，如何灌溉也填不平。

萧静然端着点心，趿着拖鞋上楼。她到陈就的房门口，敲了一下，伸手去拧门把手，门却没开。

她一愣，又叩了两下门，里面传来声响，再就是锁被拧动的声音。

陈就打开门，问：“怎么了？”

“你锁门干什么？”萧静然皱眉。

陈就没说话。

“在自己家锁门干吗？你怕谁乱翻你的东西呀？”

“没有。”

“儿子。”萧静然莫名在意，僵硬地笑了下，“你以前从来不锁门的。”

陈就不想聊这个，伸手去接她手里的盘子：“我在看书。你给我吧，我一会儿就吃。”

萧静然没松手：“你还在生妈妈的气是不是？”

“妈。”陈就皱了下眉，“我还要看书。”

“你是不是因为那个琴的事情还在怪妈妈？你怎么能怪妈妈？我是为你好啊，你怎么都不理解我？你以前不会这样的，你……”

陈就松手：“算了，我不吃了。”

他退后一步，啪地一下把门关上。

萧静然在他的房门口愣住了。

而后她反应过来，抬手用力地敲他的房门：“儿子？儿子！儿子你开开门，你跟妈妈聊聊……”

屋里的人毫无反应，死一般沉寂。

谁都没有赢的可能，换句话说都是输。

所以和棋，对双方而言或许也是各自的死棋。

冬勤嫂再没有提过一句关于小提琴的事，冬稚同样也没提。

日升日落，她们照常过日子。

一个人忙于生计，一个人沉默度日，恍然之间有种还挺和谐的错觉。

一大早，冬稚吃过早饭，收拾好出门。

她推起车，停了停脚步，稍稍侧头：“我去上学了。”

冬勤嫂坐在门口的小矮凳上喝粥，抬头瞥了她一眼，又低下头：“嗯。”

冬勤嫂就说了这么一个字，尾音坠入碗里。

院门开了又合上，冬稚骑着车远去，车轮碾过地上的声响逐渐减小，最后消失。

冬勤嫂喝完粥，一手拿碗一手持筷，将手背在腿上一撑，站起身。

大门已经开着，但正屋里还是暗。

没办法，正对面的陈家挡住了大半的光。

冬勤嫂把碗筷洗了，从厨房出来，用两只手在围裙上擦拭着，余光一瞥，动作不由得顿了一瞬。

冬稚的房门紧紧关着。

以往她上学或是出去，房门总是虚掩着，留一道缝。她说关上门不好透气。

现下那扇门被关得严实，插在门把手下锁眼里的钥匙也被拔了，大概是她锁完门以后顺手把钥匙带走的。

冬勤嫂将手指不停地捻着围裙，把头一扭，不想再看，快步出去忙活该忙的事情。

冬稚到了班里，时间还早，意外的是苗菁竟然也到了。她感到很诧异，随口一问："你怎么来这么早？"

"赶着来补作业啊！"苗菁没抬头，奋笔疾书。

冬稚哦了声，放好东西。

"哎。"苗菁忽然叫她，"我拿了你的笔记本。"

"笔记本？"

"对。"苗菁叹道，"我真是服了老班，检查作业就算了，还带检查笔记的！"

冬稚转头看她："什么笔记？"

苗菁忙里抽空地指了指放在她面前的东西："这个。"

冬稚瞥了一眼，看清上面的字体，微愣。

苗菁说："我刚刚来的时候不小心碰到你的桌子，这是从你的桌子里掉出来的。我见是笔记就拿过来，正好要补……"她夸奖道，"你的笔记做得真好，我竟然都看得懂这几个重点。"

冬稚抿住唇。

那不是她的笔记本。她认得那字迹，是陈就的。

陈就是理科重点班的领头羊，数学尤其好。冬稚是文科班的。文理科数学的学习范围不一样，他给她做笔记，得照着文科的课业进度和范围来做。

其实他这样做笔记有一点儿麻烦。

苗菁写得快，没多久，就合上笔记本递给冬稚："谢了！"

"嗯。"冬稚从鼻腔里挤出一声。

冬稚接过笔记本，看也没看，就直接塞进桌子里。

上午的课结束，接着是吃午饭的时间，然后午休，再来是下午的课程。

傍晚留在学校食堂吃晚饭的人不如中午的人多。如非有事，一大半本地的学生会选择回家。

陈就和班上的同学一起走，到停车的地方取自行车，离着几步远，就看见车篮子里放了一样东西。

那是一本笔记本。

他的表情微沉。

那同学奇怪地道："哎，你车篮子里怎么有东西啊？"

"我放在篮子里忘拿了。"陈就说着，收起笔记本，把它默默地装进背包。

"一天了，没被人拿走就好……"

陈就低声道："也没人想要。"

"你说什么？"那同学没听清。

"没什么，走吧。"陈就摇摇头，平静地开锁推起车，却沉着张脸。

决赛来临了，又是一个休息日。感觉过了很久，但其实距离初赛仅仅一个礼拜。如此短暂的赛程，这全城范围内比赛的规模之简单，由此可见一斑。

冬稚在家吃过中饭就出门，和阿沁约好了在琴行见。冬稚去借小提琴，阿沁说好要去看她比赛，两人正好一道去她的学校。

冬稚走到半路上还没到琴行，手机突然响了。她往路边站，拿出手机一看，来电的人是温岑。

“你在哪儿？到学校附近的第一个路口来。”他说，“我找你有事。”

冬稚一愣：“什么事？我在去琴行的路上。”

“你先过来，来了就知道了。”

“嗯……”她犹豫道，“我先去拿了琴再过去。你等我一会儿？”

“别，直接过来。现在还早，耽误不了多久。”

冬稚听他催得急，只好道：“好吧，那你等我，我现在就过去。”

那边温岑嗯了声，挂断了电话。

冬稚坐上公交车，在学校那站的上一个路口下来。她往温岑说的地方走去，大老远就见他等在路边。

她走过去，看见他随手带的东西，脚步渐渐慢下来。

温岑主动迎上来：“你怎么不走了？看到我躲什么？”

冬稚愣愣的，看着他手里拎着的东西：“你……？”

温岑不跟她废话，直接把东西递给她：“喏，这是给你的琴。”

冬稚半晌没动作，回过神，直接拒绝：“我不要。”

“我用我的压岁钱买的。”他说，“你放心吧，我爸从来不管我花钱。”

“这……我不能收这种礼物。”

温岑盯着她看了两秒，说：“行，你不要那我就扔了。反正我一买完就把小票撕了，退也退不了，两千多块钱打水漂就是了。”

“你——”冬稚一愣，“你怎么耍无赖啊？”

“无不无赖的，你管呢？你这人怎么这么死脑筋！”温岑啧了一声，“我做事你放心，绝对不会做没底的事情。我敢送，这东西就绝不会出问题。”

“就算是你的压岁钱也不能这样……”

“我的压岁钱，我想怎么花就怎么花。”温岑打断她，“压岁钱……压岁钱那都是我凭身体挣来的，我一家家拜年说喜庆话不累啊？给我了就是我说了算。”他说，“我跟你这么说吧，这把琴花了两千四百多块钱。你比赛的第一名不是有两千块钱奖金吗？这么着，你拿着它去比赛，赢了就把奖金给我，这样就当是你提前借我的钱买的琴不就好了？”

冬稚憋了半天，憋出一句：“那也还差四百块钱。”

“那四百块钱以后再说。”温岑说，“我买都买了，好歹你先拎着去比赛啊！比赛完再说。要是没赢，你实在感觉拿着烫手，再把琴还我，我拿去卖了呗。卖不了原价没事，折点儿就折点儿。”

冬稚涨红了脸，不是因为感到羞愤或是耻辱，而是因为说不过他。她一口气憋在胸口，堵得紧。

温岑不由分说，一把将琴塞给她：“拿着，抱好了！掉地上摔坏了，你当场就得赔，别做亏本买卖啊妹妹……”

他的好意是“强硬”的，语气随便得仿佛聊天气、聊吃饭一样稀松平常。

冬稚突然感觉心里沉甸甸的，满满当当的。

她张了张嘴唇，半天说不出话。

“没事。”温岑说，“赢了就好了，不怕。”

他这话说得有几分调侃，也有几分认真。

他伸手指她一下：“不许哭啊，我受不了这个。”

她的煽情抑或感谢都被他制止。

冬稚红着脸，嗫嚅着。

她半天后才说：“温岑……”

“嗯？”

她只说了这么一句，没再继续往下说。

在车水马龙的街头，她慢慢收拢双臂，将琴盒抱紧。

这是她人生中第一把 4/4 琴。

今天是本该休息的日子，陈就和班上的两个男生被老师拜托帮忙，吃过午饭又来了学校。老师把要登记分数的各科小测验的试卷交给他们，交代清楚之后赶去开教学组的会议。

陈就坐在长桌最前面的一侧，刚好是老班的位子。

他登记至半，口袋里调到振动模式的手机嗡嗡直响。

陈就记完手上这张试卷，把手机拿出来看了一眼，是后座的男生发来的消息："你不来看比赛啊？我在体育馆，三楼这里有好多人。"

陈就简短地回复："不了，我在忙。"

后座的男生如往常一般感慨他的"不活跃"，陈就没回他的信息。

没几分钟，后座的男生又发来消息。陈就随意一瞥，意料外地怔住。

"我们学校来了两个人哪。冬稚竟然也在，这不会是重名了吧？她也参赛了？她会拉小提琴？！"

陈就放下笔，将手从桌上拿开，把视线完全转移到手机屏幕上。他想回复，打上几个字，立刻又删掉。

他收起手机，站起身对身旁的同学道："我有点儿事情。"陈就把剩下的小半份试卷交给对方，"这些麻烦你帮我登记，谢谢。"

陈就言毕，快步冲出办公室。

"天哪，冬稚？！是我们学校那个冬稚吗？"

"不是吧？她会拉小提琴？没听说过。"

"可能是重名？"

"这个名字的重名概率没这么高吧……"

体育馆三楼的门口立了张板子，上面写着各项目比赛选手的编号和名字。

学生们早就知道学校体育馆被借出去办比赛了，比赛要连续举办好几天。今天正好是休息日，想来的一小部分本校学生便结伴来凑个热闹。

今天是小提琴组的比赛。有人对着项目随便看了看，结果看见一个令人眼熟又诧异的名字。

"不是重名！"板子前围观的某个同学发现细节，将手指向后边，"这里写了'澜城一中学生'……就是她！喏，跟上面赵梨洁的姓名条后面的备注一样。"

"真的是冬稚？"

"她会拉小提琴？"

"什么时候的事？真的假的？"

一时间，吃惊的一中学生议论纷纷。

赵梨洁正往学校赶。来看她比赛的朋友早早就到了，给她发消息：“你还没来吗？我们在学校里，快到体育馆了。”

“我在路上，马上就到了。”她立刻回过去。

下一秒，朋友告诉她：“我们看到陈就了！他在往体育馆赶，是不是来看你比赛的？肯定是！你赶紧来啊！”

赵梨洁一愣，脸上霎时绽开笑容，用指尖打上回复：“我是跟他说过，如果有空来看比赛，他说看情况。”

那边的人调侃她：“什么看情况，你是没看到，他跑得比风都快，我看他着急死了。”

赵梨洁止不住笑意，发了个表情给朋友，收起手机。

“宝贝在笑什么呢？”赵父开着车，透过后视镜看了女儿一眼，笑容满面地发问。

赵母坐在副驾驶座上，闻言也回头。

赵梨洁咳了声，正襟危坐：“没什么。”

然而她的唇角的弧度怎么都掩饰不住。

赵梨洁看到门口的板子，也有些诧异。不过她早就知道冬稚会拉小提琴，比起旁人，那份意外的情绪要轻不少。

后台的选手都在练习，有从别的学校来的和她年龄差不多的女生，男生倒是只看见两三个。

赵梨洁拎着琴盒走动，直到在拐角才看见冬稚。

冬稚正收拾东西，蹲下身把琴装进琴盒。

赵梨洁快步走近她：“冬稚！”

冬稚抬头，稍顿，嗯了一声，把琴装好，站起身和她打招呼：“你好。”

“你在练习？”

冬稚点头。

赵梨洁笑着感慨：“我没想到你会来参加比赛啊！”

“想参加就来了。”

“那以后有空我们可以多多交流！”

冬稚点了点头：“等有机会吧。”

“对了。”赵梨洁问她，“你考级了没？”

冬稚说：“没有。”

赵梨洁热情地道：“那正好，我之前刚考过，有经验。我那个老师非常好，如果你要考级的话，我可以借你资料。然后关于考试的内容，怎么做准备之类的事情，你可以提前学！”

“如果有需要的话再麻烦你。”冬稚淡笑，“谢谢。”

赵梨洁说：“你千万别客气。考级的曲子虽然感觉上不容易过，但是其实也没有那么难，多练练慢慢就能掌握了。你这么聪明，肯定很快就能学会。如果有能帮得上忙的地方，我也可以教你。”

“好。”冬稚又道了声，“谢谢。”

没多久，赵梨洁被认识的选手叫走。

一群人围成一圈热聊。

她在人群中间，众星捧月，是最耀眼的中心。

“接下来有请十八号选手，来自澜城一中高二的学生，冬稚。”

报幕的主持人走下来。

冬稚提步上台，缓缓行至中央，光打在她的身上，她看不清台下。她不知道苗菁、温岑还有阿沁在哪里，没有去找，平静地挺直背站好。

在舞台的角落，钢琴老师已经就位。他们彼此对视一眼，冬稚从容地摆好架势，拉动琴弓。

贝多芬的九首小提琴奏鸣曲中，这首《春天奏鸣曲》是第五首。

评委老师点评的时候，冬稚的眼前有点儿花。

她在一瞬间看见的似乎不是台下的场景，而是十三岁那年，那一天之前家门前的小院。

冬豫其实并不懂关于小提琴的事，但会坐着静静地听。不管冬稚拉琴是拉几分钟、半个小时还是更久的时间，他永远是她最忠实的听众。

他会鼓掌，会夸她拉琴好听。甚至她再小一些的时候，他会摘路上黄色的野花回来，等她放下琴弓的时候送给她。

冬稚总是抱着他的脖子不依不饶："不要这束花，要玫瑰，我要玫瑰花！"

冬豫从来不会生气，永远笑着说"好"，答应她："以后给你买好吗？买很多很多。"

她夸张地许愿："那要把这个院子都堆满那么多的花。"

冬豫就也夸张地答应她："好，到时候就把这个院子铺满，全部铺满……"

很可惜，她没能等到这一天。

眼前，台下的评委老师正在做最后的总结："贝多芬是位伟大的艺术家。他很乐观，不屈服于疾病的折磨，对生活和生命的热爱，在这首曲子里展现得淋漓尽致。而你的演奏让我想起了他说过的那句话——'我真想拥抱这个世界。'"

年过四十的女老师放下话筒，和其他评委一起给她鼓掌。

满场都是掌声。

冬稚持琴弓的手微微有些用力，竭力忍着，不让人看出她的情绪。

在这片掌声中，她弯腰鞠了一躬，然后拿着琴一步步退场下台。

她一步一个脚印地走。

她的脚印上有小院里永远扫不干净的水泥地上的尘味，有墙面边边角角长出的薄青苔的腥气，有阳光遮蔽总是不见天日的返潮的味道。

她的脚印似乎也是低人一等，但也显示出不听劝，不服气，不认命。

这首《春天奏鸣曲》是热爱生活、充满朝气的名曲。

就像比赛前冬稚在谱子上给自己写的那一句话——

"我和世界有所关联，我仍想拥抱这个世界。"

冬稚像往常一样早早地到校，将自行车停在小卖部门口，轻轻向上托了下书包，朝学校大门走去。她肩上的书包并不太重，一周六天都要上课，只有一天时间休息，学生们平时只带几本要看的书或要做的练习册回家，没谁把课桌上的小书堆往家里搬。

同行的人群里，有人发现冬稚，不时侧目朝她看来。

她到班上时，已经来了一小半人。

冬稚踏进教室。

不爱搭理闲事的人，看一眼就继续做自己的事，对进来的哪个同学都没有过多的兴趣。一心读书、两耳不闻窗外事的人，更是早就开始默默背书，根本连头都不抬，完全不关心其他人。

但除此之外，也有向冬稚频频投来视线的人。

人陆续到齐，苗菁要早一些，温岑一贯都迟些到。

作业和笔记该交齐的人都交齐了。

苗菁往前靠，戳她的手臂："冬稚。"

"嗯？"冬稚刚翻开书，回头。

"你知道吗？好多人都在聊呢，学校贴吧昨天下午一结束就有人开帖。"苗菁说，"你拿小提琴比赛第一名的事都被传遍了！开心吗？"

冬稚说："开心。"

苗菁比她还高兴，痴笑着："你好厉害呀冬稚，嘿嘿。"

冬稚抿唇一笑，说："嗯，我是有一点儿厉害。"

冬稚没有过谦，面对发自内心喜欢的东西，这一次是大大方方、坦诚的态度。

下午的最后一节课，13 班和 2 班都是上体育课。

这周不是冬稚所在的小组值日。他们跑完圈，做完操，体育老师吹哨后，各人解散后自由活动去了。

冬稚与苗菁挽着胳膊，沿着草皮旁的跑道漫步。

不远处，男生们在操场上打篮球。大冬天的，他们全都热得脱下外套，有那不怕冻的人穿着短袖就上阵了。

苗菁身体抖了抖："看着就冷。"

冬稚顺着她的视线看过去，笑道："冷就不看嘛。"

"不小心瞥到的。"苗菁说，"哎，温岑是不是也在？"

冬稚视力还不错，但与温岑稍微有些距离，眯了眯眼："嗯，是在。”

“昨天他好高兴哦。”苗菁说，“你下台的时候我们都在鼓掌，我想跟他说话来着，叫了他两句他才听见。他一转过头，差点儿吓死我，我第一次看他笑得那么开心。”

“是吗？”冬稚微愣，笑了笑。

球场上的男生们都兴致勃勃的。冬稚远远看到温岑的背影，他像一阵热风，在其中奋力地奔跑着。

苗菁没有看男生打篮球的兴趣，挽着冬稚的手继续走。

在草皮干净的地方，一小群一小群的女生围坐在一起聊天儿玩闹，人明显比别处多。

“苗菁。”有人喊了一句。

她们看过去，是那群女生里的某一位，和苗菁的关系还不错。

那女生道：“要不要过来坐？”她把视线移到苗菁的旁边，犹豫了一下，但还是主动开口：“冬稚要不要也来？”

冬稚有些意外，苗菁也是——她们以前从来不叫冬稚。

苗菁看向冬稚。

冬稚婉拒：“不了，我们逛一逛。”她顿了一顿，轻声温婉地加了一句，“可以下次。”

开口的女生愣了一下，笑了：“好。”

苗菁冲她们摆手，挽着冬稚正要往前走，有人问：“冬稚，你昨天参加了小提琴比赛？”

冬稚点头。

“听说是第一名对吧？”

苗菁笑嘻嘻地替她答：“对呀，第一名。”

那人感叹：“以前从来都不知道，你真厉害。”

冬稚回以一笑。

这一片坐了好几圈人。

忽然听见有人冷哼：“有什么了不起的。”

她们看向声源，不是自己 13 班的女生，是 2 班的。

冬稚记性不错。对说话的女生她有印象，和陈就一起吃饭的那次，这个女生坐在赵梨洁身边。

苗菁皱眉，戗回去："哟，没什么了不起的，那你也拿一个试试啊！"

女生不服气："不就比了个赛，我们班赵梨洁小提琴拉得那么好，也从来没见人家赵梨洁炫耀。"

"你……"

苗菁还没说话，先前问冬稚要不要坐下的女生先开了口："赵梨洁小提琴是拉得好，但昨天不是也去比赛了吗？她拿了优秀奖是很厉害，可冬稚是第一名啊。"她说，"而且冬稚也没炫耀，我们问她一下而已——她确实很厉害啊。"

2班的那位女生没想到被别人呛声，还不了嘴，眼皮一翻，拉着身旁的人起身走了。

冬稚没想到除了苗菁，其他的人会替自己出头。

"冬稚。"替她说话的女生旁边，有另外的人出声。

"嗯？"

"下次有机会可以听你拉一拉小提琴吗？"她有点儿不好意思，"其实我没怎么听过这些。"

苗菁怕冬稚不喜欢，看向她。

冬稚却笑了，弯起唇，点了点头，说："好。"

转眼到了周六。距离期末其实没剩多久的时间，高二上学期即将结束。

冬稚傍晚回家吃饭，洗了碗，刚到书桌前准备看一会儿书，手机亮了。通信软件上有人请求添加她为好友，备注是同级某班的一个同学以及四个字："找你有事。"

冬稚犹豫了一下，通过了对方的添加请求。

来人没有废话，开门见山地说："你好，我是6班的詹静。"

冬稚回复："你好。"

詹静说："是这样的，我马上要过生日，到时候请客的地方就是小宴会厅那样的地方，有表演的小台子。我想请你现场拉小提琴，按小时算费用，可以吗？”

詹静像是怕她不答应，又加了一句：“不会很累的，我请的都是同学，你只要在台上拉小提琴就行。如果你肯来的话，我真的很感谢你！”

冬稚第一次听到这种要求，愣了愣，而后回道：“不好意思，我可能做不了。”

詹静说：“价钱可以商量，我知道你家里的条件不太好。”

没等冬稚回复，她马上又补充：“对不起，我不是那个意思。我是说，就是我可以多给你一些钱。你考虑一下？”

冬稚垂下眼，打上几个字：“不了，不好意思。”

这些年，陈家的祭祀都在冬月举行。但自从陈就的爷爷去世后，陈文席这一辈就把时间改在了老人家去世的那个月份。

不管当值的人还是不当值的人，几个给陈家干活儿的人都在。不过这些人里除了冬勤嫂和佳婶是长工，做了多年，其他人都是一两年或者几个月的短工，工资也不一样。

陈文席看重这个日子，样样都要好，样样都要全。一桌大宴上供，没人吃，食材、模样，什么也都要最好的。自然干活儿的所有人都不能缺。

冬稚不去前面凑热闹，在家收拾卫生。她扫完地，拧了湿抹布擦桌子，擦着擦着，脚跟踢到身后的竹椅子，想把椅子拉开。她回头一看，发现冬勤嫂出门时说要带去陈家的一袋食材落在椅子上。

左不过是些佐料，这些不太重要的东西才需要冬勤嫂去买。

冬勤嫂许久不叫冬稚去陈家帮忙，自从那次陈就买琴的事以后就是这样。冬稚也不是很想去，料想冬勤嫂过会儿自然会回来拿，就先暂时把食材放下。

她继续打扫卫生，里外简单清理过一遍，却迟迟不见冬勤嫂回来。

冬稚叹了口气，擦擦手，拎着袋子往院子墙角处的小门走。之前小门被关了一段时间，后来又开了。冬勤嫂是在陈家做事最久的一个人，毕竟她们家和陈家的渊源最早要从冬稚的爸爸——冬豫小时候开始算起。

冬勤嫂整日进进出出，小门被封了多少还是不方便。

到后面一看，小门没关，虚虚掩着，冬稚拎着东西进去，到厨房里，见冬勤嫂正狠力地清洗锅碗瓢盆，水流被开得极大。

冬勤嫂听见动静一扭头，皱了皱眉：“你怎么来了？”

“这个。”冬稚把手里的食材放到一旁，“你把这个落在家里了，我给你送过来。”

“哦。那，放那儿吧。行了，你回去。”冬勤嫂没有停手，一字一句的尾音全落在干活儿的缝隙间。

冬稚没打算多留，点点头，转身就准备走。

这时外头进来一人：“勤嫂！前门送肉来了，赶紧……”

那人见冬稚在，愣了一下：“你闺女也在啊。”那人忙摆手催促冬勤嫂，“走走走，赶快过去——”

“啊？”冬勤嫂一愣，“我这儿洗碗呢……”

那人瞥一眼：“你闺女不是在吗？让她帮你先洗着。你跟我去看看，点清楚了，看新不新鲜，早点儿预备下去，也好早点儿开火。”

“这……”

“你还愣着干什么？”那人不耐烦，用眼神扫向冬稚，“怎么，你闺女这么金贵啊？还干不得活儿了？哎哟，让她洗个碗而已，这你都舍不得……”

冬勤嫂看向冬稚，犹豫着没有应下。

冬稚在那人再开口前帮冬勤嫂接过话茬儿，声音略沉：“我洗碗。妈，你去吧。”

冬勤嫂动了动嘴唇，到底没说什么，拧了下水龙头，把水调小。她在围裙上把手上的水都擦干了，随那人快步走出去。

冬稚走到水池前，将水稍微调大一点点，捞起水池里洗碗的海绵开始洗碗。

水流淌的声音像时间的脚步声。

没多久，这个声音被真切的脚步声掩盖。

有人往厨房来了。冬稚下意识地抬头朝厨房门口看，看清来人后一顿。

“冬稚。”陈就趿着拖鞋站在门口，抿了抿唇。

“出去。”冬稚回过神，不再看他，垂眸继续洗碗。

他说：“我不是，我……我下来厨房找喝的，没想到你在这儿。”

冰凉的水冲在手上，白皙的皮肤清晰到透出血管，她闷不作声。

陈就瞥见水龙头朝向右侧，皱了下眉，向前一步，意识到后又立刻停住：“天气冷别用冷水，转一下水龙头，用热水。”

冬稚的语气硬邦邦的：“不用。”

“你……”

外面突然传来脚步声。

陈就转头看向厨房门口，冬稚也抬眸看过去。陈就反应快，下一秒二话不说上前关了水，拉起冬稚的手腕躲进旁边最靠内的地方——也是最小的那间储物室里。

门一关，他们都松了一口气。对上视线，两个人愣了愣。

陈就背靠着占去大半位置的置物架，尽管已经很努力地往后靠，仍旧拉不开多少与她的距离。

他们彼此紧贴。冬稚不看他，低头，却像是埋在他的怀里，只好侧过脸看向其他地方。

陈就一低头就可以看到冬稚的发顶，再往下看，她卷翘的睫毛，高挺又秀气的鼻梁，显现出一道好看的弧度。

陈就抬起下巴往上看，好让她自在些。

在安静得连彼此的呼吸声都听得到的小空间里，尴尬无声地蔓延。

储物室外的人在厨房里忙活，没有听到水流和洗碗的声音，大概不是冬勤嫂。

陈就小声问：“冬稚，上次的事情你还在生气吗？”

冬稚皱眉，压低声音：“别说话。”

他安静了一会儿，没过多久，又开口：“冬稚……”

“干什么？”她抬眼瞪他。

“对不起。

“我给你惹了很大的麻烦。那件事都是我的错，如果不是因为我，你不会被骂也不会被打。我明明想让你开心，结果反而害了你。

“你生气是对的，烦我也是应该的，是我不好。”

冬稚垂眸：“说这些有什么意思？”

陈就动了动唇，还没说话，外面响起动静。

储物室里的两人神经一紧。

外面有说话声，陈就和冬稚不敢再发出声音。

听声音似乎有三四个人，她们嗓门不小，你一句我一句的。

“来来，赶紧把这几袋菜都择干净洗了，等会儿还等着把运来的牲口摆上……”

“在这儿祭祀？”

“当然是在院子里了。牲口都是在外面找人杀好，开车运过来的，得快点儿上供，不然不新鲜了！”

“唉，院子里那么干净，等会儿折腾完指定又要弄脏了。”

“那有什么的，不过是图个讲究，弄脏了又不是没人打扫，你以为都跟我们似的？我们才是打工的命……”

她们说说聊聊，声音消停了一小会儿，很快又继续。

“怎么要在外面找人杀牲口，多费劲，我看后面不是也有个院子吗？请到家里来，在后面的院子里杀不就行了？”

“啊？你说冬勤嫂家？”

“是啊，那个院子不大，但是也够用了吧。”

“那院子冬勤嫂还得住呢，前两年在她家院子里杀过一次牲口。”

说话的人是个做了三年多的帮佣，冬稚认得出她的声音。

那帮佣说：“杀完以后都到前面来忙活了，没人给打扫，忙完后每个人都回家休息，更不会帮她弄干净。她一个人收拾，没个两三天哪儿搞得完？那次给她累得半死。后来她跟陈太太说，这不就不在她那儿弄了嘛。”

“陈太太对她这么好呢？”

“那肯定，冬勤嫂怎么也是在陈家做了十多年的人。”

不知谁接了一句：“我看她呀就是不知好歹，陈太太对她不错，她呢？教出个女儿，小小年纪不学好……”

储物室里的两人听见外面的声音压低了，但还是能听见她们的对话。

“上次的事把陈太太气得半死，连着好几天心情都不好，见着冬勤嫂都没一点儿好脸色。也就是陈太太人好，换作别人估计早就辞退她了。”

随即传出一片赞同声。

“谁说不是呢，她女儿竟然让陈太太的儿子给她买什么……小提琴！一把琴几千块钱，贵的咧……”

“换作是我要有这样的女儿，我早打得她服服帖帖，才上高中吧？啧，心思这么多，一个女孩子也不知道和男孩子避嫌。上次我就故意问冬勤嫂，我说你家的女儿挺厉害的，以后肯定能找个好老公，你到时候就等着享福了是不是？”

“她怎么说？”

“说？她哪儿有脸说什么，跟我板着张脸装模作样呗。”

她们越说越起劲，八卦向来是这等妇女最好的生活调剂。

外面她们还在说着什么，内容还是冬勤嫂和冬稚。

不知道她们什么时候才能结束这场对话。

冬稚垂着眼，面色淡然。她向下的视线落不到地上，被陈就的身子挡住了。

人究竟可以被挤压到什么程度？无奈的时候，你连发呆都无法选择自己喜欢的方式。

她们说得快乐。不知道过了多久，冬稚深吸了一口气，感觉那股烦躁快要压不住的时候，突然伸过来两只手捂住了她的耳朵。

她一愣。

陈就板着脸，嘴唇抿得死紧，眉间隐约拧着结。她想要探询，又看不真切。他两手捂着冬稚的耳朵，用余光看向门的方向，面色不悦地听着外面的聊天儿声。

冬稚愣愣地看着他。

陈就转过视线和她对视。

他抿了一下唇，用口型无声地对她说：“别听。”

他的掌心贴合在她的耳边，不知道是血液在血管里的流淌声抑或是他的脉搏声，她听见了像风一样的声音。

和陈家有关的记忆她从很早开始就有——冬稚从一出生就住在陈家后面的小房子里。

冬稚一家的存在，就像是陈家的附属一般。

懂事以前她不明白这种差距，那时候陈就的爷爷还在，她的爸爸冬豫也还在。

小时候她和陈就总被放在一个院子里玩。两个小孩儿坐在一张椅子上，光是吃一包零食都能玩半天。

那会儿陈爷爷养狗。他不爱名犬，就爱养那种黄色的土狗。

大人在的时候，狗乖得很。大人稍微走开一点儿，狗就“汪汪”叫个不停，显示自己的能耐。

冬稚觉得它坏啊，三四岁的年纪，吓得不轻，坐在椅子上“啊”的一声张嘴就哭。每当这个时候，陈就便会放下手里的零食，费力地转过身，用力地捂住她的两只耳朵。

他才那么点儿大，连话都说不利落，吐字发音尚且不清，还一本正经地安慰她，念经似的碎碎念：“不哭、不哭，不怕、不怕狗，不怕哦……”

有时她会停止哭泣，有时不会。若是她还哭，陈就见哄不住她就会皱起眉，扭头凶巴巴地冲黄狗喊：“出去！呸、呸——”

她其实早就记不清，却一次又一次地在大人们反复的调笑中重温那些场景。

门外择菜洗菜的帮佣总算忙完了。

冬稚收回走远的思绪，世界终于重新安静。

陈就松开手，却没放下，在半道停了停，替她拉了拉领子。

“你先出去吧，站了这么久，回家休息，别洗了。”他说，“我等你走了待一会儿再出去，没人会说你。”

冬勤嫂很晚才回家。陈家的事彻底忙完了，所有人都走了，她是最后一个走的人。

冬勤嫂一进厅里，见冬稚还没睡，愣了愣，皱眉："你怎么还不睡？这么晚了，明天不上学？"

"出来喝水。"冬稚说，然而端着水杯踌躇半天，许久后才喝下一口水。冬稚状似不经意地问："你做事的时候，有人说你吗？"

"什么？"冬勤嫂扭头，听清后撇了下嘴，"说我什么？我有什么好说的？"

"那我呢？闲聊的时候不是会聊聊小孩儿什么的嘛。"

冬勤嫂愣了一下，闪过一瞬不自在的神色，下一秒却像是不耐烦一般斥道："有什么好聊的？你以为谁都知道你呢，聊什么聊，活儿都干不完……没谁聊你！"她赶冬稚回房，"去去去，赶紧回去睡觉，一天天琢磨些有的没的。"

冬稚还不死心："那些阿姨没有……"

"没有！没有！你有什么好提的？少给自己脸上贴金。"冬勤嫂一副不想搭理她的样子，"问这些，神神道道的，没人问的事情就你来问。别废话，回去睡觉！"

冬稚又慢吞吞地喝了两口温水，放下杯子，转身朝房间里走。

冬稚走到房门口处停下，回头一看，冬勤嫂拿着一块抹布，用力地擦着饭桌的桌面。

岁月不饶人，冬勤嫂的背影已经有些沧桑。

房间里没开灯，冬稚靠坐在床头，在黑暗中沉思。

冬勤嫂回房了，厅里没有动静，也没有光从门缝底下照进来。冬勤嫂那屋关灯一向快，毕竟白天她要干活儿。平时她回家洗漱完，也是一沾枕头就睡。

如果墙上挂着钟，大概能听到时钟指针走过的嘀嗒声。

许久后，冬稚拿起放在桌上的手机，打开社交软件，在列表里翻了翻，找到那个名叫詹静的女生的账号。

她用力地摁键盘，打上了一整段话。

过了好久，她最终点下发送键。

"詹静同学你好，我是13班的冬稚，很冒昧这么晚了打扰你，请别介意。我想跟你说的是，上次你和我说的那件事，我改变主意了。你的生日宴还需要人演奏音乐吗？我愿意接这个活儿，几个小时都可以，我可以自带小提琴。很抱歉先前拒绝你现在又答应，还望见谅。如果你仍想请我去拉琴的话，有时间我们可以谈谈。等你回复。”

詹静把生日宴会安排在寒假举办。

宴会当天，冬稚自己把中午的菜热了一遍，傍晚就出门了。

冬勤嫂在院子里打扫，见她带着个大袋子要出门，问：“你去哪儿？”

“学校安排的寒假活动，和同学去完成小组作业。”冬稚顿了一下，接着说，“很晚才能回来。”

冬勤嫂皱了下眉，没多问：“去吧。”

冬勤嫂扫完地，收拾了一下，就关上门到陈家去忙活。

陈家楼前的大院子需要整理，这一向是她的工作。

她没忙活多久，陈就穿着一身外出的衣服从里面出来。他看见冬勤嫂，叫了声：“勤婶。”

冬勤嫂忙应，顺嘴问道：“这快到吃饭的时间，你不吃了？”

“不吃了，去外面吃。”

“这么急……少爷也是去参加什么寒假活动？哎哟，学校也真是的。”

陈就愣了一下，眼神微闪：“冬稚去了是吗？”

“是啊，刚刚扒拉了几口饭就跑出去了。”

陈就沉默了两秒，道：“对的，学校安排的寒假活动，我现在就去。”

冬勤嫂没多说什么，边干活儿边抱怨学校的事情多。

“勤婶，我先走了。”陈就没跟她多言。

冬勤嫂不疑有他，扭头叮嘱：“路上小心啊。”

陈就点点头，出了门。

陈就走出巷子口时，收到彭柳发的消息。彭柳坐在他的后座，爱玩游戏。他一得空就问陈就打不打游戏，软磨硬泡了陈就好久，陈就终于应了一次。

“来了？”彭柳问，“我把东西都准备好了，你人呢？”

陈就说：“我在路上。”

“快点儿。”

“嗯。”

陈就刚想收起手机，彭柳又发了一句：“我可是推了别人的邀请，就为了和你打游戏。今天詹静过生日，我同桌叫我一块儿去我都拒绝了。有那么多吃的喝的，还有冬稚拉小提琴，我都没抛下你去凑热闹，你快点儿来啊！”

看到“冬稚”两个字，陈就一顿。

“冬稚拉小提琴？说清楚点儿。”

彭柳没想那么多，告诉他：“6 班的詹静过生日请客，说是请了冬稚去现场拉小提琴。我同桌跟詹静关系很好，她本来叫我一起去的，我没去。”

陈就皱了皱眉，半晌后回道：“我这就来，你少聊别人的那些事，别那么八卦。”

陈就收起手机，转身往回走，沿着来路回了家。

冬勤嫂还在院子里，惊讶地道：“怎么回来了？”

“回来拿东西。”陈就说。

很快，他又下来了。他跑这一趟，冬勤嫂也没见他手里多拿了什么东西，就风风火火地出了门。

詹静生日宴的地点在丽鼎酒店，也是个不错的地方。她的父母要了两个厅，把它们连成一个，还特意给她选了带表演台的厅。

虽然人不少，但冬稚并不拘谨。

她站在角落低矮的台子上，刚开始演奏第一首曲子。所有人都坐在另一侧看着她，全程鸦雀无声。被这么多的目光看着，她从容又自在，完全沉浸在了演奏中。

一曲结束，所有人都鼓起掌。

慢慢地，詹静请来的同学、朋友，还有客人开始聊天儿说笑，她的琴声变成宴会的伴奏。

伴奏的人不止冬稚，还有一个弹钢琴的大姐姐，大概是放假来赚点儿零花钱。她们一人一首曲，轮换着进行演奏，一人演奏的时候另一人就可以休息。

时间过去四十分钟。弹钢琴的姐姐突然停了停，看向她："要不要合奏一曲？"

冬稚站着，她坐着。冬稚视线微垂看向对方，愣了愣，随即点头："好。"

于是，钢琴和小提琴的合奏声在宴会厅里响起。原本所有人都在专心玩乐，一下子又被音乐声吸引。

她们投入地演奏，其他人认真地听。

合奏完毕，厅里响起第二次掌声。

一曲小提琴，一曲钢琴，偶尔穿插一曲合奏。就这样，时间慢慢地过去。

冬稚不觉得累，因为她喜欢拉小提琴。以前她学琴的时候每天都要练习，经常一个人待在房间里一练就是一下午，不知疲倦。

中间有好多年，她不得不放下对小提琴的热爱，忍不住了就去阿沁那儿过过小提琴的瘾。尽管碰琴的时间大大减少，但根本减少不了她对小提琴的渴望。

两个多小时中，冬稚都没有从低矮的台子上下来一刻。即使是钢琴演奏期间，她也站在那儿，翻着詹静给她预备的琴谱。

这些是詹静看电影或者看国外的剧集时听到的曲子。詹静很喜欢，干脆找了小提琴版的谱子来，让冬稚现场拉给她听。

冬稚的记忆能力很强，趁着钢琴演奏的空隙翻一翻谱子，将谱子在心里过一遍，马上就能流畅地演奏出来。

冬稚正看着谱子，刚翻过一页，詹静端着两块蛋糕走过来，把一块蛋糕放到弹钢琴的姐姐面前。那位姐姐手指在琴键上飞舞，动作不停，琴声也不停，冲詹静笑了一下。

詹静将另一块蛋糕端给了冬稚。冬稚一愣。

詹静把蛋糕放在她的旁边，跟台子上的她说："你的小提琴拉得真的很好听。”詹静笑了下，又说，“要是累的话过去那边坐一下？有饮料和吃的，你也站了这么久了。”

冬稚没想到她会邀请自己，微微笑着道：“谢谢，我就不过去了。学琴练习的时候一站就是几个小时，很正常，我不累。”

“那你吃点儿蛋糕。”

冬稚不是很爱吃甜食。尤其是蛋糕上的奶油对于她来说，口感过于腻了。

“我……”冬稚脱口想要拒绝，视线对上詹静的眼睛，见她正笑着看自己——她的目光中满含期待。

澄澈且不谙世事，她的眼神很干净，一看就能看得出她是那种富裕人家疼爱着长大的孩子。

冬稚抿了下唇，终归还是点了点头：“好。”

她拿起叉子，挖一口蛋糕吃下去，甜味在嘴里蔓延开来。

詹静说：“多吃两口！哎……你来之前吃饭了吧？”

“嗯。”冬稚说，“吃过了。”

“那就好，你要是累了就休息一下啊，不要不好意思。”

冬稚说了声好。

詹静挥挥手，转身就要回客人那边。

冬稚忽然叫住她：“詹静。”

詹静一顿，回头：“嗯？怎么了？”

“生日快乐。”冬稚颔首，祝福她。

詹静愣了一下，而后绽开大大的笑：“谢谢！”

生日宴会进行到一半的时候，冬稚去厕所，正好收到陈就的消息。

“我在丽鼎酒店门口，你方不方便出来一下？”

冬稚想了想，决定出去见他。

陈就站在酒店大门侧边。他穿着一件白色羽绒服，里面是一件高领的米色毛衣。酒店里的光隔着透明的墙壁，像被过滤了一遍，映照出来，落在他的身上，给人一种温柔的感觉。

冬稚收回目光，问：“找我什么事？”

他没答，反问："你给詹静的生日宴会伴奏？"

她点头："你怎么知道？"

"朋友告诉我的。"

"哦。"

陈就沉默了一下，从口袋里拿出一盒东西递给她。

她没接，盯着看："什么东西？"

"糖，提神用的。我晚上看书复习的时候困了就吃这个，很管用。你至少要待到十一点？累的话吃这个也有效。"陈就说着，把它塞给她。

"你来就是为了给我这个？"

"嗯。今天我和同学约了打游戏。"

"那你怎么会跑到这儿来？"

"他说饿了想吃东西，本来要叫外卖，我说刚好有点儿事顺便出来买。"他说的有点儿事，想来就是眼下这点儿事。

冬稚慢慢收拢手指，握紧那个冰凉的盒子，垂下眼："知道了，你去吧。"

陈就没走，在浓重的夜色中，长长的眼睫在静谧中一颤一颤的。

"冬稚。"

她抬头："嗯？"

"这没有什么。"他说，"靠自己的本事挣钱，一点儿都不羞耻，也并不会玷污什么，只能证明你很厉害。在大多数人还找不到方向的时候，你已经掌握了自己的优势。豫叔如果知道，肯定也会觉得骄傲。"

冬稚看着他，喉间滑动，没说出话。

"今天我出门的时候，勤婶问我是不是去参加学校里的活动，我猜你是这么跟她说的，我就也说了是。勤婶那边如果你不想让她知道的话，我会帮你瞒着她。"陈就又重复了一遍，像是怕她听不进去，"这没有什么。"

他没有多留，让她进去，等她过了旋转门，就到路边去拦车。

冬稚停在大厅入口，看他拉开车门，坐上车，直至车开远。

有的时候她觉得陈就早就变了——他们朝着两个方向，背对背走得有些远，甚至他开始不再相信她。然而有的时候她又觉得，其实他还是和以前一样没有改变。

陈就一眼就能看穿她。

陈就在彭柳家待到晚上十点，差不多该回去了："你问问你同桌，詹静那边散了没有。"

"你是想问冬稚还在不在那儿？早说嘛，我带你一起去就是了。"彭柳嘀咕着，给同桌打了个电话。

彭柳打电话问了几句，挂断，告诉他："还没散。要不你在我家再待会儿？"

"不了。"

陈就告辞，离开彭柳家，就近找了个奶茶店喝热饮。

到晚上十一点半，陈就打电话给冬稚，没人接。他耐着性子又等了十分钟，再打电话给冬稚，还是没人接。不得已，陈就只能把电话又打给彭柳："詹静的生日会还没散吗？"

"怎么又来啊你……等等，我帮你问问。"

陈就挂完电话不到两分钟，彭柳在社交软件上回复他："詹静的生日会早就散了，说是十一点二十的时候散的，人都走光了。"

陈就皱起眉，顾不上回复他，起身到柜台付账。然后陈就一边给冬稚打电话，一边出去拦车。

趁着站在路边拦车的空当，陈就给冬勤嫂打了个电话。

没几秒，电话就被接通。

"喂……勤婶，冬稚回去了吗？"

"没呢。"冬勤嫂说，"怎么了？"

陈就一听，心里有点儿担心，但在嘴上不得不应付她，飞快地编了个烂理由："啊，那个，我想找她借他们老师自己出的一套试卷，我同学的弟弟是文科班的……"

"哦，是这样啊，她还没回来，等她回来我跟她说。她也不知道跑哪儿去了，都这么晚了……"

陈就忙道："可能还没散吧，我们这儿也没散。快了，估计马上就散了，过一会儿就能回去了，课外活动都是这样的。"

他没再多说，应付两句就挂了电话。

陈就拦到车，低头钻进车里的后座坐好。他继续给冬稚打电话，但始终打不通，怕她出事，一直催司机开快点儿。他很快赶到酒店门口，直奔前台。

“今天晚上那个过生日的女孩子，叫詹静的，我是她的同学。他们已经走了吗？”

前台查了一下，回道：“对的，已经走了。”

“谢谢。”陈就扭头，风一般地跑了出去。

他沿着回家的方向开始找，一边打电话一边跑，用眼睛四处搜索，忙得很。

街上没几个行人，路上时不时开过一辆车。

陈就跑了三条街，真的开始担忧了。他经过一座不过几米长的桥，站在桥上，停下喘着粗气。他握着手机，始终打不通冬稚的电话，正四顾，忽然听到别的声音传来。

这道声音是从电话之外的地方传来的——似乎是水被拨动的声响。

陈就愣了愣，细听声源，像是从桥下传来的。他冲到栏杆边往下看，下面黑漆漆的一片，隐约有个人影正缓步往河中挪动。

“冬稚？”他试探性地喊了声。

他就见下面的人影停住，抬头：“陈就？我在这儿。”

陈就立刻跑到桥头，沿着矮矮的河堤下去。

这条河像是死河，水不流动，也很浅，最深的地方大概只到成人的小腿。河里的水不太干净，除了腥味，还有些不好闻的味道。

冬稚挽起了裤脚，没蹚过去多远，正在离岸不远的地方站着。

“你在水里干吗？”

“我的手机在水里。”她说。

“怎么会在水里？”

冬稚站在水中，半扭着身子，答道：“之前走到桥上的时候，我正接我妈的电话，有个人撞到我的琴盒。我着急护了一下，手机没拿住掉下来了……”

她的琴盒被她放在岸边，鞋袜也被脱了放在一旁。陈就看到她那截裸露的小腿浸在冰凉的水里，皱起眉头。

“你上来。”他说，“我帮你找。”

“不用，我自己可以……”

“上来。”陈就不容她拒绝。

他说着，当即把鞋袜脱了，挽起裤子，很快地走过去。他一下水，先放慢速度，踩稳了再加速，但比冬稚的动作还是要快上许多。

他走到她的身边，拉起她的手腕，牵着她往回走：“你到岸上去。”

“我……”

“上去。”他走在前头，看也不看她，态度强硬。

冬稚被他拉上了岸。

陈就重新下水，走到河中央抬头看了桥一眼，估摸出手机大概的位置。他卷起袖子，弯腰在水里摸索。

四下安静无比。

他找了很久，依然没有找到。

此时甚至马路上车子驶过的动静也很少，时间已经太晚了。

冬稚仍然站在岸上等，陈就也仍然站在水里寻找手机。他有好几个换下来的旧手机——但他不说累，不说脏，不说算了不找了，不说把自己的手机换下来给她。

他只是默不作声地弯着腰在水里找，用手摸过污泥，摸过沙石，或者还摸过别的东西。

他不知道找了多久，终于找到她的手机。

陈就拿着泡过水的手机转身，一步步地蹚着水往回走。他上了岸，冬稚见他的脚上沾满了河底的淤泥，手上还算干净，因为手在水里来回动冲掉不少泥。

陈就光着脚踩在石子上。他甩掉手上的水，把手机保护套拿下来，手机的背面粘着一个方形的卡通创可贴。他撕掉创可贴，下面是一张证件照。他取出这张小小的证件照，在自己白色的衣服上擦了擦，把它递给冬稚。

“还好，没弄湿。”

冬稚接过来，仔细地摸了又摸。

按照习俗，人去了，随身物品以及生前一切常用的东西，都要用火烧掉。

现在和冬豫有关的东西，只有几本相册，还有冬稚偷偷保留的这一张证件照。

人活着得有点儿念想。

手机只是身外之物，但这张照片对冬稚而言代表了冬豫。

冬豫是她的念想。

陈就明白她的念想。

冬稚把詹静给的钱放进存钱罐里妥善收好，除了拿钱去修掉进河里的手机，其余一分钱都没花。

好在手机没出大问题，不然如果她换个新的手机，这些钱可能全都要搭进去。

生日会过后的第三天，冬稚挑了个天气好的日子出门。她搭公车到目的地——天盛商场，从一楼开始一家家门店地看过去。

她看见有咖啡厅或是西餐厅，就推门进去，到前台找人询问是否需要寒假工。

她一连问了五六家店，都没有得到自己想要的答复。

冬稚从一楼逛到二楼，又看见一家西餐厅。她在门口驻足数秒，微微吸一口气，做好心理建设后推门进去。

她到前台询问，和先前在其他店里问得如出一辙。

“您好，请问你们这里需要寒假工吗？”

柜台里的人擦着吧台：“寒假工？要的，你是想应聘服务员还是什么别的岗位？”

“不是……”冬稚犹豫着，轻声说，“你们这里需要给客人伴奏的人吗？就是像有的西餐厅里会请人弹钢琴，你们需不需要拉小提琴的人？”

“这个啊，不好意思。”店员立刻露出歉然的笑，“我们店里暂时不招这方面的人。”

虽然冬稚料想到了店员的回答，但还是失望了一瞬，笑道：“那不好意思，打扰了。”

她从店里走出来，继续往下一家店走去。

二楼的店铺逛了一半，就在冬稚快要不抱希望的时候——她终于找到了一家咖啡厅，可以收这方面的短工。

“小提琴可以的呀，不过我们店一般是请人弹钢琴，很久之前好像请过人拉小提琴，后来没了。我问问，具体的信息可能要和我们店长谈，你等等。”

冬稚喜出望外，忙说：“好的，谢谢。”

咖啡店的店员叫来店长，店长是个穿休闲装的男人，看着年纪不大，十分精神。

店长请冬稚到角落的卡座坐下聊。

“你多大了？”

“过完年十八岁。”

“这么小啊，才上高中吧？”

“嗯，高二。”

“你说会拉小提琴是吧？考过了多少级呀？”

“我没考级。”冬稚神色一凛，略带紧张地赶紧补充，“但是十级的水平我是可以达到的。”

店长皱着眉思索：“这个……”

“我前段时间参加了小提琴比赛，拿了第一名。”冬稚忙道，“有获奖证书的，我可以拿给您看。”她说：“如果您要是觉得为难的话，钱……钱可以少给一点儿，没有关系。”

“比赛拿了第一？”店长道，“那还不错。这样吧，钱就不少给你了，一般是多少钱一个小时就给你多少钱。你就多拉一会儿琴，三十分钟、一个小时之类的，这样行吗？”

“可以。”冬稚毫不犹豫地应下。

他们谈得还算顺利，想来是她那句“比赛第一名”有所加分，否则按店长先前的态度，此事怕是有点儿悬。

他们把一切事情都商定好，只等冬稚隔天再来便是。

一连数天，冬稚都趁冬勤嫂不在家的时候出门，当然也不可能每天都那么赶巧。

她打寒假工的第五天，冬勤嫂就在家待着，一步都没出去。

冬勤嫂正在厅里忙活。见冬稚拎着个大袋子急匆匆地从房里出去，冬勤嫂回头问："去哪儿？"

冬稚在院子里回答："出去有事。"

冬勤嫂瞧不清其他的，只隐约看见冬稚拎着什么东西，那东西被冬稚挡住了大半。冬勤嫂不免嘀咕："净往外跑……"她扬声喊了一句，"早点儿回来！"

冬稚应声说"好"，接着又步伐匆匆地走了。

转眼过了一周多。冷空气来袭，低温之下又再降温。

萧静然预备会友。她穿着一身时髦的大衣，手臂上拎着一个包，从楼梯上下来，吩咐在客厅擦沙发茶几的冬勤嫂："一会儿去楼上的衣帽间，把我那件挂在衣架上的米色大衣拿去换了，换小一码，小票在大衣左边的口袋里。"

冬勤嫂说："好的太太。"

"记住啊，别忘了。"萧静然叮嘱完，款款地出门。

陈家开了暖气，再加上前几年翻新过，在地板下装了地暖，温暖得和门外仿佛处在两个季节。

冬勤嫂忙完一看时间，已经四点多钟了，赶紧去办萧静然吩咐的事情。陈文席晚上不回家吃饭，萧静然不一定回不回来，陈就也不一定，所以冬勤嫂动作快些，赶在傍晚之前回来就行。

冬勤嫂上楼，去萧静然的衣帽间取出大衣，拿出小票揣在兜里，把大衣装好，立刻出门。

店的地址在小票的最末行写着，在天盛商场二楼。

冬勤嫂打车出去，给主家办事时需要出门之类的事情，费用都由主家报销。

下午五点前冬勤嫂到了天盛商场，抱着袋子进去，直奔扶手电梯上二楼。

商场里这些什么“A1”“A2”“B1”“B2”，着实让她头晕。就算电梯旁有指示牌，她也是越看越搞不清方向。

冬勤嫂研究了半天，确定那家店的位置，一边看一边找过去。

她经过二楼一侧，见一家装潢精美的西餐厅和一家颇有情调的咖啡厅连在一块儿。她将视线随意一扫，正要继续往前走，余光瞥见一道熟悉的身影，蓦地一停，猛然扭回头去。

咖啡厅的墙是透明的玻璃墙。她斜斜地看过去，发现里面靠墙的地方有一个圆台，圆台上放着一架钢琴。但此时没有人弹钢琴，旁边却站着一个拉小提琴的女生。

冬勤嫂哪儿会认不出自己的女儿。

冬稚站在那儿，闭着眼拉琴。她偶尔睁开眼睛，视线也朝下，根本没有注意周围，更不用说店外的情况了。

冬勤嫂愣了半天，半晌后回过神，走到咖啡厅门口。

一个服务员站在门口，冬勤嫂愣愣地上前问："那个……你好啊，我问一下，你们店里面有没有人弹琴哪？那种钢琴，还有那种手上拉的琴？"

服务员没有不耐烦，极有职业素养，脸上挂着笑耐心地道："对的，我们店里每天都专门请人来现场伴奏。有的时候是弹钢琴，有的时候是拉小提琴，上午和晚上轮换。"

"你们这……这个算是打工吗？"

"是的，有长期工和短期工。"

冬勤嫂一直盯着里面看，视线被室内的盆栽挡住，仍不懈地探询。她犹豫着问："里面那个姑娘……"冬勤嫂怕服务员觉得她奇怪，"我看她年纪不大，架势挺熟练的，到这门口一听，好像还蛮好听的。她来了多久了？你们这儿环境这么好，过年时和亲戚朋友来坐坐挺不错……"

冬勤嫂穿着一身质地明显旧了的衣服，别说打扮了，厚厚的棉衣臃肿不堪，粗糙的手指一看就是干多了粗活儿，哪儿像是会来这种场合的人。

服务员却仍笑着："拉小提琴的女孩子是新来的。"

"这个，她在那儿一天要站多久？"冬勤嫂睁着那双因操劳过度显得浑浊的眼睛看向服务员。

“四个小时。”

“晚上呢？”

“都是。”

“哦、哦……”冬勤嫂愣愣地谢过服务员。

“那什么，你知道这家店在哪里吗？”她假装是来问路的，拿小票给对方看，“我找不到，本来想过来问路……”

服务员一看，将这家店的位置指给她。冬勤嫂再次道谢，这才拎着衣服走了。

冬勤嫂走远了，还忍不住频频回头看，差点儿撞着人。

降温只有一天，隔天就重新升温。

冬稚依旧是下午班，收拾好，拎着东西刚要出门，一直待在房间里的冬勤嫂突然走出来。

“你去哪儿？”

冬稚本来想趁她在房间的时候出去，没有想到她突然走出来：“我出去有事……”

“你以为我不知道，你出门偷偷去练琴对不对？”冬勤嫂说，“带着那个大袋子，能装什么？还不是装你那个琴盒，怕拎着琴盒被我骂……你拿这么大的袋子我就看不出来了？”

冬稚哑然，思考该怎么说。

还没等冬稚说话，就听冬勤嫂道：“我是拦不住你，说了你也不听，怎么说你，你还是要拉你的小提琴。我也懒得管了。”她瞪了冬稚一眼，“你想去练琴就去练吧，少鬼鬼祟祟地来这一套。出去练总比在家里练好，那个琴声烦死了，吵得我耳朵痛。”

冬稚以为她会强行阻拦的，不想就这么放行了，一愣。

冬勤嫂看她犯愣，又骂：“大冬天的，你不多穿两件衣服出去，是要冻死是不是？冻生病了又要我给你看病，还不回房间加件衣服？”

冬稚动了动唇：“我不冷……”

“让你加就加，就穿件衣服话这么多。”

冬稚无奈，哦了声，回房添了件衣服。

她穿好衣服，拎着琴盒出来，发现桌上突然多了碗汤。

冬勤嫂拿着调羹从厨房走出来：“赶紧的，坐下把这瘦肉汤喝了。”

“煮汤干什么？”

“昨天买多了猪肉。”冬勤嫂连头都不抬，“多出来的猪肉只好煮汤了，省得浪费。你喝了再出去。”

冬稚觉得她今天有些奇怪，却又说不出来哪里不对劲。

冬勤嫂皱着眉催她：“愣着干什么？汤冷了更好喝是吧？”

冬稚只好走到桌边，坐下喝汤。

冬稚把满满一碗瘦肉汤喝完，拎着琴盒出去了。

她走到正门口，停了停，回头道：“妈，我出去了。”

冬勤嫂没看她：“去吧，早点儿回来。”

院门被开了又关，随即那一丁点儿声响也消失了。

冬勤嫂把桌上的碗端进厨房，预备过会儿再洗，拎起买的一袋子菜，拿上盆，坐到门口择菜。

四下无声，偶尔有轻微的风吹过的声音。

她动作利索地择着菜叶，浑浊的眼一直在疼。

大概是风把细微的沙粒吹进了眼里，也可能她的眼睛里还有一点儿别的什么。

第五章　橘　子

人们总是越到年关越忙，尤其是做生意的人，一年到头生意场上的来往数不胜数，更何况春节期间。

陈文席平时见天儿地在外面忙，今天去邻市，明天去隔壁省。好不容易到年下的最后一个月，他回了澜城也总要出去和朋友应酬，难得有时间待在家里。

萧静然早就嘱咐人炖了汤，过了三点半，用白瓷汤碗盛了，端到书房给他。

“喝点儿汤。”

她平时总喜欢让人喝汤补营养，陈文席早就习惯了：“搁那儿吧。”

萧静然放下汤碗，没走，靠着他书桌的边沿，看了他几秒：“儿子出门前……和你打招呼没有？你回来见着他了吗？”

“刚刚来了一趟。”陈文席说，“他出门前到书房跟我说了一声。”

她沉默了。

陈文席察觉：“怎么？”

“没。”萧静然硬扯着嘴角，笑了一下——还不如不笑。

陈文席皱着眉：“有事你就说，遮遮掩掩的像什么话。”

萧静然面上闪过一丝为难的神情，还有一点儿低落和难过，说："儿子跟我生气呢。"

"生气？"

"嗯。从那阵开始就跟我别别扭扭的，看着我也不爱笑，也不像以前一样跟我聊天儿了。"

陈文席奇怪地道："他平时不是挺听话吗？你们闹什么？"

"还不是……"萧静然语气愤然，止住到口的唾骂，强行压下火气，"冬勤嫂那个女儿以前不是学小提琴吗？这些年早就不学了，也不知道起的什么心思，突然撺掇咱儿子给她买小提琴！那几天你不是跟我说，感觉儿子的钱不够花吗？哪儿是不够花，根本就是全部攒下来了。我平时给他的零花钱，还有你给的，攒了几千块钱，给那个丫头买了一把小提琴。"

陈文席皱着眉："还有这事儿？"

"不然呢？"萧静然说，"要不然我至于生气吗？就我生日那天，我在儿子房间里找到他给那丫头买的琴。我在楼下等着呢，咱们那个傻儿子，拎着琴巴巴儿地就跑去小门给人送，被我逮了个正着！"

"然后呢？"

"然后我就把冬勤嫂叫来，把那丫头骂了一顿。我让人把琴退了。儿子看那丫头挨了两下冬勤嫂的打，打那天开始就跟我闹脾气，到现在还没转过来！"萧静然越说越觉得委屈。

陈文席啧了声，道："你也是，他想买什么就让他买，你非得管他干什么？又不是拿钱去干坏事，一把琴花得了多少钱？"

"三千块钱不是钱？甭管多还是少，那也是咱们家的钱。"萧静然生气，"我就见不得他眼巴巴地对那冬家的丫头好。他是什么身份，那丫头是什么身份？十几岁的人了，又不是小孩子，走得太近有什么好处？这个年纪的孩子看什么都新鲜，万一被她勾搭了，学坏怎么办？"

萧静然翻了个白眼："年纪不大，心思忒多——一个女孩儿都不要脸皮了，好意思让男孩子给她买这么贵的东西。"

陈文席听得烦了："陈就跟那丫头从小一起长大，走得近也正常。"

萧静然抱怨："还说呢，还不都怪爸？我以前就不喜欢儿子跟他家的丫头玩，爸非不管，成天把他俩放在一块儿，也不拦着……你儿子跟个丫头片子搅和在一块儿，你脸上有光是不是？！要不是你爸，那丫头现在会这么心高胆肥，什么都敢撺掇你儿子做吗？”

“行了、行了。”陈文席听她越数落越过分，没了耐心，“你能不能少说两句，那是我爸，你给我放尊重点儿。”

他瞪萧静然一眼，半晌后才平息怒火，长舒一口气：“再怎么说，好歹也是冬豫的女儿。孤儿寡母的，少苛待她们。”

“谁苛待谁呀？我可不敢。”

“这样，你给冬豫媳妇儿发点儿年礼，给点儿吃的用的，再给点儿钱。”陈文席见萧静然要说话，先堵住她的嘴，“冬豫在的时候，我爸几乎把他当干儿子看待。他在我身边帮衬了那么多年，该给的东西别少给。”

萧静然嘀咕：“说的好像冬勤嫂平时在我们家干活儿受亏待了似的……”

“这事就这么定了。”他拍板，皱着眉头，不容拒绝。

“知道了。”萧静然不高兴地答应，转身走出去了。

书房门被关上，门外的脚步声也渐远。

陈文席坐在书桌后，微微出神。他心里烦躁，夹着烟，起身走到窗边。烟尾闪着火星子，他一口都没抽。

冬豫……

冬豫。

窗外乌云绵绵。

他的眼前仿佛出现那张从儿时开始相伴的脸，冬豫永远走在他前面，替他开路承受风险。冬豫永远先他一步，陈文席怎么追也追赶不上。

陈文席把烟头掐灭在窗台上，燃烧的火星被摁成一个黑点。

萧静然从书房走出来，心气不顺。冬勤嫂不在，萧静然又没处发火。萧静然在房间里窝了一下午，才把那股火气压下去。

傍晚陈就回来了，萧静然在客厅等着，一见他进门就迎上去。

“回来了？累了吧，妈妈帮你……”

陈就一侧身，躲开她伸过来拿包的手。他弯下腰换好鞋，不看她，径直朝楼上走："我回房了。"

"儿子……"她急急地跟了两步。

陈就人高腿长，三级台阶一起迈，很快就不见了。

萧静然又气又急。

她不就是把琴退了，不就是不让他给那个死丫头送东西？他至于吗？冬稚不过挨了几下打，本来就是活该！他闹几天脾气就算了，这都多久了还没完没了了？

从前十几年间，儿子听话孝顺，从来没有忤逆过她的意思。萧静然本以为他的青春期会一直这么乖乖巧巧地过去，谁承想突然来这么一出。

萧静然难以忍受巨大的落差，又舍不得冲儿子撒气，憋得快疯了。

她坐在客厅想了半天，趿着拖鞋上楼。她回到房间，从包里拿出一千块钱，顿了顿，又咬牙拿出一千块钱，将整两千块钱揣在手里，提步去了陈就的房间。

萧静然敲开门，陈就没把门全开，用身子挡在门边，没有要让她进来的意思："什么事？"

萧静然一见心里更不高兴，面上却挤出笑："是这样，下午你爸爸跟我说，让我给冬勤嫂发点儿年礼。她今天不是不在吗？我想着放寒假了嘛，你跟冬稚约了出去喝喝奶茶逛一逛，去买两本书也挺好……"她说这句话时，笑得脸都僵了，"你帮妈把这个钱给她。"

萧静然把钱塞到他的手里。

陈就垂眸，看了手里的一沓纸币一眼，再看向她："妈，你是不是觉得我傻？"

"啊？"她一愣。

"你上次对冬稚说那样的话，我买的琴也被你拿去退了，现在又让我拿钱给她。你不就是想让她觉得我在羞辱她，以后好躲着我，对吧？"

"我……"

"差不多够了。"陈就的语气冷淡，"妈，我真的对你很失望。我以前以为你跟别人不一样，在我心里你是最温柔最好的，从小到大你从来不跟爸爸吵架，几乎没有发过脾气，也不打我骂我。但是我没想到，你竟然也这么嫌贫爱富，骨子里看不起别人。”

萧静然连忙解释：“妈妈不是……”

“我还一直奇怪，为什么这两年冬稚越来越不愿意理我。看到我就躲开，在学校里不跟我说话，装作不认识我，回了家也尽量不和我待在一起，生怕和我扯上关系……也是，要是有人来找我会害我挨骂挨打，我也躲着他。”陈就板着脸，眼神有点儿嘲讽之意，“你知道吗？那天你在客厅里的样子真的很难看，我从来没见过你那样，尖酸刻薄，甚至有些恶毒。”

被自己疼爱的儿子这样说，萧静然愣了，面上带着受伤的神色：“你……你怎么能这样说妈妈？你不知道妈妈……”

“我不会拿钱羞辱冬稚，希望你最好也不要这么做，不然我会对你更失望。”陈就把钱塞还给她，砰地一下关上门。

“你就是这样想妈妈的？！”萧静然回过神来，砰砰地敲门，“我哪里有要你羞辱她？我就是想让你开心，让你别生妈妈的气行不行？你现在怎么会这样？妈妈做什么你都往坏的方向去想？我在你眼里就有那么坏是不是？”

她边喊边敲门：“儿子你开门，你开门听妈妈说！儿子……”

陈就的房门紧闭。

门依然是那扇门，无论是现在任她怎么敲也不开的门，还是从前毫不设防随时开着的门。

咖啡厅的店长人挺不错的，春节前就给冬稚发了一部分工资。

冬稚拿到钱数了又数，最后小心翼翼地把钱装进口袋里。

冬稚回到家，冬勤嫂正在房间里做鞋垫。外面的鞋垫其实不贵，但冬勤嫂就要省那么几块钱，坚持自己做鞋垫。

冬稚回房放下东西，立刻去了她的房间：“妈。”

冬勤嫂抬头，见她站在房门口：“干吗？”

“马上就过年了……那个，我们去买身新衣服吧。”冬稚怕她误会，忙不迭地说，“我之前比赛拿奖的时候，不是送了那把琴吗？还有奖金，这几天发……嗯，发下来了。我们一人买一身新衣服穿，也好过年。”

冬勤嫂看了她几秒，垂下眼，继续做鞋垫：“我不去。买什么新衣服，我一把年纪的人了，要买什么新衣服。你有几个钱，拿了点儿钱就净想着乱花。”冬勤嫂停了停，“你自己去买，挑颜色鲜亮的买，别买那些黑的白的，不好看。”

“妈……”冬稚还想劝她。

冬勤嫂皱起眉像赶苍蝇一样摆手：“哎呀哎呀，不去，说了不去就不去。你出去，别烦我。”

冬稚站了一会儿，只得走开。

冬勤嫂听见她进了厕所，才抬头朝那个方向看了一眼。没几秒后，冬勤嫂又低下头，似叹似念：“撒谎都不会，跟你爸似的……”

拗不过冬勤嫂，冬稚给她买新衣服的打算只能作罢。冬勤嫂让冬稚自己去买新衣服穿，冬稚随便挑了一身颜色亮的衣服买了，到家后想了想，给苗菁发消息。

“过几天有空吗？我请你们看电影。”

苗菁大概闲在家，回得很快：“好呀好呀！有时间，哪里会没时间？我天天待在家里都快闷死了！”

她马上又问：“请我们？还有谁啊？”

冬稚说：“温岑啊。”

苗菁回了两个“哦”字，说：“那你问问他什么时候有空，我随时都可以。”

苗菁和温岑都请她看过电影，再者还有那把小提琴的事情。里外里，冬稚还欠温岑四百块钱。

冬稚问过苗菁那边后，就给温岑发消息：“过几天有空吗？我请你和苗菁看电影。”

温岑回了四个字：“有啊，随时。”

如此，冬稚看好时间，之后告诉他俩，定在大年初二下午见面。

为了迎接春节，冬勤嫂早就将家里收拾一新。

除夕的一大早，冬稚被叫起来帮忙，母女俩吃过热乎的早饭，一起上香、摆祭品。家门口的春联也要换新，冬勤嫂选了一副春联——上联“一年四季春常在”，下联“姹紫嫣红永开花”。

冬稚扶着椅子，让冬勤嫂站上去把春联贴好。

冬稚昂着头看了一会儿，没出声。

这几年的春节，冬勤嫂再没买过有“家和”“兴旺”这类字眼的春联。

她们忙活了一个上午，吃过午饭，冬稚被冬勤嫂赶出去遛弯儿，说是活动活动，闷在家里不像话。冬稚出去逛了一会儿，觉得没什么意思，转眼又回来了。

下午快三点的时候，冬勤嫂催她洗澡。趁着还有太阳，冬稚洗过澡，换上新衣服。

冬勤嫂不肯买新的衣服，随便穿了一身干净整洁的冬衣。

她俩坐在电视机前，围着烧炭的火炉，嗑瓜子，吃花生，剥两个橘子，边吃边烤火边看电视。

冬稚拿起橘子给冬勤嫂看：“妈，你看，这种皮皱巴巴的橘子特别甜，我就喜欢吃这种橘子。”

“就你挑。”冬勤嫂瞥她，说着将手里刚剥好的一个橘子，扯下三分之二塞给她。

过会儿，冬稚又去厨房门后放的蛇皮袋里找红薯，兴冲冲地跑进房间，把它往火盆里丢。

冬勤嫂道：“这哪儿烤得熟？！”

“能烤熟。”冬稚有自信，“我特意挑的小的。真的特别小，你看，你一个我一个……”

冬勤嫂只能由她去。

她们就这么过了下午，吃过晚饭……

晚上有人放烟花，冬稚站在院子里看。前面陈家黑着灯，陈文席的习惯是每年除夕都要在外面的酒店吃，很晚才回家。

烟花一朵接一朵地在天上绽放，耀眼无比，但又很快消失了。

冬稚看了一会儿，觉得脖子有点儿疼。春节联欢晚会开始了，她听见冬勤嫂开电视的声音，抱着胳膊扭头就往里冲。

每年的春节联欢晚会其实都差不多，图的是那个气氛。

像冬勤嫂这一辈的人，不看春晚过年就好像少了什么。

冬稚穿着睡衣坐在冬勤嫂的床边。冬勤嫂怕冷，靠坐在床头，窝在被窝里。

“你冷不冷？”由于床高，冬勤嫂低头看她一眼。

冬稚摇头：“不冷。”

说着，她扒了个橘子，扯下一瓣往嘴里塞，水滋滋的，冰凉冰凉的。

橘子甜得她眯起眼。

她们一个节目接着一个节目地看，看过了歌舞看小品，电视机里热热闹闹的。

窗外偶尔有人放的烟花在天上炸开。

“吵死了，突然一响，吓死个人……”冬勤嫂被连着吓了好几次，忍不住抱怨。

冬稚偷偷地笑。

过了会儿，冬勤嫂嫌灯太亮，让冬稚把灯关了坐到床上。冬稚起身关好灯，听话地钻进被窝。

她们俩靠坐在一块儿，一起点评节目。

看着看着，冬稚发觉冬勤嫂好久没出声，扭头一看，她已经闭眼睡了过去。

冬稚盯着她的脸看了半晌，轻轻给她拉高被子，掖好被角。

电视里正放到下一个节目。

冬稚抬头看向墙上，那里挂着冬豫的遗像。从遗像被挂上去那天开始，冬勤嫂就没有把它摘下过一次，时不时地站在凳子上给它擦一擦灰尘。

冬稚轻眨眼睛，视线在那张黑白的照片上停留许久，默默收回目光继续看晚会。她轻轻地歪了歪脑袋，和冬勤嫂头靠着头。

房间里只有电视机幽幽的光。

此时此刻，一家团圆。

又是新的一年到了。

大年初一，窝在家的人们开始出来走动。

如今的压岁钱年年翻番。不爱跟着大人拜年走亲戚的半大孩子们，便自己呼朋约伴出来玩，奶茶店、咖啡厅、电玩城、电影院……到处都是他们的好去处。

初二下午，陈就和彭柳在常去的商场里，找了家奶茶店坐下。

店里都是人，排了好长一条点单的队伍，他们这靠窗的位子也是好不容易才等到的。

"怎么这么多人。"彭柳皱着眉抱怨，"人也太多了吧。前天街上到处都关门，我出来逛了一圈儿，连个人影都见不到，今天就一窝蜂地全出来了……电玩城挤成那样，连落脚的地都没有，我真是服了。要是家里没亲戚在多好，我带你回我家，咱们在我家打游戏那叫一个舒服……"

陈就道："前天除夕，都在吃团圆饭，街上没人不是很正常吗？"

彭柳郁闷地低头就着吸管喝一口奶茶，五官拧在一起，在嘴里含了一会儿勉强吞下去："这也太甜了，过年人多，味道都不把关了？"

"可能忙不过来吧，味道差一点儿。"陈就不挑，点的是一杯味道比较淡的饮品，不过也没喝几口。

两个人坐在奶茶店里，除了聊天儿就是用游戏机打游戏，只有他们两个人，其他的娱乐活动没法玩。

他们玩了几盘游戏消磨时间，陈就停下休息，彭柳一个人在游戏世界里畅游。

不多时，彭柳连连摇头："没劲，唉，没劲……这游戏越打越没意思，真不好玩……"

不知怎么，他玩得没趣，退出了游戏，把游戏机搁在桌上。

陈就在对面低头看手机。

"你看什么呢？"彭柳好奇。

陈就抬头，顿了一下，说："没什么。"

他垂眸，将视线落在手机屏幕上。

除夕的晚上陈就给冬稚发了消息，消息界面上的那番对话十分简短。

他先祝福："新年快乐。"

她回了一样的话："新年快乐。"

然后他问："年后有时间吗？去不去看电影？"

她说："不知道，还不确定，到时候再看吧。"

他跟她讲："有空告诉我。"

她说："好。"

对话停在他最后回复的那句"早点儿休息"上。

陈就看了那天的消息几眼，收起手机。

彭柳百无聊赖地吸了几口奶茶，拿起手机，刚要翻翻有什么人可以叫出来一起玩，余光瞥见玻璃窗外的几个人影，蓦地抬头盯着看："哎？那个女生是不是冬稚？"

陈就闻声抬头："哪儿？"

陈就下意识地顺着他的目光看过去。

"那边的那三个人……是冬稚吧？跟她一起的那两个人好像也是我们学校的。"彭柳抬了抬下巴，"应该就是，我不会认错。她小提琴比赛那天我跟你一块儿看的，我比你去得还早呢。"

"那个男生是谁啊？"彭柳问，"好像是转来我们学校的？陈就你跟他熟不？"

陈就看着那边的三个人："不熟。"

他见过那男生但不熟，知道他叫温岑。

"他和冬稚玩得蛮好？我看冬稚在学校里不怎么和别人来往，好像没几个走得近的，居然也会跟同学一起出来逛街吃东西？"彭柳说着换了个坐姿，看向陈就，"哎，你跟冬稚不是很熟吗？要不打个电话给她，打个招呼，问问他们要不要过来坐坐？"

陈就说："不了。"

"那什么时候叫她一起出来玩呗？"

陈就蹙了蹙眉，盯住彭柳："你为什么这么想跟她打交道？"

彭柳尴尬地笑了一下："哎呀，我又没有别的意思。"他不好意思地道，"我就是觉得她小提琴拉得很好，这么有才，大家交个朋友嘛。"

"赵梨洁小提琴拉得也不差，以前没见你想跟她认识。"

"那不一样。"

“怎么不一样？”

“就……哎呀，反正说不出来……她天天追在你后面跑，有什么好认识的。”彭柳瞥见陈就的神色，忙说，“我不是说你或者她肤浅啊。我的意思是，嗯，就这是两码事，不一样。你看冬稚，平时别人说她，她从来不放在心上。那些乱七八糟的事情，她也半点儿都不带理会的，多酷啊。我就感觉她这人挺有意思的。”

陈就半晌没说话，睨他一眼，道：“搞人际关系这些事冬稚没兴趣，你没事不要招惹她。”

“知道知道，脾气不好嘛，是不是？”彭柳笑嘻嘻地道，“又不是没听说过，郑扬飞的书包都被她扔了，哈哈笑死我了！咱们学校那群自以为是的人还以为谁都买他们的账呢，一个个装得要命。要是我，我肯定把他的书倒楼下再把包套他头上。”

陈就不接话，看向玻璃窗外，不远处并排漫步的三个人快要走出他的视线了。

他低头看了一眼，手机屏幕黑着。

嗡的一声，手机在他的掌心振了一下，霎时亮起来。

陈就眼睛亮了一瞬，在看清消息主人的名字时，眼睛里的光又消失了。

消息是赵梨洁发来的，她问他：“最近有空吗？一起出来玩呀。”

陈就抿了抿唇，解锁手机后点进去，回复道：“可能不太方便。”

她问：“你过年很忙？”

“还好。”他说。

彭柳见他打字，问了一句：“在跟谁聊天儿？”

“赵梨洁。”

“她呀。”彭柳挑了下眉，笑道，“你们俩到底有没有事儿啊？”

陈就这才抬头，直视彭柳：“没有。”

“你可能没事，她就未必了。”彭柳调侃了一句，自顾自地喝奶茶。

手机屏幕上，赵梨洁发来消息说：“我感觉你过年好忙哦，前两次找你，你都说不方便出来，本来以为放寒假你的时间会多一点儿。”

陈就凝眸朝玻璃窗外瞥了一眼，外面已经没有他认识的身影了。

过了半晌，他垂眸，在对话框里打上一行字，回复她："过年时我可能没什么空，你多约约你的其他朋友吧。"

看完电影，冬稚、温岑和苗菁逛了一会儿，一人捧一杯热奶茶，热热闹闹聚了一天，早早就散了回家。

苗菁照旧打车先走。她家里一直催促她回家吃饭，挺着急的。

冬稚和温岑不着急，于是一起步行到路口。

大过节的，这还是寒假里他们仨第一次见面。

温岑笑着说："用不用我送你回去啊？"

冬稚看看天色，道："不用，还早呢，我走回去还来得及。你早点儿回家吃饭吧。"

"真不用？"

"不用。"

"行。"温岑点点头，"那你自己回去吧。"

冬稚说了声好。

温岑要走前，看了她几秒，说："新年快乐。"

"嗯？"冬稚奇怪地道，"除夕晚上你不是发消息给我了吗？"她笑了，"在苗菁拉的那个小群里，我们三个不是也互相拜过年了吗？"

"这有什么的，当面就多拜一次嘛。"温岑说，"反正又不要钱。"

冬稚被他逗笑。

温岑没再多说，只道："走了啊。"

"嗯。"

"真走了。"

冬稚点头，感到有点儿无奈："走吧。"

温岑转身，走出去几步，忽然又停了。他扭头看过来，冲她挥了挥手。

冬稚在吃晚饭前到家。

冬勤嫂正在厨房忙活，做的还是除夕团圆饭的那些菜，但比平时丰盛太多，两个人吃不完。照前两年过年时的情况来看，这一桌菜，她们至少得吃到大年初五。

冬稚放下东西，进厨房帮忙。

冬勤嫂正刷锅，扭头见她进来，皱起眉："你怎么进来了？"

"我来帮忙。"

"要你帮什么忙？菜都是做好的，热一热就行了。这里这么多灰，你别把新衣服弄脏了。"

"没事。"冬稚说，"我小心点儿就是了。"

两人一起待在不大的厨房里。冬稚给冬勤嫂打下手，说是帮忙，其实只是帮着端端菜盘子，擦擦饭桌罢了。

热好昨天剩的满桌的菜，母女俩落座吃饭。

冬勤嫂端着最后热好的一碗汤坐下，边给冬稚盛汤，边说着："你明天有时间，出去再买一件衣服吧。"

"嗯？"冬稚奇怪地道，"为什么要再买一件衣服？"

"今天发了年礼，陈太太给了我两千块钱。"

冬稚顿了一下，低声说："哦。"

冬勤嫂说："明天我给你五百块钱，你去买件外套穿，一年到头也没买什么衣服。"

"不用了，我不买。"

"不买什么不买，让你去买你就去买。"冬勤嫂把碗推到她面前，瞪着眼斥道。

"我衣服够穿。"冬稚执着汤勺在碗里舀了舀，"既然买了新的衣服穿这个就可以了，不用买那么多。你把钱收着，过年买点儿菜，有客人来了买点儿水果放在家里吃。"

冬勤嫂说："哪儿有那么多客人来要你操心，就算有也不是要你去想的事。"

冬稚依然坚持："反正我不要。"

"知道你在怄气。钱已经在我这儿，太太给都给了，还能怎么办？你在这儿跟我耍什么脾气？有必要吗？"冬勤嫂说，"陈家待我们不薄……"

"反正我不要。"冬稚的态度有点儿强硬，"你别说了，你自己存着那钱做家用。"

冬稚低头喝汤。

冬勤嫂再说什么，她都不搭腔，不发一语。

冬勤嫂拿她没办法，叹了口气："随你、随你，不买就算了，还落你埋怨……"

一顿饭，冬稚没吃几口就饱了。

她放下碗筷，窝进房里。

冬稚坐在桌前看书，翻开书本，看了半天一个字都看不进去。

冬勤嫂的名字里有个"勤"字。后来她嫁给冬豫，其他人叫她时，总是随了她男人的姓，"冬勤嫂""冬勤嫂"地喊她。久而久之，大家也忘了她的本名是什么。

冬勤嫂和冬豫结婚开始就进陈家工作。冬豫离世后，陈家也没有赶她走，一直留着她。

冬勤嫂常说，如果没有陈家，她们孤儿寡母不知道要去哪里讨生活。对这一切，她充满了感激，感激陈家，感激陈家给的一切。

但冬稚不是这样。

以前她不懂这些事情，后来冬豫离开了。从那时候起，冬稚知道，自己这辈子都不可能再对陈家生出一丝感激，或是其他任何正面的情绪。

大年初三的下午，冬稚在家门口坐着。她打开电视，各大卫视的各种晚会正在重播，没什么想看的节目，干脆拿了张小凳子坐在屋檐下吃橘子。

她爱吃橘子，不管大的小的都爱吃。橘子甜丝丝的，水嫩嫩的，一盘橘子很快就被她消灭了大半。

日头在云后半遮半掩，偶尔有轻风吹来，不怎么冷，温度还算适宜。

一盘橘子还没被她完全吃完，院门外忽然传来些微动静。这声音一阵一阵的，是篮球被拍在地面上的声音，规律又有节奏。

这附近爱玩篮球的没几个人，更何况是在这种日子里。

冬稚一思忖，起身走到院门前。她开了半扇门，探出头一看，就见一个熟悉的身影。

“陈就？”她拿着半个橘子，有七八瓣，看着他微愣。

陈就重重地拍了一下球，把球托在掌中，朝她走来。

“你在门口干吗？”冬稚打量着他，“打篮球？”

她总觉得他这行径有些奇怪。

陈就说：“出来透透气，家里太闷。”他往她的身后看了一眼，“勤婶出去了？”

“嗯，我妈有事出去了。”

“我爸妈也不在家。”他说，“不招呼我进去？”

冬稚愣了一下，有点儿犹豫。

陈就看她这表情，道：“逗你的。”他的视线落到她手上，“在吃什么？橘子？”

她点头，微微抬了抬手：“你要吗？你应该不吃……”

“吃。”

冬稚瞥他一眼，把手里那半个橘子递给他。

陈就接过橘子，将那一半再对半分，给冬稚四瓣，自己三瓣。

两个人就这样站在门口吃橘子。

几瓣橘子就是吃一口的事，甜丝丝的味道从喉咙经过食道最后到胃里，凉凉的口感在口腔里留有余味。

两个人吃完橘子，陈就问：“你昨天出去了？去哪儿了？看电影？”

冬稚一怔。

他说：“我在商场看到你了。你和你朋友，”他停顿两秒，“还有温岑。”

冬稚沉默了下，说：“嗯，我们一起去看电影了。”

陈就有半晌没说话。他垂着眼，搓着指腹，清理橘子留在手上的一丁点儿白丝儿。

冬稚看着他，看不见他的眼睛。

“陈就？”

两秒后他抬眸：“那我们什么时候去看电影？你什么时候才有空？”

“你干吗这么想去看电影？还是有哪部片子很想去看？”冬稚说，“这么冷，待在家里多好。”

“昨天出去怎么不冷？”

“苗菁和温岑请我看电影、喝奶茶有好几次了，所以我想现在正好春节放假，怎么也应该回请他们一次，不然多不好。”

陈就抿了下唇：“我不管，你答应了的。”

冬稚顿了下，无奈地道：“那……也行，我没说不去。你想什么时候去？”

“晚上。”

冬稚不吭声。

“不然明天也行。”

“那就晚上吧。”冬稚道，“你先买票。等确定时间了，我再准备出门，好提前给我妈打个电话。”

陈就情绪一下明朗，笑了：“好，我现在买。我有会员，看好了打电话给影院订票，钱从卡里扣，不然赶着过去，可能买不到票。”他道，“我回去换衣服，你等我。”

陈就说走就走，抱着篮球转身就跑。

陈就选的是晚上七点的电影，提前打电话预订好票之后，非要下午四点多就出门。

他们好久都没有一起出来逛了。他带着冬稚将商场逛了个遍，吃了一大堆东西。

时间差不多了，两人上楼去等电影开场。

陈就要了一杯冰可乐和一杯热饮，外加一大份的爆米花。天冷，冬稚是女孩子，陈就不让她喝冰的饮料，所以热饮自然是给她点的。

两个人等着检票，冬稚咬着吸管小口小口地嘬着热饮。

陈就看了她好几次，还是没忍住憋在心里的话：“冬稚。”

“嗯？”

“你还在生气吗？”

“生什么气？”她愣了一下，反应过来，“你说琴的事啊。”

她微微垂眼。“不了。要是气的话，别说橘子，橘子皮都不给你吃。”

陈就说：“道歉多了怕你烦，但是那件事真的很……我妈做得不对，你别跟她计较。”

她沉默了，没接话。

“冬稚？”

冬稚许久后才说话：“你想听真话还是假话？”她看向他，“我是不生你的气了，琴的事情就算过去了。但是这是我跟你的事，牵扯到你妈，那就是另一码事了。”

陈就愣怔。

冬稚没有开玩笑，半敛神色：“我实话告诉你，我不喜欢你妈还有你爸。你如果非要跟我谈这个，那我们没什么好谈的。”

他没说话。

他们短暂地无言对峙之后，冬稚转身想走。

陈就拉住她的手腕，皱了皱眉：“为什么？”

“没有为什么。”冬稚垂下眼，“我不想聊这些。”

“你讨厌我爸妈，讨厌我们家，也讨厌我们家的人……”他问，“那我呢？你也讨厌我吗？”

“你知道我喜欢吃橘子。”冬稚沉默了几秒后道，“我不跟讨厌的人分喜欢的东西。”

她答了，也像没答。

三号厅门口，检票的工作人员通知他们可以开始入场。

冬稚从他的掌中抽回手：“开场了，走吧。”

言毕，冬稚不再说别的，转身朝放映厅走。

陈就站了一会儿，许久后才缓缓地提步跟上。

元宵节之后没几天，寒假结束了，高中学生们早早返校，开始新学期。

开学的头一个月同学们过得匆匆忙忙的。直至第一次月考结束后，大家才渐渐从假期懒散的状态中缓过劲来，找回紧张的节奏，也重新绷紧疏散的神经。

月考的分数出来后，赵梨洁的名字高挂在文科榜的榜首。

放榜后看完排名的众人回到教室，她的座位旁立刻被一群女生围得水泄不通。

“梨洁你好厉害，又是第一！”

“等老班讲完试卷，可以借你的卷子看一看吗？”

“梨洁，明天一起去图书馆复习吗？”

赵梨洁笑着，对她们一一应过。人散了以后，同赵梨洁关系最好的几个人留下，凑在一块儿说话。

“这次理科第一还是陈就，你俩真的好厉害，榜首的位置占得太稳了。我看在你们毕业前，我们年级没人能超过你俩。”

“那是肯定的。排名榜根本没悬念，我压根儿就没去看，不用看也知道文科第一肯定是梨洁。理科第一就更不用说了，除了陈就是第一还有谁啊？”

她们提到陈就，没几句话就从学业聊到私事。

坐在赵梨洁左边的女生忽地问：“哎，最近怎么没见你们放学一起走？”

赵梨洁道：“他最近和他班上的男生一起走。”说完她补上一句，“他们顺路。”

“这样啊。你们寒假一起出去玩了没？寒假里有几部电影都好好看，我们约你你都不出来。”女生八卦地笑着，轻轻用胳膊碰了碰赵梨洁，“是不是跟陈就去看电影了？”

赵梨洁淡笑，避而不答：“哎呀，不要聊这些啦，好好读书。”

“哎哟，有小秘密不跟我们分享是吧……好好好，不问不问……”

几个人说说笑笑，很快岔开话题聊起别的事情。

广播站有值日表，每天两个人当值，赵梨洁和陈就分在同一天当值。

赵梨洁早早吃过饭赶到广播站，陈就比她晚几分钟到。

他们一见面，赵梨洁露出惯常的笑容，和他打招呼：“来啦。”

“嗯。”陈就略略颔首，“来晚了，不好意思。”

赵梨洁抬头看了墙上挂的钟一眼：“哪儿有，还没到开站的时间，我只是提前来一点点。你哪里就来晚了？没有的事。”

陈就轻轻笑了一下，没说别的。

两个人分工，一个人整理电脑上的音频文件，一个人整理广播稿。

他们将一切都准备就绪，还有好几分钟才到广播的时间。往常这个时候两人都会聊聊天儿。

赵梨洁先开口："陈就。"

"嗯？"

"我朋友她们说，寒假有好几部电影都很好看，我还没去看。马上就要下映了，休息日的时候我们一起去看吧？"

陈就抬眸看她一眼，道："我已经看过了，就不去了，你去吧。"

赵梨洁一愣，道："你看过了啊？"她扯起嘴角，"和朋友吗？最近经常跟你一起回家的那个男生？"

"和朋友。"陈就转移话题，把手里的稿纸递给她，"你看看这个稿子有没有要改的地方。"

赵梨洁没等到他确切的回答，接过稿纸，眼睛却一直盯着他。

陈就垂着眸，像是在看手里的东西，不和她对视。

赵梨洁飞快地浏览一遍，道："稿子没有问题。"

她把稿纸放下，抬眸，视线落在陈就的脸上。

他低头整理着桌上的东西。其实桌上也没什么东西，就那么几样，他翻来覆去地理。

像是在避开什么。

"陈就。"赵梨洁不由得出声。

"嗯？"

"我……"她抿了抿唇。

"什么事？"他问。

赵梨洁好像考虑了很久，又不知道怎么想的，仿佛于一瞬间脱口而出："我喜欢你。"

陈就明显愣了一下。

赵梨洁有点儿后悔，心怦怦直跳，但又想看他的反应。

陈就回过神，垂眸，回避道："朋友之间，如果讨厌的话，也当不成朋友。"

现在轮到赵梨洁愣住。这个时候她本应该把话兜回来，可他的回答让她心里压抑的那股气变得翻腾起来。

"不是那种喜欢。"她说，"你知道我不是这个意思。我说的喜欢，是……"

"对不起。"陈就不能揣着明白装糊涂，只能打断她，"我对你没有那种感觉，很抱歉。"他对上她的视线，说："刚才的话我就当你没说过，你也别放在心上。你对我……你可能只是一时想岔了，不一定就是你以为的这种感觉。"

陈就婉拒了她，像是什么都没发生过一样，继续为广播工作做准备。

萧静然的生活基本就是围着陈文席和陈就两人打转。一个是老公，一个是儿子，一个是她半辈子的依靠，一个是她平生最大的骄傲，两个人都重要得不能再重要。

陈文席一贯在外应酬鲜少回家，萧静然的生活重心平时都放在儿子身上。

自从陈就因为小提琴的事开始进入"叛逆期"之后，母子俩已经很久没有坐下好好说话。

叮咚一声，她给陈文席发的消息终于有了回复。

萧静然一看，陈文席说："他跟我开口了，我总不能不给他，难道真让他手里一分钱都没有？他不愿意找你要零花钱，那当然只能找我要。他不愿意就不愿意吧，你何必逼他。跟谁要不都一样吗？"

哪里能一样呢？

以前陈就的零花钱都是萧静然给。她对他从来不小气，隔几天就给他几张红币，生怕他的钱不够花。

陈就和她闹别扭竟然闹到这种程度，连零花钱都不开口跟她要了，直接去找他爸爸要。

萧静然看完消息，打下一行字，又觉得怎么说都没有意义。问题出在她和儿子身上，她找老公又能如何？

她深吸一口气，沉沉地呼出，就差把"郁郁寡欢"四个字写在脸上。

她正烦闷间，贵宾休息室的门被打开了，店员领着一位女士进来。

“您这边请。”店员对身后的人做了个请的手势，下一秒看向屋里，对萧静然道：“抱歉陈太太，其他两间贵宾室正在重新装修，还有几天才能弄好，麻烦您两位今天暂时共用一间贵宾室。”

店员带着歉意补充：“两位在这里稍等一会儿，美容师很快就好了，准备好了我们通知你们。”

萧静然脸上闪过一丝不悦。她轻抿唇角，几不可见地颔了颔首。

进来的女士和萧静然年纪相仿，打扮也不差。她在沙发的另一端坐下，两个人隔着长长的距离。

落座时，她冲萧静然点了点头，唇角带着一丝笑。萧静然礼貌地回了一个淡淡的笑容。

她们各自看着杂志，谁都不说话。

没过两分钟，那位女士接了个电话，为了不吵到旁边的萧静然，将声音放得很轻。

“喂，宝贝。怎么啦？妈妈在美容院……晚上不回来吃饭啊？好，那你不能去吃垃圾食品啊，要吃干净的东西……爸爸晚上加班，我和朋友有饭局，你们年级那个吴主任的老公也在……”

她简短地说了几句，挂断电话。

萧静然拿着杂志没翻页，转头看过去，问：“您家孩子多大啦？”

那位女士没料到她会开口，愣了愣，道：“今年高二。”

“在一中？”

“对。”女士反问，“您……？”

“我儿子今年也高二，也是一中的。”萧静然说，“我听到你说吴主任，记得他们年级的那个女主任就姓吴。”

“这么巧？”那位女士问，“您贵姓？”

“我姓萧，我老公姓陈。”

“陈太太。”女士紧接着自我介绍，“我姓林，我老公姓赵。”她又道，“这么说咱们两家的孩子是同一个学校同一个年级？那真是巧了。”

她们聊到孩子，气氛霎时缓和下来。

赵太太问：“您家是儿子？读的理科还是文科？我女儿读的是文科。”

“理科。”

“理科蛮好，几班啊？”

“1 班，您女儿呢？”

“我女儿在2班……”赵太太惊喜地夸道，“哎哟，您家儿子在1班？理科 1 班是重点班吧？早在之前我就问过学校里的老师，理科重点班是1 班，文科重点班是 2 班，您儿子成绩很不错啊。”

萧静然掩嘴笑：“您家女儿也厉害，能进重点班，那肯定是会读书的人。”

“没有没有。”赵太太谦虚起来，“她从小学习就马马虎虎的，我和她爸爸都不管她的，读书、做作业从来都是靠自己。”

“我儿子也差不多，读书什么的从来不要大人管。就是太闷了，别人家孩子都在外面玩，我跟他爸赶他出去玩他都不去。”

赵太太乐得笑起来。

两人有说有笑，聊了一会儿。

赵太太问：“你家孩子叫什么？以后开家长会，咱们说不定还能碰到。”

萧静然说：“我儿子叫陈就，成就的就。”

“这个名字很耳熟啊，陈就……”赵太太道，“我好像在排名榜上见过，以前开家长会的时候去看过，好像是第一？”

萧静然笑着谦虚地道：“我儿子就是喜欢理科，对这方面比较有兴趣，这次月考确实也是理科第一。”她不忘把话题抛回去，“你家女儿的成绩也不错吧？”

“那是真的巧。”赵太太说，“你儿子理科第一，我女儿这次月考是他们文科班的第一名。”

萧静然笑意变得真切了几分，连连夸赞：“你女儿叫什么名字？”

“赵梨洁。名字是她爸爸起的，梨花的梨，洁白的洁。”

赵太太一说完，萧静然就微微愣了一下。

“怎么了？”赵太太见她似乎感到奇怪，问道。

萧静然回过神来，笑意比先前真切多了：“这真是……”她道，“我见过您家女儿——跟我儿子认识呢，之前来过我家一次。她是个好孩子，斯文又漂亮，瞧着就乖巧。”

赵太太一愣，道：“啊？”而后她回过神来，也笑得热切无比，“他俩认识啊？巧了，真的巧了，您看咱们这缘分……”

贵宾休息室里有说有笑的，两个人仿佛熟识已久的姐妹一般，热聊起来。

赵太太端着一碗汤走进餐厅，将碗轻轻放在赵梨洁面前：“来来来，趁热喝。”

“谢谢妈妈。”赵梨洁坐在桌边，听话地执起汤勺。

“今天冷不冷啊？”

“不冷，都已经是春天了。”

赵太太看墙上的钟一眼：“都这么晚了……妈妈给你把自行车换成电动车好不好？骑车回来太累了，开电动车快一点儿。”

“不要。”赵梨洁说，“我不喜欢骑电动车。”

“哎哟，每天晚自习上到这么晚，妈妈想你早点儿回家嘛。”赵太太替她别了别耳边的头发。

赵梨洁喝着汤，赵太太忽然道：“对了宝贝，妈妈今天碰见你同学的妈妈了，说是他们家的孩子跟你认识！”

“跟我认识，谁啊？”

“是个男孩儿，在你们年级的理科班，叫陈就的那个人。”

赵梨洁动作一顿，抬头：“陈就？”她忙不迭地追问，“你碰见陈就的妈妈了？”

“对呀。”

“在哪儿啊？”

赵太太道：“就我最近新去的一家美容院里，我们碰巧在贵宾休息室里遇见了。你不是给我打电话说不回来吃晚饭吗？那会儿我们就坐在一起。”

赵梨洁用汤勺在碗里拨了两下，用眼盯着赵太太：“你们聊了什么啊？”

“没聊什么，能聊什么？就聊聊你们的学习啊，聊了聊认识的老师。”赵太太道，“陈太太说你去过他们家？”

“嗯，去过一次。”

“她好像蛮喜欢你的呢，一直跟我夸你。”

赵梨洁追问：“夸我？夸我什么？”

“说你听话啊，学习成绩好，长得又好看。”赵太太笑着在她的脸上捏了一下，“怎么？这么喜欢听人家夸你？羞不羞。”

赵梨洁笑了笑，脸红了。她抿抿唇，眼神闪烁着，对赵太太道：“妈，陈太……阿姨人挺好的，下次你们碰到可以多聊会儿天儿。要是认识了，也可以多走动走动，一起喝喝下午茶什么的多好。”

“小孩子家家的，不用你操心。”赵太太刮她的鼻子，“我和陈太太留了电话，约了下次一起去美容院。”

过了三月，天气已经不太冷了。

冬稚在教学楼前的拐角打扫卫生时，正好碰见路过的陈就。

他笑着快步走到她面前，伸出一只脚在她面前重重一跺，吓唬她：“嘿！”

冬稚淡定地抬眸，顺着他的腿看向他带笑的脸，无奈地道：“你幼不幼稚啊。”

陈就笑吟吟地不说话，从口袋里掏出一个橘子，摊掌把它递给她。

“给你吃。”

“你怎么带橘子来学校？”冬稚一边吐槽，一边接过橘子。

“你剥了吃啊。”

“我在扫地。”她瞥他一眼，把橘子装进口袋，再抬眸，看见他还没走，“干吗？”

“看看你。”

“我有什么好看的。”

陈就赖着不走，站了几秒，说：“你忘了？我马上要过生日了，你打算给我准备什么生日礼物？”

“没忘。”冬稚说，“你想要什么？”

“我说出来了，你再去准备有什么意思。”他说，“要你自己准备的礼物。”

冬稚说：“知道了、知道了。”她顿了一下问，“你要庆祝生日啊？”

“不庆祝。”陈就说，“能怎么庆祝？不就请一堆同学来，吃东西、聊天儿、玩游戏嘛，无聊。以前办过，今年不想办了，人太多很吵。”

她哦了声。

“但是你要来。”他垂眸盯着她。

她奇怪地道：“你又不庆祝生日，我来干吗？”

“我过生日的时候你得陪着我，不然我一个人过吗？”

“你爸妈呢？”

“我爸肯定不在家——又不是大生日，他不会特意回来。我妈……天天忙着和朋友喝茶打牌，她有的是事情做。”陈就说，“我不跟他们过生日。”

冬稚沉默了下，道：“你要去哪儿过生日？”

“到那天你就知道了，现在问那么多干吗？”

她想了想，道：“3月20……那天要不要上课？是星期……”

陈就说：“是星期日，我看过日历了，正好是休息日。不是也没关系，提前或者推后，反正只要选一天庆祝就行了，都可以。”

冬稚只好道：“行吧，那你到时候跟我说就是了，我记得了。”

陈就和冬稚两人站在教学楼的拐角前说话。

冬稚拿着一把扫把，卫生做到一半，陈就站在她面前，和她有说有笑的。尽管陈就平时对待同学温和可亲，但人们很少见他笑得这么开心。

“你看那边……”一群路过的女生挽着手悄悄议论，“陈就和冬稚好有得聊哦。他平时没这么多话吧……”

“他们看起来很熟哇？”

其中一个人兴奋地道：“是啊。我听人说，他们两个人好像是从小一起长大的，认识很多年了。”

“真的假的？冬稚家不是很穷吗？怎么会跟陈就一起长大？”

“不清楚……而且她拉小提琴不是很厉害嘛，之前参加比赛好像还得奖了，要是穷应该学不起小提琴吧？”

“可能条件一般，但是家里舍得给她花钱？”

“不知道啊。”

她们聊来聊去，到最后说出幽幽的一句感叹：“真的，厉害的人都跟厉害的人玩在一起……”

晚自习前，冬稚被隔壁班的一个女生叫出去——人家给她送书来了。

上个星期的某天，上实验课的时候两个班共用一个教室，一群女生聊起一本小说。冬稚说没看过，买了那本书的女生便很大方地说，等自己看完可以借给她。

苗菁看了门口一眼，女生把看完的书递给冬稚，两人在门口说话。

苗菁用胳膊肘碰碰温岑，笑吟吟地道：“哎，你有没有觉得，咱们冬稚的人缘变好了？”

温岑顺着她的目光看向门口，但只看了一眼就收回了视线。他在纸上随意地涂画，嘴角带着一丝温和浅淡的笑：“挺好的啊。这是好事。”

3 月 20 号是陈就的生日。

从上午开始，他陆续收到许多人发来的生日祝福。这些生日祝福来自熟悉和不熟悉的同学，或是同一个兴趣小组的组员、广播站的成员，以及一起代表学校参加比赛的校友等人。

由于消息太多，陈就只能统一简短地回复，一一道谢。他应付完祝福的人，直奔衣柜，打开橱柜门挑选出门穿的衣服。适合这个季节的衣服被摆在同一排，他试了三件，决定穿最后一件颜色较素的外套。

陈就和冬稚约好下午在商场见，可以逛一逛，吃点儿东西，再去最后的目的地。

他吃过午饭在房间里待了会儿，收拾妥当，看时间已经三点多，差不多可以出门。他在房间里左右看看，想起要穿的那双鞋前两天被拿去洗了，不在玄关，于是下楼先去准备鞋子。

萧静然经过客厅，叫住他：“儿子，今天是你生日，晚上想吃什么？”

陈就脚步顿了一下，道："我晚上不在家里吃，不用准备。"

"你要出去啊？"萧静然微微感到愕然，从沙发上起身，"我买了蛋糕，在冰箱里冰着呢……"

他们几次不愉快地相处下来，她面对他有了些许怯意。

陈就对她生气，又觉得自己十分残忍，自己的冷淡让她这副姿态看起来竟然有几分"可怜"。

他沉默了一下，终于耐心地道："那你把蛋糕拿出来，我现在吃一块。"

萧静然面上一喜，道："好、好，我现在就让人把蛋糕拿出来切了。"

她说着立刻就吩咐人去切蛋糕。

陈就看她忙活的背影，叹了一口气。他去晒鞋的地方找到要穿的那双鞋，不耽误时间，趁空把鞋带弄好。

不多时，萧静然身后跟着一个帮佣的婶子，婶子端着蛋糕进了客厅。

"唱生日歌吧？"

陈就说："不用。"

萧静然扯着嘴角笑了笑："好，不唱就不唱。"

婶子把蛋糕对半切，然后切下一块，递给萧静然，萧静然转手把它递给陈就。

陈就并不怎么爱吃甜食，这时候也不饿，端着蛋糕在茶几边坐下。他纯粹是给萧静然面子，不想让她在他生日这天太过扫兴。

他吃了几口，见萧静然笑吟吟地盯着自己，道："你也吃。"

"好，我也吃、我也吃。"萧静然连连点头，目光黏在他身上舍不得离开，"你吃你的，我一会儿就吃。"

陈就三两下吃完蛋糕，放下盘子要上楼："我回房了，一会儿有事要出去。"

"去哪儿啊？"

"和朋友出去玩。"

萧静然说："你先上楼，别急着走，等几分钟好不好？妈妈给你准备了惊喜。"

陈就犹豫，看她眼含期待，最终还是心软，点了点头。

陈就在萧静然的催促声中上楼回房，将近十分钟后才被叫下楼。

他踩着楼梯一级一级地往下走，转过楼梯的拐角，再下几层，客厅出现在他的视野里——

陈就一愣。

“陈就，生日快乐！”

砰、砰两声，有人接连拉响两个礼炮，弹出的彩色纸片在空中飞舞。

客厅里站着十几个人，有男生也有女生。

陈就站在楼梯中间，没动。

赵梨洁朝他看：“陈就，下来呀！”

萧静然趿着拖鞋，笑嘻嘻地走到众人间，对陈就道：“你同学特地来家里给你庆祝生日，大家到了以后，还在外面藏了好久，就为了给你一个惊喜。尤其是梨洁，蛋糕是她亲自跑了两趟去订的。”她拍了拍赵梨洁的肩，看向陈就，“你说要跟朋友出去玩，妈妈把你的朋友都叫到家里来了，这下可以过一个热闹的生日了。”

陈就抿紧唇，笑不出来。

一群同学中，有几个人是同班的，另一些人同为广播站的成员，还有几个人是去年他过生日时邀请过的——其实陈就和他们并不是经常一起玩，只是萧静然和那几个同学的父母比较熟，所以过生日的时候把他们一起叫上了。

陈就慢慢走下楼梯，挤出一丝笑，看了一圈儿，问：“彭柳……没来？”

“彭柳？噢，你班上的那个男生是吗？”赵梨洁答道，“我让他们发消息问过了，提前几天就问了他。没说要给你惊喜，就问你生日这天他有没有时间，他说在家玩游戏不想出门。”

陈就抿唇，没说别的。

前几天课间的时候，彭柳问他生日准备去干吗。

陈就说有约。

彭柳得知陈就约的人是冬稚以后，说：“这样啊，挺好挺好，那我就不凑热闹了。本来还想要不要给你庆祝生日，那你约了她，我就待在家打游戏，过两天送个礼物给你意思意思就是了啊。”

客厅里来了十几个人。陈就进了客厅，扎进这群人里，抽身不得。

萧静然准备了一堆东西招呼客人，他们有说有笑的。陈就听他们聊天儿时不时地走神，有点儿分不清到底是不是自己的生日。

除了他，他们都很开心。

“陈就。”赵梨洁带着笑喊他，拿出准备好的礼物，递到他面前，“生日快乐。”

他接过礼物，道：“谢谢。”

他笑了下，笑意却转瞬即逝。

其他人见状，纷纷从包里拿出准备好的东西，转眼礼物就在客厅里被堆成一座小山。

萧静然一边招呼他们喝茶水，一边笑着道：“还特意准备礼物，真是麻烦了。晚上在阿姨这儿吃饭吧，我让人煮好吃的。”她说着跟身后的婶子道：“快，去把刚刚的蛋糕都切了，端上来。”

婶子应声去忙了。

陈就觉得喉咙里哽得慌，找了个借口：“我去洗手间。”

他没有理会萧静然的话，起身遁走。

他躲进洗手间里，反锁上门，背靠着冰冷的墙壁，感到烦闷不已。

陈就想了想，拿出手机，给冬稚发消息。

“我有点儿事，没那么快出去。你先去商场找地方喝奶茶，或者吃点儿东西，我出来了就打电话给你。”

他看着发出去的消息，眉头拧在一块儿，又加了一句：“我尽量快一点儿。”

他要脱身出去，就只能让特意来的人尴尬了，不礼貌就不礼貌一次吧。

冬稚还在等他。

陈就打定主意应付一会儿就想办法走人，收起手机，回到客厅。

生日的主人公陈就去洗手间了，留下的一群同学还在热聊。

赵梨洁忽然想起什么，奇怪地道：“哎，冬稚呢？”她看向萧静然：“阿姨，冬稚没来吗？”

萧静然微敛笑意，眼神闪了闪："她啊……"

"陈就和冬稚是一起长大的吗？"有人之前就很好奇，问，"我听人说，冬稚和陈就从小就认识，冬稚家是住在这附近吗？"

"住在这附近？难道是我们来的路上前面的那一栋房子？还是对面的？"

在座的人对此怀有好奇，不免多聊几句。

萧静然似是在思考，稍做沉默，忽地一笑："你们想见冬稚啊？那我让人叫她来。"

言毕，她转身小声对身后的婶子耳语，没过几秒，婶子快步出了客厅。

赵梨洁和身边的同学聊着天儿，看向厅门的方向，陈就还没回来。她不好频频盯着那边看，竭力投入到和同学的对话中去。

然而赵梨洁久不见陈就，冬稚也没现身。她越聊越心不在焉。

她并不是很想见冬稚。其实她们总共也没说几句话，赵梨洁称不上对冬稚有意见，就是……她有一点儿介意冬稚和陈就的关系。

那天在广播室里被陈就拒绝，她用了好几天才缓过来。她面上挂不住，但一看见陈就，又觉得还想再努力努力。

她不想让陈就觉得自己是那种不大方的人——尖酸小气的人最惹人厌，她要做讨人喜欢的人。冬稚不在，谁都不在意，只有赵梨洁记得。像赵梨洁这样时刻为别人着想，这就是一种魅力。

赵梨洁抛开脑子里的胡思乱想，对身旁的同学露出笑："真的啊？我都不知道这些……"

她说话间，一个人走进来。

赵梨洁下意识地转头看去，客厅里的其他人也看过去，都以为是陈就，来人却不是他。

一个穿着围裙的中年妇女端着一大盘水果进来，把它轻轻放在茶几上。

赵梨洁不甚在意地要收回目光，这时候萧静然开口："勤嫂，冬稚在不在家？"

妇女一愣，道："啊？她在家。"

“在家啊，那就叫她来一起坐坐，这些都是他们学校的同学，今天来给陈就过生日。”萧静然说，“你也是，不要老是把她关在家里，女孩子要多出门走动走动。去，现在去叫她来吧。”

客厅里的众人将目光齐齐地聚集在冬勤嫂的身上。

赵梨洁身旁的女生看向萧静然，瞥了面前的妇女一眼，问：“阿姨，她是？”

“差点儿忘了介绍了。这是在我们家厨房里做饭的婶子，在我们家很多年了。”萧静然笑道，“也是冬稚的妈妈。”她见冬勤嫂还不动，皱了下眉：“勤嫂，你快去呀。”

冬勤嫂局促地站直：“冬稚在家看书……”

“我记得她成绩也没有特别好啊。”赵梨洁身旁的女生插嘴。她在体育课上讽刺过冬稚。别人都吹捧冬稚，说冬稚的小提琴拉得好，那时她顶了几句。现下她用眼盯着冬勤嫂：“阿姨你叫冬稚来嘛，她有不会做的作业我们可以教她。那边几个人都是1班的，1班是重点班。”

“冬稚她念的是文科……”

“我知道、我知道。”女生笑道，“我们这几个人是2班的，我们班是文科重点班。”她挽住赵梨洁的手臂：“喏，梨洁她是文科第一名，什么都可以教冬稚。”

赵梨洁见冬勤嫂看了自己一眼，回了一个笑容。赵梨洁的视线在冬勤嫂和身旁的好友之间来回转，她动了动嘴唇，最终还是没有开口。赵梨洁没有出声介入这个话题，由着身旁的好友继续说下去。

“阿姨你快去叫她嘛，我们好想见她哦，让她也来啊。”

萧静然见冬勤嫂在这儿说了这么半天废话，面上略微不悦，转身叫来另一个婶子：“你去小门，到后面的院子里，去她们家把冬稚叫来。”萧静然顿了顿，道，“一定要叫来。”

“那……”冬勤嫂想阻拦，但瞥见萧静然的眼神，话被堵在了喉咙里。

陈就一踏进客厅，赵梨洁身旁的女生就对他道：“陈就，原来你家跟冬稚家离得这么近啊，她家就住在你家后面？”

陈就一愣，面色霎时紧绷：“谁跟你们说的？”

“刚刚冬稚的妈妈端水果过来，阿姨就顺便让她把冬稚叫来一起玩……”

“你们叫了冬稚？！”陈就的面色登时一沉。

萧静然趿着拖鞋笑吟吟地进来，陈就扭头看她：“妈，是你让勤婶把冬稚叫来的？”

萧静然愣了一下，佯作无事地道：“你同学他们问冬稚怎么没来，说想叫她一起来聊聊天儿，我就让她们去叫她了。正好今天你过生日嘛，叫冬稚一起来庆祝一下不是挺好？”

“谁让你随便决定的？”陈就阴沉着脸，眼里都是寒意。

赵梨洁等人都是第一次听他说话的语气如此冷硬，全都愣住了。

萧静然也愣了，面子上挂不住，同时有些气恼：“我做什么决定了？不就是叫她来一起玩……”

“我让你叫了吗？我说要叫她来吗？你为什么不问问我？冬稚又不是广播站的，她跟这里的同学不熟，你叫她来干什么？”陈就怒道，“这是我的生日，你问过我了吗？你能不能尊重一下她，也尊重一下我？！”

“你——”

“太太……”在客厅门口领路的婶子弱弱地叫了一声，打断萧静然的话。

陈就扭头看去，婶子让开一步，冬稚来了，就站在那儿。

满客厅的人都看着冬稚。

在这其中，只有陈就和她的视线在空中相遇。他的喉咙艰难地动了一下。

冬稚静静地站在那儿，并没有展露出过多的情绪。突然被叫来的时候她就猜到会是什么情况。她可以不来，可以躲开，但没必要这么做。

她的母亲是陈家的用人，不止这些，她的父亲也是受了陈就爷爷的荫庇与恩惠才长大。陈家给他提供了谋生的工作，他死后，他的老婆在这个家打杂帮佣，辛苦地抚养他这个女儿。

他们一家都是陈家的附属，这是事实。

不管萧静然叫她来是有意或无意，结局是什么，冬稚心里清楚。

冬稚不在意那些人的目光和看法。陈就刚刚那番话她听在了耳里。冬稚站在客厅门口朝他轻轻笑了一下，说："生日快乐。"

他十八岁了。

她的声音如此温柔，陈就直直地看着她，忽然很想哭。

客厅里的气氛明显不对劲，陈就和萧静然之间似乎有什么东西一触即发。虽然冬稚安然落座，但空气中弥漫的尴尬气氛简直快要让人窒息。

1 班的几个无意掺和别人家事的同学，没多久就借口有事告辞。剩下的人见有人走了也陆陆续续找理由离开。

冬稚更是没待多久，中途就走了。

陈就黑着一张脸，周身围绕着低气压，脸上毫无庆祝生日的喜悦之情。"就不留你们吃晚饭了，我不太舒服，先上楼休息一会儿。你们自己回家吧，麻烦你们今天跑这一趟。"他对剩下的几个人道，"抱歉。"

言毕，他也不管在座的人是何表情，就头也不回地起身上楼。

"陈就！"萧静然在背后叫他。

他不为所动，置若罔闻。

就这样，好好的一个生日潦草地收场了。

客厅里鸦雀无声。冬勤嫂下班回家了。另一个婶子打扫完卫生，不知溜到哪里，总之不敢在主家的面前待着。

谁都看得出来今天的气氛不对。

陈就坐在玄关前的地板上，低头给鞋子系上鞋带。

"你去哪儿？"萧静然快步走过来，"马上就要吃晚饭了，你……"

"我不吃。"

"不吃？我让人准备了很多菜，不吃……"

"说了不吃就不吃，你听不懂人话是吗？！"陈就把鞋一扔，腾地站起身面对她，"你烦不烦？有完没完？闹了一下午了还没够吗？要不要搭个台子给你唱戏？"

"你……"萧静然怔怔地后退小半步，满脸受伤的神情，"我只是跟你说一说，你怎么跟妈妈生这么大的气？"

陈就讽刺地一笑："你不知道我为什么生气？"

萧静然的眼神闪了闪："只不过是让冬稚来客厅里坐一坐，这怎么了？"

"怎么了？你不知道怎么了，叫她来干什么？"陈就说，"让同一个学校的同学都知道她妈妈是给我们家干活儿的，让她被打量，被人议论，这样你心里就舒坦了是不是？我觉得你真的有病。"

"陈就，我是你妈。"萧静然的脸上闪过怒色，"你怎么跟我说话的？"

陈就懒得理她，转过身坐下，继续摆弄鞋子。

萧静然向前一步，追讨着要说法："你给我说清楚，你现在是怎么样，翅膀硬了，要跟妈妈唱反调了是不是？我做什么你都不高兴，非要为一个丫头片子和我吵架生气，你还学会骂我了。你说说，你自己说说！"

"我说什么？"陈就背对着她，嗤笑一声，"我跟你没什么好说的。"

"你学人家叛逆是不是？你以前从来不会这样跟我说话，你现在……"

"我现在这样是你逼的。"他淡淡地打断她。

萧静然被噎了噎，气不过地道："我叫她来怎么了？我怎么就不能叫她来了？我给她脸还不好？她是一个用人的女儿，我让她坐进客厅里，把她当客人已经很客气了！我还要怎么样？！"

陈就转头，冷冷的目光凝在她的身上。

萧静然僵了一下，梗着脖子道："我说错了吗？她本来就是用人的女儿。怎么样，不能说事实？她是用人的小孩儿，觉得丢人，我就非得要顾及她的自尊心？凭什么？我又不是她妈。"她越说越觉得自己占理，声音微扬，"再说了，她家穷是我的错吗？她妈妈给我们家打杂，怎么就不能说了？我给她们工作，付工资给她们，难道还要顾及她们的自尊，帮她们藏着掖着？要是觉得丢人，那不如不要做这份工作，我是不是还要把她们供起来啊？"

"没有谁要你把谁供起来，也没有要你特别去照顾谁的自尊心。"陈就说，"只不过是希望你能像个正常人一样，不要故意让别人难堪，不要故意羞辱别人、践踏别人。适当地给别人留一点儿尊严，这样很难吗？"

面前的这个女人——他的母亲，明明吃的穿的都是最好的，生活在优渥的环境里，端庄优雅，却说着如此让人匪夷所思的话。这一切让他觉得既讽刺又好笑。

陈就问："不那么势利，不去主动伤害别人，宽容一点儿，真的很难吗？"

萧静然动了动唇，过了半晌，吐出一句："你……你一个小孩子家，知道什么！"

陈就直勾勾地看着她，眸色渐渐变暗，脸上的失望之色越发明显。

"我是不知道，我也不想知道。"他拿起系好鞋带的鞋，站起身朝楼上走，"随便你，我们没什么好说的了。"

"你去哪儿？你跟妈妈说清楚，你是不是还要继续闹别扭，啊？陈就……"

陈就理都不理，上楼回房，穿好鞋背起包，锁了房门再下楼，径直走出家门。

萧静然跟在他背后一直对他说话，他像是没听到。她一直追到大门前的台阶下，陈就快步将她甩在身后，对她的呼喊充耳不闻。

太阳已经落山，天黑了。

原本陈就想下午和冬稚在商场逛一逛，然后再一起去好好度过这个生日，但所有的计划都被打乱了。

他在商场门外见到冬稚，那颗像被用力揉搓过的心，难得安稳了片刻。

她缓步走到他的面前。

陈就动了动唇："冬稚。"

"嗯。"她平静如常，"我们去哪儿？"

他没答，沉默了几秒后，说："我以为你不会来了。"

陈就离开家后，给她发消息，只有一句话："我在商场门口等你。"

之后他没看手机一眼，打车直奔这里。他不确定她会不会来，像是自我折磨一样，站在被夜色笼罩的霓虹灯下静静地等。

陈就吹了一会儿风，脑子里总算没那么乱。

冬稚笑了一下，没接话，还是问："我们去哪儿？"

“你饿不饿？”

“不饿。”

陈就凝视着她，从口袋里掏出两张票：“我本来买了两张音乐会的票，现在过去已经赶不及了。”

他紧紧捏着那两张票，眸色沉了沉，压抑着暴躁，将票撕成两半。

冬稚愣了一瞬，道：“怎么撕了？”

“看不成了。”

她拦住他要扔掉票的动作，从他手里拿过撕碎的票，票的正面印着一行字——“奥地利维也纳贝多芬爱乐乐团交响音乐会”。

冬稚摸了摸票，抬眸看他：“这样，”她把被撕碎的一张票给他，另一张票自己留着，“你一份，我一份，假装看了好不好？留作纪念。”

“可还是没有看……”

“以后还有机会。”冬稚轻声安慰，“以后会有机会的。”

陈就对上她的视线，良久，紧绷的表情终于缓和。

“好。”他说，“我们下一次去。”

他将被撕成两半的那张票装进了口袋。

一人保留了一份。

“那我们现在去哪儿呢？”冬稚问。

“你想看电影吗？”陈就皱了下眉，相比音乐会，对这个活动不是很满意，“好像有几部新片。”

“可以啊。”冬稚说，“就在这里看？”

他点头：“五楼。”

“那进去吧。”

“你渴不渴？先去买喝的。”

“想喝冰可乐。”

“不行。”他皱眉，“喝热的吧。”

冬稚瞥他一眼，笑了笑：“也行。”

两人转身往里走，冬稚走在前面。

他们没走几步，陈就叫她：“冬稚。”

“嗯？”冬稚停住，回头看，他站在那儿不动，“怎么了？”

陈就沉默了下，忽然快步走到她面前。

冬稚愣住了。

“如果学校里有谁笑你，我就骂他。”他说，“我会的东西多，懂的东西也多，他们谁都骂不过我。”

他的身上有一股淡淡的香味。冬稚没有动，让这味道将自己包围。

她垂下眼睫，轻轻地回应：“嗯……”

冬勤嫂在冬稚的房门外徘徊了很久。门被推开的时候，冬稚并不惊讶，因为早就听到了冬勤嫂的脚步声。

“妈。”冬稚平静地叫了一声，“有事？”

冬勤嫂踌躇着步入房间内，半晌没说话。

“妈？”

“那什么，我煮了点儿汤，你喝了再睡？”

“不用，我不饿。”冬稚见她欲言又止，“你有事要跟我说？”

冬勤嫂叹了口气，道：“下午的事……”

“下午怎么了？”

冬勤嫂用那双浑浊的眼睛看着冬稚，心里生出一丝愧疚和难过之情，将粗糙的双手交叠，无措地搓了搓：“妈……让你在同学面前丢人了。”她把这句话艰难地说出口，喉头哽了哽，“以后去学校……学校要是……要是有人笑话你，你别跟人吵架，万一吃亏不好……也……也别难过……”

“你没丢人。”冬稚打断她的话，定定地看着她，“你在做你分内的工作，一没有偷奸耍滑，二没有懒怠误工，哪里丢人了？”

冬勤嫂愣了愣。她回过神后，吸了吸鼻子，别开脸。过了几秒，她声音极低地叹息：“你……想得开就好。”

冬稚沉默了。

屋里安静许久，冬勤嫂难受地叹气：“我不想让你去的。他们那群学生看我在干活儿，一听我是你妈，脸色、眼神都变了，我哪里看不出来。太太也是，非要你去，我说你在家看书，还是要你去……”

“妈。”冬稚打断她，“在家能不能不叫那两个字，陈就他妈没有名字吗？太太什么太太。”

冬勤嫂微微诧异，看向冬稚：“你……小孩子不懂事，哪儿能直呼主家的名字？我知道你心里有气，今天的事我也气，但是……”

“主家什么主家，都什么年代了，你为什么非得把自己当下人看？”冬稚脸微沉，“你是给他们家打工，不是卖给他们家了。”

冬勤嫂嗫嚅着，数秒后道：“不一样，这不一样。”

“哪里不一样？”

“你爸爸……”

“你是不是又要拿以前说事？”冬稚道，“是，爷爷奶奶走得早，爸爸能有饱饭吃，能好好长大，还能读书，都是多亏了陈就的爷爷。那爸爸难道没有记他们的好吗？爸爸给他们任劳任怨一辈子还不够吗？”

“可是你爸不在以后，陈家也没有辞退我，对我们……”

“对我们怎样？”冬稚道，“我知道，你和爸爸结婚是陈就的爷爷主的婚，所以你尊敬他，结了婚跟着爸爸进陈家做事，我们一家三口过日子确实方便。可爸爸去世后他们没有辞退你，这算什么恩？我问问他们凭什么辞退你？你哪里做得不好？拿一份工资做几个人的事，去别处别人只会给你钱多而不会少。”

“我们……我们和陈家，不能这样算……”

冬稚看她唯唯诺诺的样子，气不打一处来：“你能不能不要这样对他们感恩戴德？你得的东西都是你该得的。”

冬勤嫂吓了一跳，嗔她一眼：“你这孩子哪儿来这么大怨气。”

冬稚抿紧唇：“他们本来就不配。”

冬勤嫂瞪着眼比了个噤声的手势：“说什么呢。在外面可不能这样乱说，被人听到要嚼你舌根子的。”她叹气，忙止住这个话题，“好了好了，我知道你心里生气。唉，人在屋檐下不得不低头。以后你尽量别出现在陈太……他们面前，少见面总是对的。”

冬稚还想说什么，见冬勤嫂起身去做饭，便把到嘴边的话又咽了回去。

第六章　做人间的一把沙

冬稚的妈妈是个下人。

这听起来带着几分和时代脱节的魔幻之言，被人们当成一桩新奇的八卦就此传开。

情绪会传染，恶意更不例外。

许多人在成为其中的一分子时，并不觉得自己对别人造成了什么影响。

只是聊一聊，每个八卦者都这样想着。“冬稚”这个名字，在他们的舌尖之上来回翻滚，被他们不停地咀嚼。

冬稚经过校园走道，聚集在一起聊天儿的女生一看见她目光登时就变了。

“你看，她来了。”

“难怪她连班级聚会都不参加，我听说要钱的活动她都不去……”

“她怎么还能学小提琴啊？我的天，疯了吧，她妈给人打杂能挣够她学琴的钱吗？”

“哎，你们跟她说过话没？”

“谁跟她说话啊？又不熟。她从来不主动跟别人说话，不知道在高傲什么……”

冬稚仿佛没听到一样，平静地走过去。事情发酵后已经好几天了，她没有表态过一句。

她走到高二教学楼，刚要上楼，陈就从教室里出来，1 班就在楼梯旁不远处。

“冬稚。”

冬稚顿了一下，朝他走过去。

“我刚要去找你。”他说。

“找我？”

“嗯。”陈就应着，领她到旁边更亮堂的地方说话。

一楼有其他学生在，来往上下楼梯的学生中有不少人朝他们看来。

陈就对那些目光感到不悦，被盯得烦，扭头随意一瞥，被捕捉到的陌生同学立刻转开头。他紧抿嘴唇，显露出几分不爽的样子。

“你找我什么事啊？”冬稚的声音唤回他的思绪。

陈就说：“这个。”他从口袋里掏出一个包装完好的饭团，“刚刚去便利店买水，给你带了一个饭团。”

“给我带这个干吗？”

“离放学还早，怕你饿，垫垫肚子。”

冬稚失笑：“我不饿。”

陈就不言语。

她还是收下了，道：“嗯，我等会儿吃。”

对他们感兴趣的人仍然有，冬稚只当没看到，陈就便也学着她，尽量无视那些人。

“有什么不开心的事情跟我说。”他道。

冬稚说了声好。

“谁欺负你也告诉我。”

她看他一眼，淡笑：“好。”

上课的时间快到了，冬稚没有久留，把饭团放进外套的口袋里：“那我回教室了。”

“好。”

冬稚往楼梯处走。

陈就站在原地。看着她的背影，他动了动唇，没有发出一丝声响。

以前她为了避嫌，在学校里尽可能地躲着他。现在她终于肯正大光明地和他说话了。他一边为这样让她陷入舆论的现状难受，另一边私心里却又有那么一丁点儿见不得光的情绪。

他终于不用“避嫌”，不用“躲着”。

这种卑劣的庆幸，让他感到格外痛苦和煎熬。

冬稚的口袋里装着大个头儿的饭团。冬稚一进教室，本来就与她不对付的几个女生一看到她就开始窃窃私语。

“冬稚。”苗菁朝她招手。

冬稚回到位子上。

苗菁瞪那些人一眼，哼道：“别理她们，一天天闲得没事干，书不会读，就知道嚼舌根子。”

“我没理。”冬稚说，“你也别气，没必要。”

苗菁瞥她一眼，叹气：“你倒是真想得开。”

谁看见冬稚和陈就在一起不是吓了一跳呢？

人们都说冬稚和陈就好像很熟，早就认识，原来是这么个熟法。

冬稚她妈在陈就家如何忙活、如何卑微、对着陈就的妈妈怎么卖好卖笑，从未明的源头被传开，被人们绘声绘色地描述。

苗菁刚听说时小心翼翼的，想问冬稚又不敢问。

还是到了周一，消息完全被传开的当天下午，在最后一节自习课前的课间，冬稚主动解惑，把事情亲口说给苗菁和温岑听：“我妈是在陈就家干活儿的，打扫卫生、做饭，什么事情都做，有很多年了，所以我从小就和陈就认识。”

苗菁当时微微张嘴：“啊……”

除了这个音节，她突然之间不知道该怎么说。

倒是温岑，没有表现出异状，反而挑眉吐槽：“你们这么熟，他成绩那么好怎么不教你读书？你练习册上的内容好歹少错一点儿，我抄得也舒服……”

冬稚脸一红，顾不上旁的，抓起课本就打温岑。他笑着往后一躲，没被打着。

苗菁扑哧一声也乐了，原本有点儿尴尬的局面一下子恢复如常。

三个人打打闹闹的，什么都没变。

眼看着这事情都过去几天了，可其他人……苗菁替冬稚发愁。

“哎，你笔记做了没？借我。”趴在桌上补眠的温岑见冬稚回来，伸个懒腰，立刻管她伸手。

苗菁瞪他：“干什么？冬稚烦着呢。”

“烦吗？”温岑眼光迷茫，看看苗菁再看看冬稚：“我看不是啊。你烦什么？”

“你这人。”苗菁生气，“那个事……”

她压低声音：“就那个事啊，他们还在说冬稚！”

“他们不是一直都在说冬稚？”温岑觉得奇怪，“说呗，又不会掉块肉。”

“可这样对她名声不好，谁听了那些话不会离她远远的啊……”

“没听那些话之前，他们也没离得很近不是？”温岑无所谓地道，扭头催冬稚：“笔记笔记，快。我跟你说你别分神想那些乱七八糟的事情，记笔记要紧，你不记我抄谁的去。”

“你……”苗菁听他说这没心没肺的混账话，气得卷起练习册狠狠打了他一下。

“嘶——你打人真疼。”

“你该。”

“大姐，你别这么蛮横好不好？……”

冬稚看他们闹，禁不住笑了，找出笔记本递给温岑，心情莫名晴朗了许多。

“冬稚——”

下课铃一响，门口有人叫她。

冬稚抬头一看，詹静站在教室门口正冲自己招手。

旁边有闲心的人也注意着这边。冬稚愣了一下，而后只当没看到那几个好事者的目光，起身走过去。

她和詹静在门边说话，疑惑地道：“你找我有事？”

“有。也不算什么事。”詹静说，“就是那个，周末一起出去玩呀？”

冬稚觉得奇怪：“去玩？去哪里玩？”

“去奶茶店啊，玩玩牌，或者玩别的。没有别人，就我还有几个和我玩得比较好的朋友……都是蛮好的人，你放心。”

冬稚沉默了几秒。她和詹静鲜少来往，只在詹静生日宴时去拉过小提琴，还是收了钱的，那之后在社交软件上几乎没再说过话。

詹静怎么会突然来邀她去玩？

詹静似是看出她的犹疑，稍稍踌躇，不好意思地道：“其实……就是……哎呀，我也不知道怎么说，就是想叫你一起玩。”

冬稚凝视她几秒，道：“你是因为……”

“我……我不是可怜你，你别误会。”詹静怕她多想，连连摆手，“我就是……就是听他们那样说……你别听那些有的没的，要是愿意的话可以跟我玩，我朋友都很好，她们不是那种爱说八卦的人，真的。”

冬稚有几秒没说话。

走廊外的光斜斜地落在詹静的身上。她的面庞白净细腻、纤尘不染，是从里到外的洁净无垢。

说到底她们其实不过只是有过一次交集的陌生人。

“不用。”冬稚说，“我平时不爱出去玩。”

詹静愣了一下。

下一秒，冬稚轻轻握住她的手捏了捏，莞尔一笑：“不过还是谢谢你。”

学校一年一度的社团活动在这周开始。周五下午从第二节课开始，学校里都是摊位。社团的成员忙活着，无事一身轻的闲散人员若是对此不感兴趣，窝在教室里看书自习打发时间也是有的。但更多的人还是宁愿离开教室，在外头晃悠透气，好过闷坐在室内。

这样的活动要属高一的学生最活跃，高二的学生已经参加过一年，再来一遍，没多少新鲜感。高三生则全力备考，根本不参与。

虽然活动是从第二节课开始，但第一节课也是做准备用的，所以没有参加社团的学生可以比往常更晚一些来。

冬稚睡了个午觉，在家多待了一会儿，到校时教学楼前的道上已经被摆上了课桌拼成的摊位。

每个社团每年都会有不同的主题，有的社团贩卖旧书，有的卖成员的手工作品，画、书法字，各种各样的物品都有。

冬稚走近高二教学楼时，远远看见那栋楼前围着许多人。

她越靠近，吆喝声听得越清楚。

“来，献一献爱心，伸出你的手就能帮助一个人。各位同学看一看……”

几个男生挤了进去，发出扑哧一声笑。冬稚看见郑扬飞的侧脸，他大手一挥：“我捐五十。”

摊前的女生登时大声感谢：“谢谢！这边可以登记，来，写个名字……”

“名字就不用了，捐钱嘛。”郑扬飞回头招呼几个男生：“来呀，你们一人捐几块意思意思……”

男生们笑嘻嘻地凑过去。

郑扬飞正和他们说话，一转头看见慢慢走近的冬稚。他挑眉，扬声道：“哟，正主来了——”

围在那个摊前的人齐齐看过来。

冬稚停了停，似有不解。然而她视线一移，看见旁边几张桌子拼成的摊位上铺着一张白布，桌上摆着一个透明的箱子，里面都是钱——募捐箱。

在透明的募捐箱旁边，放着一个木制的牌子。

“为高二年级十三班冬稚同学捐款活动”，牌子上这样写着。

郑扬飞昂着脑袋，在人群里笑着远远地睨她：“冬稚同学，我给你捐了五十块钱。你是不是要谢谢我啊？”

他身后的一个男生搭上他的肩膀，也说：“我捐了十块，给你买点儿早餐吃。”

他们一群人的脸上都挂着笑。

冬稚和郑扬飞有过节，没有忘记这一点。

她站着不说话，静静地看着他们。

组织这个活动的女生出声了，笑嘻嘻地对冬稚道："冬稚，你站着干吗呀？不会是太开心了吧？"

冬稚把视线落在她的脸上。

她是高二年级二班的陶子佩，是赵梨洁的好朋友。体育课上冬稚和陶子佩因为小提琴的事起过口角。陈就生日那天，在陈就家的客厅，陶子佩就坐在赵梨洁身旁。

郑扬飞往前走了几步，还没等说话，这时赵梨洁从办公楼那边的小路走来，怀里抱着一沓教材。赵梨洁瞥见这情形，愣了一下，快步跑来。

"佩佩！"赵梨洁直奔募捐摊子前，扫了桌上的募捐箱和写着主题的牌子一眼，对陶子佩瞪眼，"你在这儿搞这些事情，你干吗？"

陶子佩抱起透明的募捐箱，拍了拍它："给冬稚捐款啊。她家里不是穷嘛，我就想趁这次活动帮她募捐。大家每人出一点儿，凑些钱给她，她跟她妈就可以轻松一点儿咯。"

"你怎么真的弄了？！"

"哎呀，我都跟你讲了说要弄这个活动，你也觉得挺好的不是吗？我当然要说到做到。"

"佩佩！"赵梨洁看冬稚就在眼前，有点儿尴尬，"我们不是说了商量一下细节再定的吗？"

陶子佩一脸无所谓的样子，撇了撇嘴。

冬稚依旧未言。

陶子佩抱着募捐箱从桌子后走出来，歪头一笑，对冬稚道："冬稚，你要不要过来看看？我们凑到不少钱了呢。"

冬稚慢慢走到她面前。

赵梨洁见冬稚的脸色不对，眼神也不对，放下书，赶忙挡在陶子佩身前，夹在她们中间。

"冬稚，佩佩她也是好意，想帮一点儿忙……"

"你帮我募捐？"冬稚没理会赵梨洁，直勾勾地盯着陶子佩。

“对呀。”

“经过我允许了吗？”

陶子佩一顿，拧眉：“我是好心，你干吗？你看看我们大家，每个人都给你捐钱，你这么凶干什么啊？”她暗暗翻了个白眼，转头环视身后的其他人，在教学楼前的这块空地上，她的音量显得不低，“你妈在陈就家干活儿，你家的条件不好，大家都知道了，而且我听说你爸爸也不在了吧？你们家缺钱，我们给你捐钱，这不是一片好心吗？帮你们家排忧解难，你……”

啪地一下，冬稚抬手重重地将陶子佩手里的募捐箱打翻在地。

募捐箱哐当一声被砸在地上，因是塑料的质地，被砸出一两道裂痕。

“喂！我们好心好意……”

冬稚毫无预兆地突然一把抓住陶子佩的头发，左右开弓，啪啪地给了她几个耳光。

陶子佩被打得惊叫出声。

周围的人都吓了一跳。

冬稚将陶子佩摁倒在地，她很少这么失态，这次发了狠：“我让你捐。你也配提我爸？你也配——”

陈就到的时候，场面乱哄哄的。

他还没走到近前就听见教学楼前声音嘈杂，发现当事人之一是冬稚，一愣，拔腿就冲过去。

冬稚不知被谁推了一把。陶子佩又是气又是哭，眼睛红了，举起手朝她反击，巴掌还没落下，就被突然冲进人堆的陈就拦住。

“你干什么？”

“她打我！”陶子佩带着哭腔要冲冬稚发难，然而手被钳制，挣不开。

陈就牢牢抓着她的手腕，拧眉，寸步不让。

陶子佩再度挣扎。陈就板着脸将她的手腕一甩，直甩得她踉跄了小半步。

赵梨洁忙扶住陶子佩，抬眸看向他：“陈就……”

陈就没理赵梨洁，回头看半掩在他身后的冬稚：“没事吧？”

冬稚眼睛红了，因为气，面色煞白，抿着唇摇了摇头。

“我说陈就。”郑扬飞站出来，“这不关你的事了吧？两个女生的事情，人家陶子佩可是被冬稚打了，那几个巴掌怎么说也得打回来吧？”

“你要打？”陈就说，“去主任和校长面前说这话。”

“说就说，你成绩好了不起啊？打人的人是她，你装什么，在这儿逞能！”郑扬飞向前走了一步，瞪着他。

陈就不让开，将冬稚挡得更严实。他比郑扬飞高，在气势上一点儿不输郑扬飞。

“你们两个别吵了。”赵梨洁忙拦着他们，瞥了陈就朝后护着冬稚的手臂一眼，眼睫颤了颤，“有什么事好好说，都别这样。”

陈就没说话，扫了周围一眼，先是看见地上的透明募捐箱，再往那边一扫，瞧见桌上放着的那个牌子。

陈就的脸色登时就黑了：“给冬稚募捐？谁弄的？”

“我弄的，怎么了？！我就想号召大家给她捐点儿钱。我们好心好意的，她一上来就砸了箱子还动手打我！”陶子佩尖声嚷道，“你们还讲理不讲理？”

赵梨洁帮忙打圆场：“陈就，佩佩她是好心，可能方法有点儿不对，但她不是那个……”

陈就睇赵梨洁一眼，脸上没有表情。

赵梨洁一怔，嗫嚅着，脸上突然有点儿火辣的感觉：“不是……那个意……思……”

光天化日，他们把别人的短处大大咧咧地摆在台面上，打着为人好的旗号，行事与言谈却都不甚尊重，怎么都有点儿不妥。

这点儿小心思他们糊弄别人可以，在聪明人眼中一览无余。

“别说那么多废话。”陶子佩瞪着冬稚，“你打我好几巴掌，这事没这么好解决。我一定会告诉老师，还要跟我爸妈说，你让你家长来和我爸妈谈。”

冬稚还没说话，陈就开口：“先别谈别的。我问你，校内社团活动有明文规定，不经过校方批准，任何社团不许在校内进行集资活动。谁允许你们募捐的？”

陶子佩及一干人俱是一愣。

陶子佩沉默几秒，梗着脖子道：“我们的活动报给老师，老师批了……”

“审核表格是我经手替老师整理上交的，这些表格我全部看过，没有任何一个社团报备了‘募捐’这一项。你们是哪个社团的？”陈就瞥了地上的透明募捐箱一眼，“里面还有百元纸币，看数量，金额应该过千了吧？你一个学生，没有校方批准，在校内号召其他学生捐钱……”

他淡淡地睨陶子佩，挑眉：“说难听点儿，谁知道最后钱会到哪里去？”

陶子佩脸一红，着急地要为自己辩白：“你胡说……”

“社团活动申报和落实不一致，这是其一；违反社团活动规定在校内集资，这是其二。”陈就的声音微凉，“尤其是第二点，算下来，至少要记个过。”

陶子佩动了动唇，一时语塞，说不出话。

赵梨洁不忍心看她为难，温声开口：“陈就，这件事是个误会，你……”

“时间还早，现在把摊子撤了，把钱还回去，一切就都可以当作没发生过。”陈就板着张脸，声音冷静得让人下意识就想去信服。

“如果你非要闹到老师面前那也行，你和组织这场活动的几个人都逃不了干系。至于冬稚，”他以一种笃定的语气对陶子佩道，“我保证她也会受罚。但不算斗殴，至多算一个打架，还是情节较轻的那种打架——她大概要写两篇悔过书。”

陶子佩被噎住。

陈就仿佛下最后通牒一般：“你把摊子撤了，向冬稚道歉，这件事就当没有发生过。不然，冬稚不和你去见老师，我也要领你去一趟办公楼。”

“我给她道歉？”陶子佩一听，气得脸都红了，“我凭什么——”

她的话还没说完，就被别的同社团成员打断。

“子佩你别说了……”

“道歉吧，快点儿。”

“闹大了不好，算了。”

冬稚只是和同学起争执，大不了还可以说是不接受同学以她的名义搞这种活动，怎么都能辩解。但陶子佩等人没经过校方和老师批准，在学校里乱搞，还牵扯到钱，性质就不一样了。

陈就说的话很大程度上不过是唬唬人。然而一干小女生怕了，一个两个都要陶子佩低头认错。这件事她们是都参与了，可起头的人是陶子佩。到这个地步，她们着实不想再蹚浑水了。

虽然她们可能没事，但万一保不齐有事呢？

陈就成绩好又聪明，在学校里是活跃骨干，大事小事都有他的身影。他说的话，落地就有三分力度。

谁都不想再闹了。

陶子佩涨红了脸，在同一条绳上其他“蚂蚱”的催促下，为了其他“蚂蚱”考虑，不得不道歉。

她憋了半天，干巴巴地挤出一句：“对不起。”

她不看冬稚——这是陶子佩最后的脾气。

冬稚勉强接受了这句道歉。

陈就侧头看向冬稚，小声说：“你等我一下。”

冬稚没说话。

他走到陶子佩等人的摊前，从桌上拿下那块木板子往地上一扔，一脚踩上去，将板子踩断，接着又用几脚将木板踩得稀巴烂。

陈就捡起被踩烂的东西，行至旁边的垃圾桶，将东西丢进去。

他拍拍手上的木屑，走回冬稚的面前，“你回教室吗？”

“嗯。”冬稚看了看他，点点头。

陈就牵起冬稚的手腕，拉着她离开这个是非之地。

没人站出来拦他们。

陈就一直牵着冬稚到二楼，没去她的班上，却是直奔拐角的卫生间。

卫生间前有洗手的池子。陈就拉她到洗手池前，拧开水龙头，攥着她的两只手，轮流在水流下轻轻搓洗。

“下次别这么冲动。”他的声音伴着水声，“你一个人，万一出事打不过他们怎么办？”

“我气昏头了。”冬稚任他捉着自己的手冲洗，垂下眼，“她提到我爸爸，我没忍住……”

陈就动作一顿，瞥了她一眼，低头继续冲洗。

陈就洗过一遍，关上水龙头，站直。

“忍不住也要忍，把自己搭进去就好吗？”他微微皱眉，“她不痛快了，你也没落什么好，那样不是更亏？你等着我，等我来。就算我想不出更好的办法，也比你一个人势单力薄强。”

冬稚轻声说：“好，以后不会了。”

陈就还要再教育她，没等他开口，她微微抬眸睨他一眼，蓦地冲他弹手指。他偏头避开，但没来得及，她手上湿淋淋的水珠全被甩在他的脸上。

他猝不及防被作弄到。冬稚紧绷许久的脸终于放松了几分，扯唇很轻地笑了下。

陈就偏着头抓住她的一只手：“别闹……”

她挣了挣，没挣开。

他的手抓着她的手。待陈就站直，四目相对，两个人都愣了。

她的手在他掌心略微滑了一下，他微微用力，下意识地把她的手抓得更紧。

冬稚手上带着水珠，将两个人的手都沾染湿了。他能感觉到在她的手的凉意之下，透过皮肤传来的温度，还有属于她肌肤的触感。

他们身处这处狭小的空间，周身的空气仿佛凝滞了。

陈就回过神，松开手。

冬稚佯装无事地将手收回。

他默然不语，从口袋里找出纸巾递给她。她也不说话，低头接了纸巾，用它细细地擦拭手指。

冬稚擦完手发现纸巾没处丢，把它攥在手里左右看看。

“给我吧。”陈就轻声说，将纸团接过去。

“哦。”冬稚没多说，“我回教室了。”

“好。”

她转身朝拐角走。

陈就站在水池前没动，看着她的身影过了拐角。

他把纸团攥在手里觉得有点儿湿，摊开手掌看了看。

他的喉咙紧得发干，烧得慌，还有点儿热。

陈就咽了咽口水，深吸一口气，合拢五指，将那团纸巾捏在掌心用力揉搓，挤出的水浸润他的掌纹。他半天都没有松手。

苗菁得知陶子佩等人的行径，气得骂了半天。

“没事。”冬稚说，“她下回应该不敢了。”

两人坐在操场的一角，脚边各放着一瓶水。

操场上的人不少，有打篮球的，还有挽着手闲逛的，都像是在上体育课。

冬稚在教室里待了一节课，发现没几个人看书，大家都借着参加活动之故在学校各处闲逛消磨时间，也算玩的一种方式。

于是苗菁拉了她出来透气。

“要是我在，我肯定撕烂她的嘴，让她放屁。”苗菁觉得此事实在是太过气人，把各种脏话都骂出来了，“就知道没事找事。捐捐捐，这么有能耐，她有病吧？”

冬稚叹了一声，拍着苗菁的后背给她顺气。

不是说不气，冬稚也是气的。可她已经怄过一回，要是苗菁也为这件事把好心情搭进去，就太不值当了。

过了好半天，苗菁总算把气消下去。她揪了根草，忽地想起什么，扭头盯着冬稚看了半天，才扭扭捏捏地开口：“我问你个问题。”

“嗯？”

苗菁凑近了点儿，也小声了点儿：“你喜不喜欢陈就啊？”

冬稚和她对视了几秒，没说话，轻轻推开她。

“哎呀，你就告诉我嘛。”苗菁赖着她追问。

冬稚避而不答："你怎么也这么八卦。"

她拿起水，拧开瓶盖喝了两口。

苗菁锲而不舍："就告诉我呗，这有什么……"

"问别人去，别问我这种问题。"苗菁怎么凑过来，冬稚就怎么推开她。

两人坐着打闹一会儿，苗菁定定地看着她不动了。

"你不回答我也知道了。"

冬稚抿了下唇："你知道什么？"

"不喜欢就是不喜欢，有什么不能说的。"苗菁说，"不喜欢没什么不能回答的，喜欢才开不了口。"

她顿了一下，道："对不对？"

冬稚凝视她，几秒后，揪起一把草往她的脸上扔。

"哎呀。"苗菁赶忙避开。

冬稚起身，拍了拍校服的裤子："回教室吧。"

苗菁随着她站起来，拍干净衣服、裤子，落后她半步往教学楼走。

"你真是的，越来越粗鲁了。我可是娇滴滴的女孩子啊，抓起草就往我脸上扔……"

两个人边走边说笑。

苗菁没再追问先前的问题。

不用问她也明白了。她的那番理解，冬稚没有承认，但也并没有否认。

她们回教学楼的半道上遇见温岑。

他拿着三瓶水，迎面走过来。

苗菁咦了一声，道："你出校门了？"

"大门又没关，有的人直接走了。"温岑扔了瓶水给苗菁，说着又递给冬稚一瓶水。

冬稚小声道了句谢。

苗菁问："哎，你经过教学楼前没？那边现在什么情况？"

"你们刚才下楼不是应该看到了吗？就两个卖旧书的摊子，其他的摊子都被摆在正对校门的那条路上。”他说。

苗菁撇了下嘴。

温岑瞥了冬稚一眼，道：“闹成那样，2 班的那几个女的没胆子再搞事了。”

苗菁哼了声，道：“也就是我们不在，不然一脚给她把那什么破摊子踹翻。我来早一点儿就好了……”

温岑没她这般激动，沉默了一下，说：“我不喜欢参加这些活动。都说没什么事做，本来我以为来不来都没什么的，所以快下第二节课才来学校。”

“这不是没事嘛。”冬稚不想再谈不愉快的事，更不想影响他们，笑了笑，“我也没那么好欺负。”

兔子急了还会咬人，何况冬稚不是兔子。

“那现在去哪儿呢？本来想回教室的。”苗菁扭头看冬稚，“现在还回吗？”

温岑说：“回去干吗？班上也没几个人，估计这个点老师也不会再来了。”

“那我们去哪儿？”

三个人互相看了几秒。

“算了，我请你们喝奶茶。”苗菁一边拉着冬稚走，一边招呼温岑。

他们没有更好的意见，干脆就照苗菁说的办。

两个人并成一排朝校门口处走。苗菁眯着眼看了看正在逐渐下落中的太阳，觉得天气越来越热了。

她牵上冬稚的手，突然摸到一处伤口：“咦？”苗菁低头一看，立时不敢再碰。苗菁执起冬稚的手看：“这怎么破了？疼不疼？”

“不疼。”冬稚摇头说没事，“可能是之前不小心蹭破的吧。”

“是吗？”苗菁皱了皱眉。

估计是冬稚和陶子佩起争执的时候弄到的，那会儿的情形苗菁不用想也知道肯定闹得很凶。

苗菁看了几眼，叹着气放下她的手，道：“幸亏陈就拦下来了，大事化小，也让她们道了歉。这次还好有他在。”

冬稚没说话，苗菁挽起她的胳膊。

三个人的脚步声加在一起都不算重。

温岑没参与这个话题，将手里的矿泉水瓶轻抛一下，它腾空了不及一秒，重新回到他的手里。

冬稚和苗菁、温岑分开后，搭公交车到家附近，在站台下车后，离家还有几分钟的步行距离。

因为是活动日，所以晚上没有课，他们仨在外面玩了会儿。他们考虑到隔天还要早起，天一擦黑儿就散了。

冬稚朝家走，未走到一半，听见身后有人叫她。

她回头一看，顿了顿，道："陈就。"

陈就迈开长腿快步行至她的身边："你怎么才回来？"

"和朋友到外面逛了一圈儿。"她说，"你呢？"

他道："在办公室给老师打下手。"

他们一道并肩前行，昨天刚下过雨，地上的石子和尘灰还带着水汽。

陈就睨她的侧脸，走了几步，道："下午的事我跟老师提过了，不会有事的。"

"嗯？"

"我跟负责这次活动的老师说了，2 班的几个女生的活动不规范，严重违反了社团活动条例，我让她们把摊子撤了。老师表示知道了，这件事不会再有问题。"

冬稚嗯了声，说："好。"

冬稚走着，看向前方，略略抿唇："你要不要先走？"

陈就拧眉："先走？为什么？"

她沉默许久才说："快到你家了，周围住的人也都认识我们，你跟我走在一块儿……"

"那又怎么了？"他微微沉下脸，"走在一起也不行，我们是杀人了还是放火了？到底做了什么伤天害理的事？"

他扯着包带的一只手用力，脸色沉重："归根结底，问题还是出在我妈身上。”

冬稚不语。

他们踩到几颗碎石，脚底下嘎吱地响了几声。

陈就说：“其实也不只是她的问题。有时候跟我妈没关系，”他说，“是我的问题。”

冬稚瞥他一眼。

陈就暗暗呼了口气：“之前你生我的气，那次……”

“哪次？”

他有点儿自嘲，次数好像太多了。

“钱包不见的那次。”睫毛在眼睑下投下一片阴影，陈就的声音低沉，“我明明知道的，你怎么可能会偷钱。你被冤枉本来就已经很生气，我见了你，那一瞬间竟然还在怀疑你。我可能真的有病。”

“也不能这样说。”冬稚踢开脚边的石子，“没谁应该百分百地相信谁，这本来就不对。”

“不会，我知道你不会。”他皱着眉，笃定地道，“你真的想要钱，多的是方法。我们认识这么多年，你从来没有跟我开过一次口，要过我一分钱。你没问题，有问题的人是我，我不应该不相信你。”

陈就继续道：“那个时候你生气了我才醒过神，除了钱包的事，后来还有很多次都是这样。每次事后想想，你和别人起冲突都是有原因的，我还总是先跟你发脾气，先找你发难，每回都要这样才会冷静。”

她沉默不语。

“很多人都喜欢说那句话——‘一个巴掌拍不响’，我也听过好多次。”他似是想到什么，不悦地抿了下唇角，“可是经过那次琴的事情，我觉得这句话根本不对。”

冬稚轻声问：“哪里不对？”

两人步伐不停。陈就睨她一眼，说：“你拿左手去拍右手，确实一个巴掌拍不响。但你要是拿左手拍别人的脸呢？一个巴掌要多响就有多响。就像那次小提琴的事。我想给你买小提琴，你什么都不知道，完全被动，最后遭殃的人却是你。我完全想不到在那件事里你有什么错。”他停了停，道，“我们这么大了，读过书懂得道理。什么‘一个巴掌拍不响’，这句话的本质其实就是说受害者也不无辜。我觉得这个逻辑不对。”

“算了。”她说，“已经过去了。”

陈就沉默，而后道：“我不知道我妈私底下还有过哪些……”

他抿紧唇，有点儿难以启齿。

冬稚是知道他的为人的。

半大的男孩儿，从来都是阳光明朗、温润柔和的。学校里他不认识的同学找他请教问题，他会认真地答疑解惑。作为校内值日监管的一员，遇到违规乱纪的不平事，他也会挺身而出。

这样一个似朗月清风的正直少年，教养自己的母亲却嫌贫爱富、刻薄尖酸，还不明是非、自以为是，没有半点儿容人之量。

小提琴的事对他是个正面的打击，让他想当作看不到也没有办法，且这打击的力道很沉重。

冬稚总是提醒自己，陈就是陈就，他的家人是他的家人。

“你不用替你妈道歉。”

“不是，是我自己，”陈就说，“不该不信你。”

冬稚看着前方的路，有短暂的出神，不知想到什么，忽地来了一句：“这是对的，不要完全信任别人，谁都不要完全信任。”

执拗劲上来，他皱着眉道：“别人是别人，你是你。”

她顿了一下，说：“我说什么你就信吗？我找你要钱你也给？那别的呢？别的东西……”

“信。”陈就毫不犹豫地道，“你想要钱我可以给你。别的东西我有，你想要我也可以给你。”

冬稚停下脚步，陈就随着她停下。

“陈就。”她微微侧过身，有话想跟他说，“你……”

一辆车忽地从旁边飞快地开过。

陈就忙拽她的手腕，拉了她一把。

一辆车鸣着笛开过去。

他们正面相对，离得有点近，对上冬稚抬眸看来略显呆滞的视线，陈就也愣了一下。

“我站好了……”她动了动唇，提醒他。

热意腾地一下烧上来，陈就猛地松开手，耳根红了。

风是温和的，但怎么也吹不散他耳朵的热度。风一吹，他发热的耳根就生疼。

陈就有几秒不自在，佯装无事，拉了拉背包的带子。

“你走里面。”他站到外侧。

冬稚微垂头：“嗯。”

而后他们一路无言行至家门口。

陈家的大门关着。陈就没进去，看着冬稚走到院门口。

她抬手刚要推门，他忽然出声：“冬稚。”

“嗯？”她站在门边转过头。

陈就凝视她许久，最后还是说：“没什么，你进去吧。”

冬稚窝在被窝里玩手机，社交软件的列表上，有好几个未读消息。

来信方一个是陈就，一个是苗菁，还有一个是她跟苗菁、温岑的三人讨论组。

她屏蔽了班级群，平时也不在里面说话。

陈就和她聊了会儿，说去洗漱，冬稚回了个“嗯”字，对话暂时结束。

倒是苗菁着实有精力，一边在讨论组里拉着她和温岑聊闲天儿，一边和她私聊，谈一些女生间的话题。

女生间的话题无非聊的就是陈就。

对冬稚和陈就的关系，他们现在的状态还有存在的一些问题，苗菁发表了自己的见解。冬稚配合着她，没有藏着掖着。冬稚能说话的人不多，能聊这种话题的人更少，聊着聊着也敞开了心扉。

只是现实如何冬稚看得明白，如果被感情冲昏头脑，有害无利。

看苗菁说了那么多，冬稚正要回复的时候，陈就洗漱完毕发来了新的消息。

冬稚将消息给他回复过去。而后，她叹了口气，和苗菁继续先前的话题。

冬稚说："不一样的，不管是我和他，还是我家和他家，我们差太多了。我喜不喜欢他又怎样，我不想耽误他。"

发出去消息，摁下锁屏键，她盯着天花板待了一小会儿。

她再打开手机，却见苗菁发给她的最新消息是一连串符号："！！！！！！"

冬稚点开一看，那条消息之上还有两条：

"你发哪儿去了？！"

"你怎么在我们的小群里说？！"

冬稚一愣。点进小群里一看，果不其然，先前那句话被她手滑发错地方了。

她赶紧补充了一句："不好意思，发错了。忽略。"

温岑没有出现，冬稚不知他看到这几句话没有。总之他安静得很，并未吭声。

一个月的时间如流水飞快地逝去，转眼进入夏季。高三生备战高考，几次校内晨会的主题都是为他们鼓劲。

高二生距离这个重要关卡还有一年。被紧张的气氛所感染，不少人开始全力冲刺，争取在第二年成绩有所提高。

自从社团活动那件事之后，陈就和赵梨洁之间的来往大大减少。

而冬稚那边，"不能示人"的也已经示人，和陈就之间没什么好再避嫌的。隔三岔五陈就会和她一起同行。有时候他下课早，就先取了车在校门外的小卖部前等她。

冬稚放学后要么和苗菁、温岑一块儿走，要么和陈就一块儿走。冬稚的日常生活简单到乏味，没有其他惊喜。

礼拜六下午最后一节课结束，冬稚和陈就一起回去。

涌向校外的人潮里属于高二那一部分的人，经过小卖部前都看见了冬稚和陈就。

冬稚慢条斯理地开锁取车，她的自行车停在这一排的店门口。陈就推着车在一旁等她，静静的，没有半点儿不耐烦。冬稚也不着急，丝毫不担心他会没有耐心。

这对她只是很平常的一件事。

以前曾有多少女孩子借故邀陈就，用的什么借口都有，他从来都是礼貌地拒绝，在校外鲜少单独和女生来往。所以从前他和赵梨洁关系不错的那时候，大家都带着八卦的心思暗暗观望，诧异又好奇他们的关系。

而现在呢？

大家听说一贯都是赵梨洁主动邀他的，每次她都是笑吟吟的。冬稚这个人大家却都是知道的，有一点儿古怪、难以捉摸。她对陈就并不十分主动，总是淡淡的。倒是陈就黏她黏得紧，像条尾巴。

“这么说也不对吧……”

经过的一群女生正聊他们，暗暗打量着他们，窃窃私语。

“陈就不是还骑自行车载过赵梨洁吗？”

“那是赵梨洁脚弄伤了。”

“那也是只载过她啊。”

“不是不是。”另一个人插话，探头过去，“我那天走过他们旁边，听到他们说话。陈就在那儿抱怨，说冬稚不肯坐他的车，非要自己骑车……”

“真的假的？”

“编的吧。”

“骗你们干吗？我说假话胖十斤！那天我真的听到了……”

她们边聊边看向话题中的正主，那两人并排骑着车，缓缓远去。

因为是周六，晚上还有自习。冬稚和陈就一起骑车回家吃过了饭，约好再一块儿去学校。

冬勤嫂出门了，家里只有冬稚一个人。冬稚简单地吃好晚饭，推着车到陈家的门口，在路边等他。他们回来的路上，陈就随口提了一句，他妈今天不在家。

五月初，夏天刚刚开始。草木间的虫鸣声复苏，冬天的萧索已然远去。

冬稚推着自行车站在路边，微微出神，什么也没想，听着虫鸣叫的声音。

对面的大门突然被打开了，她抬头，一愣。从里面开出一辆车，开车的人是陈家请的司机，冬稚见过，所以认得。

车开出来，稍稍转了个弯，驶向路的出口。

车身经过冬稚身边，她正想往旁边挪一点儿，犹豫间，车停了。

贴了黑膜的玻璃窗被降下来，露出陈文席的脸。他用威严的目光看向她，声音略微低沉："你在等陈就？"

冬稚没说话，点了下头。

陈文席在打量她。

冬稚和冬豫生得有些像。冬豫以前常常夸她会长，他和冬勤嫂脸上的优点她全集齐了，完美避开其他的小缺陷。

"现在天热了，怎么不进去等？"陈文席看了她小半晌，说，"去客厅里等吧。"

冬稚只是望着他，没说话。

陈文席没再和她多说，坐在车里吩咐了一声，车窗被慢慢升起直至闭合，车从她的面前驶离。

树上茂密的绿叶被风吹得摇晃起来。落日的余晖透过枝叶间，斑驳的光线洒落，晃晃悠悠地照在地上。

冬稚沐浴着这层薄光，不觉得热也不觉得暖。

几分钟后，陈就推着自行车出来。他见冬稚等在路边，一转车头朝她而去。

"等多久了？怎么不发消息跟我说一声。"

"没多久。"冬稚的声音微微有点儿哑。

"嗓子怎么了？"

她抬眸凝视他，慢慢摇了摇头："没事。"她轻咳一声说，"我刚出门。"

陈就稍稍抬头，蹙了下眉："那也不好，现在这么晒。"

"走吧。"冬稚不想继续谈这个话题，推车前行。

陈就和她并排走。

她走了两步，说："我刚刚看到你爸了。司机开车出来，在我的旁边停了一下。”

陈就面色一沉：“他说什么了吗？”

冬稚说：“他开了车窗，跟我说了两句话。”

“说什么？”他明显紧张起来。

“没说什么。他问我是不是在等你，我点头，他就问我怎么不进去等，让我进去等你。”

陈就脸上紧张的神色稍缓，松了口气。

“我妈今天中午就出门了，我爸本来不在家，突然回来了。”他说，“我爸……他还好。他很少管家里的事，性格也不像我妈那样。我妈应该跟他说了，他知道我们闹别扭，但是什么都没说。我记得小的时候，我爸挺喜欢你的……”

车轮一圈圈地向前轧着地面。冬稚握紧车把手，陈就说的话入了她的耳里又像是没有，一个字一个字地不知飘到哪儿去了。

这些话碎了，散了，然后无影无踪。

早先清明节，学校里放了一天假，冬稚和冬勤嫂去给冬豫扫墓。

但比起这天她们一向更注重冬豫的忌日。

这次的忌日赶在工作日，冬稚请了假，早早起来帮冬勤嫂打扫家里，把家里整理得干净妥帖。然后她们摆祭品，将平时吃饭的饭桌拖到客厅当成供桌。

鸡肉、鸭肉、猪头肉；水果、熟食、米饭；香油、蜡烛、线香……

每一年的祭品都一样，什么都不能少。

她们在家里祭拜完，再去公墓。

冬勤嫂先上了三支线香，接着冬稚也上了三支。

“检查一下要带去的东西有没有少。”冬勤嫂一边擦桌，一边让冬稚快去洗手。

洗手的水盆就放在旁边，冬稚在水里搓洗手指，听冬勤嫂在背后又道：“等会儿从墓园回来，我去买点儿菜，弄点儿你爸爱吃的菜，也做几个你爱吃的……今天我请了假，扣一天工资，晚上干脆就不去了。”

冬稚正用毛巾擦着手上的水珠，闻言一顿，回身皱眉问：“为什么要扣工资？”

“这不是请假嘛。”

“那你上个月的假没用完呢，连着一个月都没休息。”

“按月嘛，上个月的假是上个月的，这个月的是这个月的。”冬勤嫂说，“有事才请假，没事不就不请吗？上个月没事，所以我就没休息。”

冬稚板着脸：“就是白干可以，少干一天就扣钱？”

“不能这么说，斤斤计较的。”冬勤嫂皱了下眉，把供桌上的水果摆正，幽幽地道，“你爸爸在陈家做了这么多年，从小能有口饭吃，有件衣服穿，还能好好地把学给上了。那个时候读到高中，是很不容易的事情……尤其你爸下葬的钱，还是陈家包揽过去的。”

冬稚动了动唇要说话，冬勤嫂叹气道：“你爸在的时候常说要挣够钱给咱们换新房，我没本事，心里一直放不下他这个心愿。可惜他走了这么几年，我前前后后才攒了那么一点儿钱，不知道什么时候才能买上新房子。”

冬勤嫂站在桌前，看着端正摆着的那张黑白照片，眼里浓浓的情绪化不开。

“如果真有那么一天，我一定把你爸的遗像擦得锃亮锃亮的，就摆在新家光线最好的地方。他天天说咱们家的屋檐太低，潮湿，光线又暗。你看书写字，我做针线活儿，对眼睛都不好……”

屋子里，冬勤嫂的声音低低的，最后低至听不见。

“妈。”冬稚突然叫她。

冬勤嫂回头：“干什么？”

冬稚看着她饱经沧桑的面容，冬勤嫂的脸颊边角有细纹开始生长。而供桌上的遗像里，冬豫的脸从很早开始就被定格成了黑白的形象。

一股气在五脏六腑来回窜，这种感觉只有冬稚自己知道。

“没什么。”冬稚艰难地咽下喉间滚烫的烧灼感，说，“我去看看东西齐了没，我们走吧。”

待一切收拾妥当，冬稚拎着东西站在门口，无数次地抬头看向前面。

她的面前遮蔽了大半天光的这一栋，是陈家。

是陈家。

冬豫的忌日过去一周。周末，陈就约冬稚晚上去看电影。他们还是去之前去过的那个商场，可以逛一逛聊聊天儿。他们吃过晚饭，再去顶楼的影院看电影。

两人分开走。冬稚出门更早，在商场一楼找了个休息的地方坐着等他。

周围来来往往的都是人，大人带着小孩儿，结伴的年轻人，放假出来消遣的学生……他们说着和自己生活相关的事，每个人都有自己的世界。

电影是晚上八点开始。陈就说要在电影开场前在商场逛一会儿，若是算上吃饭，最少也得提前一个小时到。

冬稚等了许久，眼看就快到七点了，而陈就还没来。

她打开手机，对话停在四十分钟前。

他问她："出门了吗？"

她说："已经到了。"

他回了一个"好"字。

照理他不应该这么久还没来，于是冬稚给他打电话，他的电话不通。

即使是夏天，这时外边的天也开始擦黑儿。商场里的人仍然来来往往的，她抬头看商场大楼的顶端，透明的顶棚外天已经黑了。

冬稚坐在长椅上，不知去哪儿，静静地发呆。

冬稚待了许久，长长地呼出一口气，刚想起身走一走，手机突然在掌中振动。

陈就打来电话。

电话接通，她就听那边问："你在哪儿？"

"我在商场一楼。"她说，"你在哪儿？"

陈就长叹了一口气，道："我在医院。"

冬稚一愣："怎么了？你哪里不舒服吗？"

"不是我。"他说，"是我妈。"

她沉默。

“给你发消息的时候我已经出门了，半路接到电话，说我妈被送去医院了，让我赶紧过去。”陈就说，“我只好立刻赶去，一时着急，想起来要给你打电话手机却没电关机了。我刚找护士姐姐借了充电器。”

冬稚轻声问：“你妈呢？她怎么样？”

“没什么事，说是低血糖。她本来跟……朋友在一块儿，突然晕了，就被送来了医院。”

“嗯。”她没多说。

陈就说：“我爸不在家，我现在走不开。”他顿了顿，沉声道，“你先回家吧。这次欠着，下次补上。”

她还没说话，他又道：“明天早上我给你带牛奶。”

冬稚说：“好，你自己小心。”

而后她挂了电话。

萧静然在病床上睡着，手背插着针，正挂点滴。

刚才她醒了一会儿，陈就刚好赶到，她拉着他的手不说话就是哭。即使他们闹了别扭，关系仍在僵硬中，陈就好歹也是她的儿子，没有甩手把她扔在医院里不管的道理。

陈就在走廊的角落和冬稚打完电话，返回病房前，门外凳上坐着的女人站起身：“看样子你妈睡了，你爸今天回不来是不是？那阿姨在这儿陪你守着。”

“没事。”陈就扯出浅浅的笑，“您回去吧阿姨，今天麻烦您了，我一个人在这儿就行。实在不行我往家里打电话，人够的。”

赵太太慈爱地端详着他，道：“你别跟阿姨客气。今天也是，不知道怎么搞的，我本来和你妈约了一起做个美容什么的，谁知道她突然晕了。唉，趁这个机会给她做个全身检查也好，不着急出院，检查完了明天再回去。”

陈就点点头。

“你爸不在，难为你了。”

“应该的。”他说。

赵太太看着他沉默了一下，而后笑着说："什么时候有空来阿姨家玩啊。你跟梨洁不是同学嘛，我听你妈说你们关系挺好的呢。梨洁之前常约同学去图书馆，你们一起去过吗？我看她最近休息日总是待在家，都不怎么出门了。你要是有合适的活动，看看电影、逛逛街什么的，也叫上她好不好？"

陈就顿了顿。

赵太太的语气温柔："她被我和她爸惯得有些娇气，要是有脾气不好或者是不讲道理的时候，你别跟她生气，她的心是不坏的。你们在一个学校，平时没事可以多来往……"

"妈——"

一道身影从走廊的入口处快步行来，她打断了赵太太的话。

陈就和赵太太一同看去，赵梨洁小跑着过来。

"已经晚上了，你怎么不穿件外套？"赵太太皱眉，嗔她一眼。

"我不冷。"赵梨洁站定，看向陈就，目光顿了顿，声音低了些，"萧阿姨怎么样了？"

赵太太不说话。

陈就只能回答："没什么事。"

"那就好。"赵梨洁松了口气，笑了下。

"她爸晚上不在家，我带她一块儿吃晚饭。"赵太太说，"陈就你要不要跟我们一块儿去？你妈现在睡着，等她醒了让护士打电话……"

"不了，你们去吧。"陈就说，"我在这儿陪着她就好。"

"你着急跑过来，晚饭也没吃吧？不然还是先吃了饭再回来，来得及。"

他摇头："我不怎么饿。阿姨您别管我，你们去吧。我在这儿……嗯，在这儿陪我妈。"

赵梨洁一直盯着他看。陈就不是没感觉到，只好看着赵太太，不去回应赵梨洁眼神里的殷切之意。

赵太太见他执意不肯，没办法只能带着赵梨洁先走。

"陈就……"赵梨洁被她妈牵着手，转身时步子稍停，"你真的不饿吗？"

陈就摇了下头："不饿。"

"你……"

赵梨洁话还没说完，他礼貌地冲她笑了一下，在长凳上坐下。

赵梨洁什么都说不出来了。

她们走后，陈就在长凳上坐了一会儿，透过门上的玻璃见萧静然在里面睡得正沉，便没进去。

他在打电话给冬稚之前已经联系陈文席说了这件事。陈文席说会让家里当值的人过来，晚上在医院里守着，陈就好回家休息，隔天还要上课。

陈就在长凳上安静地坐着，拿出手机给冬稚发消息。

"到家了吗？"

过了没多久，她回："嗯，到了。"

"勤婶做饭了没？没的话在外面吃点儿。"

"好。"

"晚上有风吧？冷不冷？"

"不冷。"她问，"你那边怎么样了？"

陈就握着手机，想了想，打下一段文字。

"我妈跟赵梨洁的妈妈一起出去的，然后赵阿姨送我妈来的医院。刚刚赵梨洁也来了，她们让我一块儿去吃饭，我没去。现在她们已经走了，我一个人在这儿。"

冬稚等了一会儿，回复了一个字："嗯。"

周一下午调课，体育课调到了最后一节课。

苗菁和冬稚坐在篮球场边看温岑打球，边看边聊天儿。她们聊得口渴，苗菁起身拍了拍灰："我去后门那儿跟外面的阿姨买几瓶水，你等我一下啊。"

"我跟你一块儿去吧。"

冬稚没站起来，被苗菁摁着肩膀坐下："不用不用，又不远。我看你一天都没什么精神，冻着了是不是？你坐着吧。"

苗菁说完不等她开口，小跑着就去了。

冬稚在原地坐着等她。苗菁没回来，这时篮球场上换人，温岑走了过来。

“渴了？”冬稚看他额头上都是汗，道，“苗菁去买水了，等一会儿。”

温岑点点头，拿起在黑色背包上的毛巾擦汗。

他见她吸鼻子，瞥她一眼：“昨天干吗去了？感冒了？”

“没。”她摇头，“可能受了一点儿风，鼻子不舒服。”

温岑拿毛巾擦胳膊：“早上你跟陈就一起来的，他没发现？感冒了也不给买点儿药？”

“说了没感冒……”

温岑笑了下，擦完胳膊，把毛巾对折一叠，转身往包上轻轻一扔。

他看了冬稚一眼，转过身去看向球场，站着不坐下。

没过几秒，他突然开口：“那天你跟苗菁的聊天儿，我看到了。”

冬稚没反应过来：“什么聊天儿？”

“你发在群组里的那句话。”他说，“其实我看到了。”

她一愣，而后慢慢想起来。大概是……有些日子之前，那次苗菁和她聊陈就的事情。冬稚手滑，把发给苗菁的消息发到了三人群组里。

温岑那天没吭声，后来也没提过这件事，她和苗菁就以为他没看到这条信息。

冬稚没想到他会突然提起这件事。

她昂头看着他，动了动唇：“哦。”她沉默了一下，“我不小心发错了。”

温岑一点儿都不含蓄，隔了这么久突然劈头盖脸地问：“你喜欢他？”

冬稚没说话，抿唇，皱眉，却有半分钟嘴里都没挤出一个字。

“感觉麻烦不少。”温岑把手插进兜里，叹了口气，“那可不轻松啊，冬稚。”

她坐在台阶上，他站在她的旁边，空气中全是热腾腾的暑气。

不远处，球场上打球的动静传来。在草皮地上打闹的女生跑来跑去，喜静的人就坐着聚成一圈聊天儿，旁边的路上有往寝区走去的住校生，想节省时间的值日生已经拎着工具出来打扫。

他们再往更远的地方看，校外附近的居民楼里有人在阳台上晾衣服……

一切都是鲜活的。

冬稚沉默了很久。她抬起头，眯着眼看向球场的方向。她那没有一丝瑕疵的脸颊，白皙得像纸张一样，在余晖的映射下几近透明。

“昨天我妈妈身体不太舒服。”她忽然说。

温岑看向她：“嗯？”

“我本来和陈就约了去看电影，后来他有事，我一个人回了家。”冬稚的声音轻轻的，“到家发现我妈有点儿难受。”

冬勤嫂吐了几次，躺在床上有气无力的。

“她以前胃就不好，这几天受了凉，带起了老毛病。我出去给她买药，找了一圈才找到她常吃的药……是最便宜的那种药。”

她回去看冬勤嫂吃了药，冬勤嫂终于睡下。

她却怎么都睡不着，离开家，在外晃了很久。

她沿着熟悉的街绕了一圈又一圈。陈就从医院给她发来消息的时候，她正坐在附近湖边的堤岸上看星星。

她告诉他，自己在家，实际上并没有。

看久了产生幻觉，那星星近得好像伸手就能摘到。

她想起有一次也是去给冬勤嫂买药。她把自己身上吃早饭的钱也用掉买了更贵的药，结果回去后冬勤嫂数落了她好久，那心疼的样子她始终忘不掉。

她忽然觉得真的很不公平。

人活着就一辈子。

有像冬豫和冬勤嫂这样的一辈子，也有像陈文席和萧静然那样的一辈子。

她爸一点儿都不坏，是很好的人，她妈也根本算不上坏人。

可是呢？

可是事实就是这样。

她一直强撑着不肯承认——其实她很痛苦很痛苦。

晚上的风是有点儿凉的，陈就让她等了那么久，她有一点儿不高兴。

但是别人问起来她只会说不冷，她也不会告诉陈就自己等久了其实不开心。

她总是这样。

冬豫离开以后，她越来越小心谨慎，生怕给别人带去麻烦，龟缩起来，死气沉沉的。

她不痛快，一点儿都不痛快。

她被老师冤枉，被郑扬飞和陶子佩欺侮，被萧静然颐指气使地唾骂和鄙夷……

她的爸爸离开人世，她的妈妈躺在床上因旧病难受，却连贵点儿的药都舍不得吃。

而陈家的人呢？

冬稚看着仿佛近在咫尺的星星，所有的一切事情在脑海里交织闪现。

就在那个时候，她突然想通了。

俗一点儿挺好，她何必非要标榜自己？她做不成清风明月，那就做人间的一把沙。

她其实根本没有那么无所谓。

萧静然的所有行径，话里话外无非是认为她贪心——她们说她命贱，要她认命。

可是那样天光大好、永沐暖阳的日子，谁不想要？

“我想过好日子，温岑。”像是在看着很远的地方，她轻声说。

欠她的，欠她们家的，她要全部讨回来。

冬稚想，她吃的苦够多了。

她不能没有野心。

冬稚的班里下午的最后一节课被改成了体育课。响铃之前，陈就见她经过窗外，和班里的其他同学一起上楼回了教室。下课后他便一边收拾东西一边等她。

他慢条斯理地收拾好东西，班上的人已经走得差不多了，而冬稚还没下来。

陈就正想去楼梯口等她，门外突然出现一个人影。

赵梨洁来找他："陈就——"

陈就顿了一顿，几不可察地皱眉，拎起背包出去。

两人到 1 班门前的楼梯口说话。

赵梨洁问："阿姨的身体怎么样？"

他道："没什么大碍。"

"没事就好。"她说，"我妈下午应该打过电话给阿姨，我有点儿不放心，所以来找你问一下。"

陈就点了点头。

"嗯……你今天有别的事情吗？方便吗？"赵梨洁说，"方便的话我们一起走？我想去你家看看阿姨。如果……"

楼梯上传来脚步声，伴随着冬稚清朗的声音："陈就……"

冬稚从楼梯上望下来，看见他以及他对面的赵梨洁，微顿，而后轻笑，打招呼："赵梨洁同学。"

陈就侧身抬头看向冬稚："你好了？"

冬稚点点头，从楼梯上走下来。她走到他们旁边，问："在聊什么？"

多了一个人，即使开朗如赵梨洁，邀男孩子一起放学的话也是会有些不好意思的："嗯……在聊……聊陈就妈妈的事。阿姨她昨天住院了……"赵梨洁停了一下，"冬稚你知道吗？"

冬稚说："知道啊。"她看了陈就一眼，"昨天陈就去医院的时候告诉我了。"

赵梨洁一愣，眼里闪过一丝短暂的郁色。

冬稚扭头问陈就："你妈妈不是回家了吗？中午你不是发消息说她从医院回去了？"

"嗯。"陈就点头，"是回去了，她在家。"

萧静然做完身体检查，拿了报告。医生说没什么事，于是她正好在中午吃饭的点赶回去。

关于萧静然的话题，他们俩向来不多聊，先前在手机上只聊了两句便没多说。

“冬稚你去看过阿姨了吗？我还没去呢，想说去探望一下……”赵梨洁微笑，将眼瞟向陈就。

“我没去。”冬稚答得坦然，对赵梨洁后半句隐约带着暗示意味的话便不做出回应了。

陈就像没听到一般不接话茬儿，赵梨洁看他好几眼，没等到答复，略觉尴尬。

“回去吗？”冬稚问。

陈就嗯了声，道：“走吧。”

“你们一起回去？”赵梨洁忽地问。

冬稚点头：“嗯。”她笑，“学校里怕是没有人比我们俩更顺路了。”

“以前没见你们一起走呢……”

“以前是以前啊。”冬稚弯着眼笑，笑得温柔又随和。

他们俩没再多说，并肩下了一层的几个小台阶，往校门主干道的方向走。

赵梨洁站在原地，看着他们的背影，心里憋得慌。

“你就这样让他们走了？！”

突然冲过来一个人，赵梨洁吓了一跳，定睛一看是陶子佩。

“佩佩？”

“我在教室里看了半天。你先去找陈就的，她半路跑出来，你就让她跟陈就一起走了？”陶子佩气得慌。

“他们好像约好了。”

“什么约好了？你傻不傻？！”陶子佩看她一脸低落，还要强忍着挤出笑的模样，又气又心疼，“你怕她干什么啊？她是什么人，你是什么人？以前陈就跟你关系那么好，天天一起放学，大家都看到的事情……走，我带你过去。”

赵梨洁一惊：“佩佩——”

陶子佩拽着赵梨洁的手，拉着她快步追上陈就和冬稚：“等一下。”

前面的两人同时回头。

看见陶子佩，陈就脸色登时沉了些。冬稚倒还平静，只是表情淡淡的，完全看不出一点儿情绪的波动。

“冬稚。”陶子佩拉着赵梨洁，冲冬稚一笑，“我是来道歉的。”

冬稚微动眉头：“你不是已经道过歉了？”

“那不一样。”陶子佩说，“那天大家都在气头上，我也太冲动了，稀里糊涂地道了歉。你肯定还在生我的气吧？”

冬稚不接话，就看她葫芦里卖什么药。

陶子佩扯了一下身后的人，道：“我跟梨洁认识很多年了，一直都是好朋友。我脾气急躁，做事不考虑后果，她跟我不一样，她的脾气向来就好，学校的人都知道。”她的笑意更深，“那件事之后，梨洁总是让我反省，说觉得很对不起你。她一直很喜欢你，对你很有好感……你应该不会因为我的关系，对梨洁有意见吧？”

冬稚淡淡地道：“一码归一码，我分得清。”

“这样就好。”陶子佩又道，“我今天再给你道个歉。冬稚，对不起，你原谅我吧。我真的是好意，做事没考虑周全是我不对，你别怪我。我和梨洁请你喝奶茶好不好？”

她瞥了陈就一眼：“再加上陈就一起，我们四个人去奶茶店坐一坐，聊一聊，以后也可以一起玩，多好。”

陈就皱了皱眉，没等开口，冬稚先拒绝：“喝奶茶就不必了，我们要回家吃饭。”

“你是不是还在生我的气？肯定是了，你面上不说，心里肯定不舒服对不对？我就知道……”

“我心里确实不舒服。”冬稚打断她。

陶子佩一愣。

冬稚缓缓地道：“但我心里不舒服不是因为你说的那些话，是因为你提起了我爸爸。我生气，甚至动手，都是因为这个。”她不仅不怒，面色甚至有几分温柔和诚恳，“你可能理解不了，但是我爸爸对我来说很重要，他不在的事情，对我而言是一道疤。”

陶子佩和赵梨洁对她突变的柔和态度都有点儿反应不过来。

“所以我虽然接受你的道歉，但是我心里过不去这一关。我并不想和你交朋友，一起玩这种提议就算了。不管你能不能理解，我有我的坚持。”冬稚说着，似是略带自嘲地笑了一下，“你说的那些话其实也都没错，我确实是用人的女儿，这是事实。我家里穷也是事实，你没说错什么。”

“你……”

陶子佩想说话，冬稚没给她机会。

“大家都知道啊。”冬稚轻声地说，似乎真的没怪任何人，“那天在陈就家的同学都知道，你给我募捐以后，现在全校同学也都知道了。放平心态去看，其实就是很平常的一件事情。你看，周围路过的这些同学并没有把我当成妖怪，就看我自己想得开想不开，我确实就是用人的女儿……”

“冬稚！”陈就听不下去了。

她一口一个事实，把过错全揽到自己身上。别人用来挖苦嘲笑她的事情，被她云淡风轻地拿来自嘲，他越听心里越难受。

冬稚仿佛未察觉他的难受，扭头看他：“怎么了？”

他叹了口气，道：“别说这些了。”

他舍不得说她，心里窝着的那股火气便只能撒在面前的人身上，更何况其中一个人还是始作俑者。

陈就冷冷地瞪着陶子佩，连带着她拉来的赵梨洁也挨了冷眼。

他道：“还有事没？没事就别浪费我们的时间。”

头一次被他用这样的眼神看，赵梨洁一愣，面上闪过一瞬受伤的神色。

陈就懒得再废话，拉了下冬稚的手腕，两人就要走。

“陈就！”陶子佩叫他。

陈就不耐烦地回头，道：“冬稚刚刚说了，你道歉她接受。但是这件事，她心里过不了这关。你别再来烦她。”

他再也没看赵梨洁，拉着冬稚走人。

他们走到校门口，陈就去取车。他弯下腰解锁，见冬稚跟在他的身边，一愣：“你不去取车？”

“我没骑车。”冬稚说，“走路来的。”

陈就一听，皱眉：“走路？你下午走路来的？”

“对啊。刚吃完饭那个时候太阳不是很大嘛，我不想骑车，就走来了。”

“干吗不坐公交车？或者你跟我说，我可以陪你一起……”

冬稚打断他的话：“哎呀，走都走完了，你好啰唆哦。”

陈就犹豫：“那……那我推着车陪你走路回去？还是你想坐公交车？坐公交车的话，我就把车放这儿不骑了。”

冬稚盯着他看了几秒，道：“我们就不能骑车吗？”

“你不是没骑……”他说着，顿住。

冬稚奇怪地看了看他：“干吗？你的车不能载我？”

“不是。是……”陈就一急，站起身，忽地又不知道说什么。

他说过不知多少次要骑车载她，她就是不要。平时一起同路上下学的时候，她坚持要自己骑车，说什么也不肯坐他的车。

现在她忽然肯坐了，他一时有点儿惊讶。

“可以，怎么不可以？”陈就终于把话说利索，把车推出来。

他刚要坐上去，听冬稚吸鼻子，还咳了两声。他立时皱起眉头：“怎么还在咳？中午不是不咳了吗？早上说去诊所看看，你非不……”

“没事。”冬稚摇头，“哪儿有那么娇气，就是昨天晚上回家的时候吹了点儿风。”

陈就拧着眉，想到自己半道爽约，让她一个人等了那么久，心里觉得过意不去，道：“都怪我，不然……”

“不怪你。现在都夏天了，我又没穿吊带、牛仔短裤什么的，谁知道会着凉。”

“等下经过诊所去看看？”

“不去。”

“去看看……”

“真的不去。”冬稚扯他的衣摆，“快点儿，回家啦。”

陈就拿她没有办法，长腿一迈，坐上车去。

冬稚坐上后座，他踩下脚蹬，车往前行去。她抓住他一边的衣摆，忽地问："陈就，我刚刚会不会太刻薄了？"

"什么？"他慢了一拍，反应过来她说的是刚才被陶子佩拦住的事，声音沉了两分，带着难言的柔和，"不会。你一点儿都不刻薄。"

"说真的我心里还是有气的，我说得那么冠冕堂皇，实际上……"

"不怪你。"

"其实赵梨洁挺无辜的。但是陶子佩是她的朋友，我没办法完全不介意。你说，刚才我是不是应该同意我们四个人去喝奶茶……"

"喝什么奶茶。"陈就打断她的话，"别想这些了。不开心的事，你干吗要答应？何必强迫自己去做不想做的事。"

"你真的不觉得我太凶了吗？"

"不会。"陈就斩钉截铁地道，"你一点儿都不凶。"

两个人安静了一会儿。

陈就骑过路口，忽然叹着气无奈地道："冬稚，你以后不要总是为别人着想，也想想你自己。"

冬稚似乎应了一声，又似乎没有。

夕阳即将落下，自行车和车上的两个人在地上拖出长长的影子。

她微微低头，两旁的发丝垂下来，她脸上的表情大半被遮住，再也看不分明了。

陈就骑着车，只觉得身后载着的这个人太好太好，好到自己开始心疼。

什么陶子佩、赵梨洁，还有他妈，他全部想甩在他和她的背后，远远地将一切甩开。

吃过晚饭，陈就和冬稚又一起去学校。

出门前冬稚给他发消息，说："不想骑车。"

陈就便道："那我也不骑。"然后他问她，"走路去还是坐公交车？"

她说："坐公交车。"

陈就说"好"，末了又道："我给你带牛奶。"

她没拒绝，回了个"嗯"字。

他们约定在家门前的道上见面，陈就出来得更早，站在树下等她。

冬稚没带东西回家，除了拿着一个手机，一身轻松。

两个人肩并肩地一起往前走。陈就从口袋里掏出一瓶牛奶，瓶身的包装上全是英文。萧静然一切都要好的东西，给他订的奶也同样，说是什么澳大利亚产的，小小一瓶就要十好几块钱。

冬稚接了那瓶牛奶，陈就拿出另外一瓶。都是一样的牌子，只是味道可能稍有差别，她手里那瓶是纯白色的底，他拿着的那瓶的底略微多了蓝色的边。

她拆了吸管外的塑料包装，把尖的那一端戳破圆形的锡纸，伸进瓶子里。

陈就刚要帮她，见她已插好吸管，就低头拆了自己手里的那瓶牛奶，将吸管戳进去。

冬稚拿着牛奶没喝，微微侧头瞄他。陈就才喝了一口，见她盯着自己，一愣："怎么了？"

"你那个是什么味道的啊？"

"嗯？"他看了看手里的牛奶，"好像味道是一样的，就是我这个没那么甜。"

"你的看起来更好喝啊。"冬稚看看手里的东西，再看看他的，冲他钩钩手指。

陈就微怔，下意识地把自己的牛奶递过去。冬稚捉着他的手腕，就着他的手，含住吸管喝了两口。

他将视线落在她的睫毛上，接着往下扫过鼻尖和含着吸管的嘴唇。

她在喝他刚喝过的东西。

他有些呆，脑子都滞了一瞬。

"是不怎么甜，感觉这样刚好。"冬稚品了品味道，接着捧起自己手里的牛奶尝了尝，皱眉，"嗯……真的没有你的好喝。"

陈就愣神看着她，蓦地反应过来，慌忙移开目光。他佯装无事地道："那……那下次我给你带蓝色的好了。"

"不用老是给我带牛奶。"冬稚说着提步，"这么贵，一次两次就算了，多了不好。"

他没说话，也不知听进去没有，脚下木木地跟着她走。

冬稚像是没看到他泛红的耳根，一步一步走得格外轻快，悠然向前。

晚自习结束，他们仍旧是坐公交车回去。

因为时间晚，车上没什么人，车厢里空空如也。冬稚和陈就上了车，往最后一排走去，在靠窗的位子坐下。

窗外的夜景倒退着，大多数店关门了，只剩高挂的招牌霓虹灯没关，熠熠地亮着光。

冬稚坐在窗边，窗开了一条小缝，和煦的晚风吹进来，吹散夏日的炎热。她慢慢闭上眼，靠着椅背睡了过去。

学业重，睡眠时间不足，这种难得的惬意时刻，她不免放松。

陈就见她睡着，没叫她。他默不作声地盯着她的侧脸看了一会儿，见她的脑袋往窗户那边倒去，忙伸手从她的脖子后绕过去，怕她磕着。

他的动作极轻，不想吵醒她。陈就将她的脑袋缓缓拨向自己。待那重量落在肩上，他松了口气，又绷紧了神经，背挺直，一动不动地让她倚着。

冬稚靠在陈就的肩头，安静地睡着觉。

离目的站点还有两站的时候，冬稚醒了，缓了缓神。不多时车抵达站台，陈就先起身，她没站稳，晃了一下。陈就扶住她，两人下车。

他们朝巷子里一步一步地走，胳膊碰着胳膊。晚上很安静，一点点动静都会被无限放大，他们小声地说着闲话，天南海北地聊。

快走到陈就家门口的时候，冬稚突然停下。在离大门只有两三步路的时候，她不动了。

陈就奇怪："怎么了？"

冬稚盯着前方，微叹："我真不想过去。"

"你……"

"每次经过这里，只要是和你一起，到这附近我都很怕会被人碰见。"她低下头，语气里满是怅然无奈之意。

陈就一顿，蹙了下眉："你不要把那些事放在心上……"

"陈就。"冬稚抬头望着他。

“嗯？”

她看了他许久，没吭声。

“你想说什么？”

“我也不知道。我感觉有好多话想说，但是不知道怎么说，从哪里开始说。”

陈就侧身走到她面前，和她正面相对地站着：“你想说什么就说，我都听着。”

冬稚低头看向地面，他的脚尖和她的脚尖之间只隔着一步的距离。她看得认真，唇边的弧度带着自嘲，忽地道：“你看，你和我现在就隔着一点点距离……但是这一步比看起来的距离远得多。”

陈就一愣，不知道她怎么突然说起这种话，本能地不喜欢听。

“远吗？”他反驳，“哪里远？”

“你知道吧。”冬稚吸了口气，告诉他，“我妈经常跟我说要认命。之前你给我买小提琴那次，还有后来我碰琴被她看见，她都发了好大的火。她一直跟我说，是什么人就是什么命，不认命的话我这辈子有苦要受。”

陈就动了动唇，还没说话，冬稚先道：“其实我懂她的意思，我妈，还有你妈，她们应该都觉得我……怎么说，不本分？对。就好比你和我，我们像这样站在一起，她们认为是不对的、不应该的。我们两个人不配站在一块儿，不能来往。”

“胡说八道。”陈就说，“什么年代了，你别听她们说这种鬼话。”

冬稚继续道：“不管怎么着，反正现实就是这样吧。所以我忍了又忍，总是躲着你。”她停了一下，说，“但是……但是……”

“但是什么？”莫名的，陈就突然有点儿紧张。

“没什么。”沉默了数秒，冬稚踢了踢石子，忽然不说了。

她抬起头，突然道：“你说我如果去你家探望阿姨会怎么样？我好久没有好好和她说过话了，多少年了？好几年了吧。以前小的时候还是说过几句话的，我记得。”

陈就愣了，诧异地道：“你不是不喜欢……？”

“是啊，可那毕竟是你妈。”冬稚叹了声，苦笑，“她那么讨厌我，我猜她可能觉得你跟我一起玩，我会带坏你吧。”

他们有很久没有这样谈心了。这段时间以来，陈就觉得和冬稚的关系似乎在回到从前。但她这样和他说心里话，这么久了，这还是第一次。

陈就忙说：“不会，你哪里带坏我？她就是想太多，不了解你才会这样。”

“其实那天你爸问我怎么不进去等你，我很想说，我是想进去的。但是我不能进去，你妈看到了会不高兴，你妈知道了也会不高兴。我心里比谁都清楚。”冬稚轻声说，“好久没去你家了，前几年还经常去，不过那个时候我们都还小……初中开始就很少了对不对？你家的院子啊，客厅什么的，我记得的都是小时候看到的样子。上次你生日我被叫去，好像是翻新过了？变了好多……”

这几年，她去他家也都只在厨房里帮忙，基本没再进过正厅和前面的地方。

陈就见不得她这样伤感又强撑着笑的样子：“你想来随时都可以来，为什么不可以？你怕什么？勤婶要是说你，我帮你说。我妈那儿，我爸都叫你进去坐，你别理她。又不是没来过，小的时候天天在院子里跑，在客厅里玩，怎么现在就不行？以前我爷爷最喜欢你来家里玩，这么多年了……”

说到底，这事还是怪萧静然。她如果不是那样的性子，冬稚哪儿会一直躲着他。

“不一样。”冬稚摇摇头，咽了咽口水，声音听起来稍稍有点儿哽咽，“那个时候我爸还在。他在的时候……那时候……”

她说不下去，喉间灼热，长长地呼出一口气，含糊地道：“陈就，我很想他。”

“冬稚……”陈就看她要哭，慌了。他伸了伸手，又徒劳地收回，想安慰又无从开口，一时有些无措。

冬稚叹了一口气，垂下眼，忽然落下滚烫的眼泪来。

“以前不是这样的。我爸在的时候，他什么都会依我，会让我学琴，会听我练习，还会说很好听。我们家的压力有他分担，我妈没有现在这么辛苦……”

她说一句，眼泪就淌一道，竭力地隐忍着情绪。

“有的时候我经常想，如果他还在就好了。那样，我被冤枉偷钱包的时候，就可以把他叫来。有他在，谁都不敢冤枉我。还有郑扬飞对我说那些难听的话，要是被我爸知道，我爸一定会揍死他。我爸超有力气的，我上小学了还能把我举得很高。郑扬飞就更不敢晚上跟在我背后回家，我根本不用怕，有我爸爸在，他一定会来接我回家。”

陈就觉得胸口堵得慌，好像有哪处看不着的地方在隐隐作痛。

冬稚吸了吸鼻子，瓮声瓮气地道：“我可以像别人一样买漂亮的新衣服。你知道吗？我妈过春节的时候拿钱给我，让我去买新衣服，我舍不得……我用自己打寒假工挣的钱买了一套衣服，但舍不得再买……我要是有爸爸，我爸爸在，用不着别人给我捐钱，我也不会像个乞丐一样被人推到大家的面前，打着为我好的旗号让人当猴看……”

她越说越难过。到最后，她抬手遮住眼睛，但挡不住脸上遍布的泪痕。

陈就连呼吸都觉得疼，感觉呼吸像刀子一样划过肺腑。他走近她，一下一下动作轻柔地拍她的背。

冬稚终于放声哭起来，听得他心里跟着绞痛，一阵一阵的痛意汹涌来袭。

“冬稚……”许久后，他艰难地动了动嘴唇。

陈就才叫她的名字，突然车轮声响起。一辆车快速地由远而近，一道车灯直直地照过来。

陈就抬起胳膊挡光，冬稚也抬头，红着眼、满脸泪痕地眯眼看去。

车一下停住。

车门从里面被打开，萧静然冷着脸气势汹汹地从车上下来。

“你们在干什么？”

“妈？”陈就愣了一下，一只手还揽在冬稚的背后，“你……”

“你们大晚上的在这儿干什么？啊？！”萧静然冲到他们面前，扯了一把冬稚，冬稚被扯得踉跄了一下。

“冬稚！”陈就赶忙扶住她，一脸紧张，“没事吧？”

她摇头："没事……"

冬稚先前还想着去探望萧静然，即使心存芥蒂，却从没真正做过什么不尊敬长辈的事。萧静然呢？她一上来就这么蛮不讲理。

陈就气极了，扭头就要冲萧静然发难："你——"

冬稚连忙扯住他的衣摆，小声阻止："陈就。"

看她拉着陈就的衣服，萧静然眼里像扎了刺一样，当即一掌拍过去。

啪的一声，冬稚闪避不及，手背上结实地挨了一下打。

她痛得嘶了一声缩回手，陈就一急，捉起她的手看，手背红了一片。

萧静然还没发火，陈就先怒了："你到底要干什么？骂人还不够，现在开始动手打人了？"

"我动手怎么了？你看我不打死这个小狐狸精。"萧静然大骂。

陈就的脸红了一瞬，但愤怒占了上风："妈，你不问青红皂白张嘴就骂人，你是不是真的有病？"

"你说什么？你再说一遍？我是你妈！"

陈就把冬稚拉到身后，护得紧："你是我妈就可以随便打人吗？爸从来就不会这样……"他心里很难受，痛心地问，"妈，你到底怎么了？为什么会变成这样？"

"你……"萧静然指着他和冬稚，气得手发抖，半晌从牙缝里挤出一句，"你给我回去！"

陈就沉着脸不说话，和她对峙。

冬稚在他背后轻轻地说："陈就，回去吧，很晚了。"

他还是不吭声，但脸色有所缓和。

萧静然看在眼里，气不打一处来："我说的话你不听了是不是？回去！"

陈就说："你回去我就回去。"

都这样了，他竟然还在担心自己会对那个小狐狸精不利？！萧静然哪里不明白，登时气急败坏。

陈就站着不动，护着身后的冬稚，大有她不走自己也不走的意思。

吵吵嚷嚷的一阵僵持过后，萧静然和陈就一同走向陈家大门。陈就一步三回头——担心又歉疚地看向冬稚的模样，让萧静然的脸色更加难看。

冬稚仿佛没有察觉萧静然的冷脸，冲陈就颔了颔首，示意自己没事，让他放心。

司机始终在车里，两耳不闻窗外事，终于等到闹剧落幕，怕是心里也松了口气。

车灯在冬稚身旁闪了一下，而后车随着陈就母子慢慢开进陈家。

等到陈家的大门彻底被关上，冬稚这才提步向不远处前方的自家院子处走。

四周归于宁静，风吹干泪痕，她的脸紧绷绷的，眼睛有点儿疼。

她垂着头走在夜色之下，一步一步走得平静无比。

刚才的吵架像是没发生过。

刚才的眼泪仿佛也根本没流过。

第七章　陪　伴

课间，教室里空了一小半。

冬稚的同桌前脚刚走，苗菁后脚就坐了过去。

“你干吗呢？”

冬稚一边写笔记，一边瞥她一眼，道：“你不是看见了？”

苗菁讪笑，摸摸脸，安静了没两秒，又道：“你今天怎么没和陈就一块儿来学校啊？昨天放学也是跟我一起走的……”

“干什么非得每天黏在一起？”冬稚头都不抬地说。

苗菁盯着她的侧脸，小声嘀咕：“你们前阵子天天一起走啊，最近突然又不一起走了，我好奇呀。”苗菁想起什么，凑得更近了，“哎！赵梨洁好像又开始去找陈就了，你说她怎么这么……这么锲而不舍啊？”

冬稚笑了一下：“找就找呗。”

“你不在意啊？”

“在意什么？”

苗菁倒是比她更像当事人：“你别说你看不出赵梨洁的心思，有眼睛的人都知道，她那点儿心思都快写在脸上了。”

冬稚不置可否地嗯了一声。

那天晚上他们在陈就家门口被萧静然碰见，萧静然和陈就回去后吵了一架。虽然陈就没说，但是冬稚能猜得到发生了什么。尤其那晚后，隔天早上陈就没和她一起上学——萧静然盯得紧。

冬稚也挨了骂。当天中午回家，冬勤嫂把她狠狠骂了一顿，应当是萧静然和冬勤嫂说了什么。冬稚没还嘴，一声都没吭。冬勤嫂骂到后来见她没反应，只好让她走了。

打那之后，她和陈就便不经常一块儿上下学，也不如前段时间见面见得勤。

对这些事冬稚心里都有数。但苗菁不知道这些事，还要说什么。

冬稚把笔一收，将笔记本塞给她："拿去。"

苗菁一愣："什么？"

"笔记啊，你拿去把它补上，我知道你肯定没写完。"冬稚说，"不是我写的，是陈就写的。他圈的重点，马上要考试了，你好好看看。"

苗菁把笔记拿在手里翻了翻。

冬稚道："下学期就高三了，没剩多少时间，抓紧点儿。"

"你还开始对我说教了。"苗菁撇嘴，心里知道冬稚是为她好，就收下笔记回座位去了。

没多久，温岑从外面回来。小组长挨个儿收练习册。

温岑一拍大腿，开始翻桌子里的东西。

苗菁睨他一眼："你还没做完？"

"我这不是忘了……"温岑顾不上那些，一边翻东西一边问，"快，练习册借我。"

"哪儿有啊？我都交上去了。让你没做完练习册还往外跑。"

他俩正说着，冬稚转过身来，默不作声地把自己的练习册放到他的桌上："给你，我还没交。"

温岑顿了一下。

两人的视线相对，冬稚说："我自己做的。"

温岑回神，嗯了声，开始补作业。

他聚精会神地补作业，苗菁便和冬稚闲聊。

她们聊到晚上要去干什么，苗菁提议："晚上去玩吧？不用上自习，咱们找地方……”

“晚上我没空。”冬稚说。

“你要去干吗？”

“买书。”

“买书？”

“嗯。”冬稚道，“我和陈就约好了去书店。”

苗菁说：“那……那我们一起吃晚饭？吃完晚饭你们再去？”

冬稚面露犹豫之色。

“叫上陈就一起嘛，我都还不认识他呢！”

冬稚想了想，点头：“我跟他说一下。”

“行。”苗菁笑了，用胳膊肘撞了撞温岑。

“干什么——”他啧了一声，道，“差点儿把我的练习册撞歪，我写字呢人姐。”

苗菁撇嘴：“叫你呢，晚上一块儿吃饭？”

温岑没抬头，奋笔疾书，无所谓地道：“行啊，我随便。”

苗菁陪着值日的冬稚打扫完卫生，手挽着手去篮球场找温岑。

挨着操场的跑道边，几个篮球场连在一块儿。平时温岑都是和他们那层楼里的几个班的男生一起打篮球，这会儿却和楼下的男生玩到一起去了。

同一个篮球场上，温岑和陈就分列两边。

温岑的投球被陈就阻断。温岑跑了两圈儿，下场来，到场边拿毛巾擦汗。

苗菁和冬稚等在场外，走过去和温岑说话。

“你怎么跟陈就他们一起打球了？”苗菁瞄了他们一眼，感到奇怪。

“正好碰上。”温岑擦干汗，拧开水瓶喝水。

那边远远地传来声音，他们定睛一看，是陈就进了一个球。同阵营的人叫好，他在口哨声中下场，往这边跑来。

两个男生象征性地互相颔首，除此之外没有交谈半个字。

苗菁的视线在他们身上来回转，总觉得气氛有些微妙。

冬稚道："是在出校门往左的那条巷子里的那家店。"她看着陈就，"刚刚手机上没说清楚。不过那家店里的吃的有点儿辣，没关系吧？"

"没事。"陈就说，"我去一下办公楼。你们先去，我马上过来。"

冬稚说："好。"

见陈就拎起包，冬稚要帮他拿。

他说："不用，有点儿沉，我自己来。你去吧。"

言毕他迈开长腿朝办公楼走去。

苗菁盯着他的背影看了几秒，转回头，啧啧地感慨："个头儿真高。"而后苗菁不多聊，一边拉着冬稚往外走，一边招呼温岑："快、快，我要饿死了，我们快走吧。"

三人出了学校，到那家店里，选了最里面的包间。

"我真的要饿死了……"一坐下，苗菁就拿起菜单先点东西。

冬稚给陈就发消息："我们在最里面的那间。"

这里的菜分量不多。苗菁点了两个喜欢吃的菜，把菜单递给冬稚。冬稚粗略地看了看，点了一道小菜，外加两瓶饮料，转手把菜单递给温岑。

温岑很快完事。

服务员出去后，苗菁坐不住："刚刚马路对面是不是有烧饼摊？"

冬稚说："不知道，没看清。"

"不行，我去看看，有的话买两个烧饼。"苗菁轻轻地拍桌，立刻起身，走到门边回头问："你们要不要？"

"我不用。"冬稚摇头。

温岑没说话，也摇头。

苗菁哦了声，将门虚掩着，快步走了。

温岑和冬稚两人有一搭没一搭地聊天儿。

"明天什么课？"

"第一节？第一节好像是老班的课。"

"他不是说要模拟考吗？"

"是啊，随堂小测，可能就明天吧。"

"不能吧，第一节课就考？"

“以前也不是没有过，不过还是得看老班怎么安排。”

“不是，来得及吗？”

“第二节课是英语？好像调课了吧，上周英语老师不是占了老班一节课吗？”

两个人聊着聊着，抱怨一番，捧着手机，停了话头。

他们刷着网页，凉菜都上了一个，温岑抬起头，皱眉：“苗菁怎么还不回来？”

冬稚瞥了虚掩的门一眼：“不知道，可能人多要排队？我记得他们说学校对面的烧饼摊卖的饼很好吃。”

“能有多好吃？”温岑嘀咕，瞥见冬稚旁边没开的那瓶饮料，问，“那是给陈就的？”

冬稚微侧头：“是啊，他喜欢这个。”

温岑的座位斜对着门，冬稚则背对着那边。他哦了一声，刚要说别的，忽地瞥见门缝外有双球鞋一闪而退。

温岑顿了一下，毫无预兆地忽然问：“冬稚，你是不是喜欢陈就？”

冬稚猝不及防地被问到这个问题，一愣，抬头，却见温岑看着自己的眼神深邃得别有意味。

他朝门的方向略微瞥了瞥，再看向她，这简短细微的过程，冬稚看在眼里，懂了温岑暗示的意思。

时间像被掰碎一般慢下来，她沉默了几秒，缓缓地回答：“是。”

陈就刚到包间门口就听见自己的名字，本来要进去，下意识地往后躲了躲。

他回过神来，觉得自己的反应有些好笑——他们不过是在聊他爱喝的饮料。谁知下一秒，包间里又传来声音。

温岑和冬稚在里面说话的声音那么清晰。

他一句句听在耳里，突然忐忑起来，心跳得很快。

陈就咽了咽口水，十分好奇，但又有些害怕听到她的回答。他犹豫着要不要上前打断他们的谈话，直到听到冬稚的声音响起。

一瞬间，陈就的脑袋里仿佛有什么东西轰地炸开。

陈就怔怔地发愣。身后的脚步声让他失措地回神，来人是店里的店员。陈就忙往外走了几步，好像只有离那间包间远一点儿，才能获得片刻的冷静。

他好不容易稳住呼吸。苗菁拎着一袋烧饼从店门口进来，看见他奇怪地道："陈就，你在这儿干吗？"

陈就佯装镇定，说："我……我刚到，在哪个包间？"

"就里面那个啊，最里面。"苗菁伸手指向前面的那个过道。

"哦，我第一次来。"陈就应着，挤出一个笑。

苗菁未觉他有异样，招呼他跟自己一起进去。

吃完饭四人分开，冬稚和陈就坐公交车到商场。商场三楼有一间很大的连锁书店，陈就说去那儿比较好。

他们搭扶梯上楼，冬稚转头盯着陈就看了好半天。

他有点儿出神，慢几拍才感受到她的视线，他的视线略微飘忽："怎么了？"

"你吃完饭就好像怪怪的，一路都没怎么说话。"冬稚问，"你怎么了？哪里不舒服吗？"

"没有。"陈就否认，"我只是……"

冬稚盯着他。

他编不出来谎话，语塞，咳了声道："没什么，你别乱想。"

冬稚哦了一句，不再多问。

两人到达三楼，进了书店，径直往教辅类的柜前走。冬稚看到高二的相关书籍就想上手拿，被陈就拦住。

"不要这本。"他微微蹙眉，"这本实际上没什么用。"

"啊？"

陈就拦住她拿那本蓝色教辅书的动作，拉着她的手腕领她到另一柜前，弯腰找了一会儿，抽出一本书："这本。"

冬稚把它接在手里。

他道："先看这本，和教材是相辅的，也适合文科。"他说着又拿下另外两本，“这本和这本也可以，先做红色的然后再做这两本，一本一本地来。”

冬稚乖顺地点头。

很快，书选好了，两人在商场里逛。

一楼有滑冰的地方，冬稚听见冰场传来的动静，趴在栏杆上看，饶有兴趣。

陈就瞥她一眼：“想玩？”

她点头，又摇头：“我不会。”

“我会。”陈就笑了下，带她下去。

滑冰按人数算，陈就付了钱。两个人穿好防护工具和鞋，陈就扶着冬稚慢慢进场。

他们的脚下是直排轮的溜冰鞋，和四个轮子的那种溜冰鞋感觉很不一样，一般来说更好站稳。但冬稚的平衡能力不是太好，停在光滑的冰面上，小心翼翼的，不敢大意。

陈就搀着她走了一会儿，冬稚感觉可以了，道：“我自己来。”

他放开手，见冬稚扶着围栏，坚持不要自己带，便只好慢慢滑开。

滑冰场里的小朋友不少，都是七八岁的小男孩儿。冬稚试着离开围栏，没有了可以扶着的东西，一开始勉强能走，身边忽然有几个小朋友飞速滑过，便差点儿被人家带起的风连带着拐跑。她晃了晃，吓得半死。

她好不容易站定，提步要继续走，突然身边唰地一下又是一个小朋友滑过。

这回冬稚真的站不稳，踉跄着。她拼了命地站稳，张着手臂一动不敢动：“陈就！陈就……”

陈就登时滑过去，减速停在她身后，轻轻抓住她的两只胳膊：“没事。”

冬稚又晃了一下，这回有着力的地方，站得极稳。

陈就绕到她面前，牵着她的手：“我拉你走。”

冬稚将注意力都放在脚下，低着头，丝毫没在意手上，兀自笑得开心。

他们一圈圈地绕着场周围转。她专心地学着脚下如何使力，陈就陪着她不知不觉分了神，用眼直勾勾地盯着她看。他看着看着，一时想到她和温岑在包间里说的话，觉得脸有点儿热，又意识到正拉着她的手，忽然觉得格外在意。

他立刻屏息，甩跑那些念头，强行要自己不去想。

两个人绕着圈，渐渐滑得快了点儿。身边一排小朋友经过，冬稚不小心被撞了一下，脚下踉跄，拽着陈就在地上摔作一团。

陈就担心她摔疼，率先站起身，然后去拉她："没事吧？"

冬稚一只手被他拉着，坐在地上直笑："刚才……刚才那小朋友在旁边说，'好慢哦，他们像乌龟一样'……"

"慢就慢呗。"陈就看她笑得开心，无奈。

陈就拉她起来后，更小心地搀扶着她滑。他们继续向前滑，陈就却怎么也集中不了精神，盯着她的侧脸，盯着她的发丝，盯着她带笑的眼睛和低头时显得格外挺直的鼻子。

每当她一抬头，他就慌乱地移开视线。

他们玩了半天，直至冬稚累了，才离场换回鞋子。

陈就先穿好鞋站在她面前。她坐在凳子上穿鞋，有点儿费力，手下一使劲差点儿往前栽倒，慌乱下抓住他的衣摆。

陈就下意识地扶她，握住她的手腕。

冬稚抬头，发笑："你抓着我，我就不好穿鞋了。"

只是很平常的一句话，许是心里有事，他的脸上闪过一丝尴尬之色。

陈就刚要松手，冬稚反抓住他的手腕，扶着他借力，单手穿鞋。

"冬稚。"他垂眸盯着她，鬼使神差般地忽然开口，"你和温岑说的话，我听到了。"

冬稚嗯了声，微微抬头，听见这句话，脸上的笑意一僵。

她和他对视了一秒，当即松开他的手，穿好鞋子，拿上装着书的袋子，站起来就走。

"冬稚！"陈就赶紧追上她。

陈就一把拽住她，拉着她到没人的商场角落处说话。

“我只是说我听到了……”

“所以呢？”冬稚的反应像刺猬，下意识地就进行自我保护，“你想表达什么？像你妈一样觉得，‘哦，她果然是个狐狸精，心思不纯’……”

“我没有这个意思。”他着急地打断她的话，“你别这样讲。”

冬稚沉默了两秒，低头：“算了。”她把书塞到他怀里，“这样太尴尬，我们还是不要再来往比较好。”

“你在说什么？”陈就皱眉，生气了，“我什么都还没说，你好好的干吗说这种话？”

她不吭声。

此刻和以前多像，他们的关系重新缓和之前，在那么长的一段时间里她对他总是沉默寡言，能避则避。陈就一想起这件事来心里就不舒服，板起脸，生气地道：“你又要像之前一样躲我，跟我闹别扭是不是？”

“我没有。”

“没有？那你现在——”

“我只是怕你烦。”冬稚的声音极轻，“我不想影响你，这种事我自己心里有数就行了。放到台面上来说，再好的朋友也会受影响。哪怕现在不会，时间长了呢？我不想有一天你心里有了疙瘩。我知道你会顾及我的心情，你不好开口，与其到那个地步，不如——”

“不如你先躲开？”陈就打断她的话，“你就是这样想的？”

他气得脸色变了，半晌没说话。

冬稚沉默了许久。一番无言对峙后，她伸手去扯他的衣袖：“陈就……”

他挣了一下，但没用力。

冬稚又扯他的衣袖：“陈就，你别生气。”

他怎么可能不生气？他别开头不看她。

冬稚拽着他的袖子，向前一步，站在他的身前。

陈就僵了一下。

“你别生气好不好？”她说。

他的衣服上有清新好闻的干净的味道，像冬日的暖阳，温和地将她包围。

冬稚闭上眼，突然很想在这片柔和中沉溺。

过了好久，陈就轻轻地舒气，脸色柔和下来，表情又带着一丝丝细微的不自然。

“我没生气……”他说。

他脸颊上的火烧感蔓延到脖颈，耳根烧得慌。

转眼又过了一个月，开始进入夏天里最炎热的一段时间。

图书馆里很安静，天气闷室，空调取代了原来天花板上的电风扇——这两年学校里添的新东西越发多，什么东西都在与时俱进。

在靠墙的角落，冬稚和陈就坐在同一排，占了一张桌子。桌上的几本练习册和书被摊开摆着，陈就的笔袋是黑白色的，冬稚偷懒，只带了一支常用的笔。

她做题，他看书。

陈就翻了翻书，翻开新的一页看了几行，余光瞥见身旁的人咬着笔端发呆。他不得不抬指，在她的练习册上轻点一下，唤回她的注意力。

冬稚出神被抓了个正着。她回过神，挤出一个笑，把练习册往他面前推了推。

她的声音轻到几乎没有：“这题怎么做？”

“你不会怎么不早说？”陈就侧头靠近她，用额头碰了碰她的脑门儿，压低声音教训，“浪费时间。”

冬稚盯着他，倏尔一笑，用胳膊肘撞他，催促道：“教我、教我。”

两个脑袋凑在一块儿。为了不影响别人，他们将声音放得极轻极轻。

“这里，看这个条件……”

陈就小声地给她讲题。冬稚竖起耳朵，一边随着他的指尖看题目，一边点头。

近来只要有空，陈就都会给她补课。

一题讲完，陈就问：“听懂了没？”

冬稚稍做琢磨，点头：“懂了。”

“真懂了？”

“真的。”冬稚睨他一眼。

陈就笑着说：“马上要考试了，你上课认真一点儿。这是高二的最后一个学期，高三开始基本上就是复习了，不能掉以轻心……”

冬稚一边解题，一边小鸡啄米般地点头。

题解到一半，冬稚见陈就拿出手机，他不知在看什么，轻拧眉头。

冬稚停笔：“怎么了？”

“没什么……”他不想给她看手机上的内容。

冬稚不傻：“你妈？”

陈就没说话，默认了。

“她说什么了？”

“没什么，就是让我早点儿回家，不要在外面待到太晚。”

“她没问你去哪儿？”

“出来的时候就问了。”陈就抿唇，“我说有事。”

以前萧静然从来不会紧盯他的行踪，更别提看管得这么严。自从在家门口“逮到”冬稚在陈就怀里哭以后，萧静然就像护崽的老母鸡一样开始严防死守，样子一天比一天吓人。

陈就把手机收起来，冬稚挑眉：“你不回吗？”

“不回。”他说，“回了一句她就停不下来了。”

他的面上闪过一瞬难看的神色，但很快就遮掩过去。说句难听的，萧静然现在恨不得天天把他关在家里。

冬稚看了时间一眼，道：“现在九点多了……”

“你想回家？”

“不是。”她说，“我无所谓啊，怕你不方便。你妈要是在家等你呢？”

陈就道：“她不在家，还在外面。回去了看我没在，她会回房休息。”

他俩吃完晚饭出来，在图书馆一待就待到这时候。

“十点走吧。”陈就不想让她操心，拍拍她的脑袋，“别想了，解题。”

晚上十点，陈就和冬稚离开图书馆，在街上逛了一圈，去便利店买了两杯热饮，慢悠悠地搭末班公交车回家。

陈家亮着灯，萧静然恐怕还没睡。他们静悄悄地走着，陈就把冬稚送到她家门口，然后才折返到不远处的自家大门处。

陈就换了拖鞋上楼，正好碰见下楼的萧静然。后者已经等了他很长时间，一上来就追问："你去哪儿了？怎么这么晚才回来？跟谁去的？"

她用眼往他身后瞟，明知这是在自己家里，却仿佛能在他身后看到什么不想看却又想逮着的人。

陈就淡淡地道："出去有事，和朋友。"

萧静然跟在他身后："有什么事？你现在一天到晚有事，哪儿来那么多事？好好读书就是你的事……朋友，又是哪个朋友？"

陈就不搭理她，径自上楼。

"我跟你说话呢，陈就！"萧静然提高音量。

陈就停了停，道："我回房休息了，你要说你就自己在这儿继续说。"

言毕，他也不理她，快步走上楼。

萧静然又一次非常生气。这样的场景不新鲜了，换作前两年，她做梦都没想过，自己那么宝贝的儿子有一天会这样对她，更没想过他们之间会闹成这个样子。

心酸之余，萧静然心里有怨，也有恨。

她怨儿子不懂她的苦心，恨儿子不再向着她。

萧静然在陈就的房门前徘徊着，对着那扇紧闭的门看了又看，最终无奈地回房。

是从什么时候开始，那扇门关得那么紧的？

她回头去想，那扇门毫无防备地对她开着，从不上锁的日子，竟然开始觉得那段时光距离现在有些久远了。

房间里的灯关着，只开着一盏床头灯。陈就靠坐在床头，听电话那头的冬稚窸窸窣窣地折腾完，声音不禁带上笑意："好了？"

"嗯。"她说，"毛巾挂起来了，我洗好脸了。"

“快回房间。”

“不了。”那边传来她穿着凉拖吧嗒吧嗒的小跑声，“我去吃个雪梨。”

陈就握着手机听那边的动静，问：“你妈骂你没有？”

“没有。”

冬稚应该在洗雪梨，他能听到哗哗的水流声。

她道：“我回来的时候她已经睡了，听见声音起来看了一下就回去继续睡了。”水声停了，她问，“你呢？”

他沉默了一下，只说：“一样。”

“那就好。”她似乎笑了笑。

透过电话，她咬下雪梨慢慢咀嚼的声音清晰得像是就在身旁。

陈就不禁道：“有那么好吃吗？”

“好吃啊，甜，特别有水分。”冬稚又咬下一口雪梨，道，“院子里好凉快哦，就是蚊子有点儿多。”

“你在院子里？”

“对啊。”

陈就顿了一下，起身：“你等我一下。”

“嗯？”

他不说话，轻手轻脚地开门下楼，到楼梯拐角处的窗户前站定。

他撩开窗帘，看见在冬家的院子里，冬稚搬了张小凳子坐在当中，穿着夏天的短衣短裤样式的睡衣。她用一只手拿着手机，另一只手拿着黄色的雪梨，边吃边和他讲电话。

陈就说：“你穿那么少，不被蚊子咬就怪了。”

冬稚不承认：“哪儿有。”

“还说没有？”陈就道，“抬头。”

院子里的人听见这句话，抬头张望，视线捕捉到一处，瞧见他。

“你干吗躲在那儿偷看？”冬稚用拇指和中指捏着梨咬了一口，而后想了想，竖起食指，朝他指过来。

陈就笑道：“我来看你吃得香不香。”

“香啊。”她悠闲的声音传过来，陈就好似见到她坐在院中朝这边笑。

她问："你想吃吗？"

冬稚开了小门，轻手轻脚地进来。陈就拎起她脱下的一双拖鞋，把门关好。

陈就低头质问："梨呢？"

"没了。"冬稚抬头，"进来之前吃完最后一口啦，雪梨核在外面，我给你捡？"

他佯瞪她一眼，嘘了一声，带她往里走去。

整个陈家都黑漆漆的，静悄悄的，没有一丝声响。

两人轻手轻脚的，不敢发出一点儿动静。

冬稚跟在陈就身后，很安分。陈就用一只手拿着拖鞋，一只手牵着她，脚步轻轻地上楼。

两个人在黑暗里潜行，速度极慢。

"明天起不来怎么办？"冬稚盘腿坐在陈就房间的地板上，玩着他的乐高积木。

陈就坐在床沿边，道："没事，我打电话叫你。"

她摆弄着积木，也没抬头："你起得来吗？"

"起得来，我每天都定闹钟。"

她点点头，更加专注地玩着手里的东西。

这里的积木原本是个拼好的房子，看图里的成品有些复杂，陈就应该拼了很久，而她才进门坐了一会儿就把它拆了。

他什么都没说，由着她把那房子"捣碎"一半。她还跟他说："我就拆一半啊，给你留一半。"

她说这话显得她有多好似的。

他也不气，就只是笑着说"好"。

这当下，陈就坐在床沿不说话，静静地看她玩乐高。

冬稚拼了没多久，越拼越没耐心，干脆撒手不管："不玩了！"

她正要起来，突然响起敲门声。两人都是一惊。

萧静然在外面敲门："陈就？"

陈就冲门外道："睡了，干吗？"

"你房间里还开着灯……"

他佯装无事："哦，等会儿关。"

萧静然又说了几句什么，许是知道陈就现在不会给她开门，没久待便走了。

外头静下来，他低头一看，冬稚自己捂着嘴，眯着眼无声地笑。见他看过来，她拿开手，用口型道："我没说话——"

陈就掐了掐她的脸。

课间没事干，冬稚被陈就叫走，说是去买喝的去了。

苗菁闲着没事，也懒得动弹，待在座位上不挪窝儿。旁边的温岑在看漫画，苗菁瞄他好几眼，人家悠然自得，完全不像自己闲得发慌。

"哎。"苗菁忍不住找他聊天儿，用胳膊肘顶他，"看什么呢？"

"漫画。"

"好看吗？"

"好看。"

干巴巴的对话，没半点儿营养。苗菁想了想，凑过去一些："刚才冬稚被陈就叫走，你看到了吧？他俩是不是在一起了？"

"不知道。"温岑低头看着漫画上精彩刺激的内容，眼皮都不眨。

"你就一点儿都不关心？好歹咱们也是一伙的啊，多少有点儿感情了吧。"

"你讲话能不能好听点儿？"

"本来就是嘛。"苗菁皱眉，"你说冬稚怎么想的？以前躲陈就跟躲鬼一样，现在怎么突然就想通了呢？我那次跟她聊……"

她的话到这里打住了。她瞄温岑一眼，想他应该不知道冬稚喜欢陈就的事，就没再往下说。

"只要冬稚开心就好啊。"温岑没抬头，将漫画翻了一页，淡淡地道，"别的不重要。"

在萧静然的严防死守下，冬稚和陈就两人的日子还是一天天平静地过去了。

高二暑假先补课后放假，假期刚开始一个星期，邻市有一个小提琴比赛。冬稚看到消息之后，没多犹豫就直接报了名。

暑假的其中一天下午，陈就和冬稚在图书馆写作业时，得知了冬稚要去参加小提琴比赛的消息。

冬稚从口袋里掏出一张宣传单，将它推到他面前："过几天我要去这里。"

陈就拿起宣传单一看："三场比赛……前后隔了七天？"

"嗯。"冬稚说，"来回不方便，我应该会在那儿待一个礼拜。"

"我陪你去。"

"不了，被你妈知道怎么办？"冬稚睨他一眼，摇了摇头，"不好。"

陈就问："那你去那儿待一个礼拜，车费还有其他的开销呢？"

"我之前打寒假工的钱还剩了几百没动，我再管我妈要点儿。"冬稚不着急，"我妈会给的。以前她不让我碰琴，现在也都睁一只眼闭一只眼。"

"勤婶不会说你吗？"

"会啊，她肯定会骂两句，但是骂完会给我钱的。我知道她。"

陈就看她一副全都盘算好的样子，私心里想陪她。但他碍于现实，闷着一口气，十分不痛快。

晚饭前陈就回家，萧静然正好在家里。

他背着包进门，换好鞋，和她打了声招呼就要上楼。

萧静然叫住他："你到哪儿去了？"

"和朋友去打球了。"陈就随口胡诌。

不是他爱撒谎，而是要是不说这种一听就是男孩子参与的活动，萧静然肯定要仔细盘问。她目露猜疑的样子，他着实看够了。

萧静然这回不只是问他的行踪，还有话跟他说："过几天我要去沪城参加婚礼，你跟我一块儿去。"

"谁的婚礼？"陈就一顿。

"就是你周阿姨她儿子，今年结婚了。"萧静然说，"你这两天收拾几件衣服，不要带太……”

“我不去。”陈就一口回绝，“我又不认识他，去干吗？”

“谁说你不认识？周阿姨小时候还抱过你呢，前两年暑假来我们家玩，你忘了？”

“记不得了，反正我不去。”

萧静然盯着他：“你不去？你不去你要干吗啊？”

陈就一脸不耐烦：“我就不能在家待着？你要干吗你自己去，非得带上我干什么？我不去。”

“婚礼结束后我们去一趟海岛，你周阿姨说了要招待我们，还有其他的叔叔阿姨你都见过。你放假，正好把去这儿当作旅游不好吗？”

“不好。”陈就道，“我不想去海岛，你自己去。我懒得动。”

说完他提步上楼。

“哎！你……”

萧静然在背后生闷气。他坚持不肯去旅游，她心里就有点儿起疑。但没影的事，她又不好发作，只得作罢。

冬稚推着一个小行李箱去参加比赛，因为是夏天，行装简便，轻得很。她的小箱子是她在一家小店里新买的，不是什么牌子货，只花了小几十块钱。

她没推几下，陈就接过手去，一人拉两个小箱子。

萧静然去参加婚礼了，陈文席惯常不在家，陈就一个人在家没人管。陈就借口跟朋友去乡下玩一阵，打电话跟陈文席知会了一声。他爸向来管他不严，陈就立刻得了许可。

车票和他们入住的酒店都是陈就订的。冬稚要和他分摊，陈就不肯让她出钱。两个人对峙了半天，他态度坚持，还告诉她：“这不是我爸妈的钱，是我比赛自己赢的奖金。”

僵持之下，冬稚勉强退让。

陈就订的房间是一个双人间。

冬稚要在这里待七天，他就把房间直接连订了七天。

第一场比赛前，陈就比冬稚还上心，怕冬稚在房间里练琴吵到其他客人会被投诉，提前做好攻略，带她去了酒店附近一个环境不错且人也不多的广场。

冬稚拉琴，他就坐在不远处的地方看。他们一待就是两小时。

等冬稚过了第一场比赛，陈就不知什么时候找了离他们住的地方不远的一家琴行，按小时租人家的教室，方便冬稚练习。

冬稚被拉到琴行去，得知他租了地方，有点儿蒙。

“干吗要浪费钱？”

“在广场上偶尔有人经过，人家会停下来打量你，我怕你不自在。”他说。

冬稚失笑：“有什么不自在的？演奏就是要站在人前表演啊……”

“教室里没有风，又安静，多好。”

陈就不让她拒绝，再者已经把钱提前付了，也没得反悔。

前两场比赛都在白天，除了比赛和练习的时候，冬稚和陈就晚上会去逛街。这个城市和澜城差不多大，可能还稍微大一点点，城市里的人饮食口味也相似，但那细微之中的不同对他们两个外地人来说便也算有趣。

他们逛完街，吃饱以后就回房间，这几天晚上都是各睡一张床，但睡前会凑在一起看电视，说说话。

他们的日子过得有几分惬意。

也是放松过了头，最后一场比赛的前一晚，冬稚窝在浴室的大浴缸里，趴在边沿，不知不觉地就眯瞪了一会儿，好在没有睡过去。直到她热得发昏，意识到不对，连忙撑着起来穿衣服。

冬稚穿上衣服，扶着墙壁朝外走，脚下湿淋淋的。她的脸颊热得红了，呼吸重得发闷。

她到底还是泡太久了，一个眼花，头就撞到门上。咚的一声，声音响亮。

陈就正在床上看书，一听见声响就赶忙去敲浴室的门。

“冬稚？”他拧了两下门把，里面反锁着，打不开，“冬稚你怎么了？！”

“没事。”冬稚捂着脑袋，扶着墙开门，眉头吃痛得皱起，“撞到头了。”

门一被打开，陈就看她脸色不对，忙扶住她。

“我泡太久了。”冬稚觉得有点儿眼花，头发湿答答的还在淌水。外头空调的冷风一下子吹进来，她微微战栗，强撑着道：“缓一缓就好……”

她话没说完，腿又是一软。

陈就手疾眼快地扶住她，没让她往地上摔。

他扶她坐下，几分钟后，她的脸色有所好转，面上终于恢复了血色。

“没事？”

“没事。”

这么一闹，当晚冬稚就着凉了。

陈就还没睡着，听对床的她睡得不安稳，起来查看。他一摸她的额头，感觉有点儿烫，不知道她是感冒还是发烧。

“我去买药……”

冬稚抓住他的手，哑着嗓子道：“太晚了，算了……”

陈就哄道：“我去看看有没有药房还在开。你先睡一会儿，嗯？”

冬稚不松手，闭着眼枕在枕头上，轻轻摇头。

她死拽着他不放手，陈就走不了。他没办法只能打电话给前台，等了十几秒，电话通了。

“您好！请问你们有感冒药或者退烧药吗？”

前台那边的人带着歉意回答：“不好意思，没有这个药。”

陈就又拧起眉头，沉声道谢。

冬稚好说歹说，陈就答应不出去，只是去烧水，这才松开他的手。

他烧好水，把水倒进杯子里凉凉，半个小时就过去了。

陈就喂冬稚喝了一杯水，然后就在她的床边坐着。

冬稚催他：“你去睡吧……”

他说“不”。

陈就怕坐在床边压着她的被角，没多久，就从床上坐到了地上。

冬稚脑袋很疼，觉得累，又觉得浑身难受，好像骨头的缝隙里隐隐约约地都在疼。她浑浑噩噩地睁开眼，一睁眼就见陈就坐在自己的面前。

他凑过来问她是不是哪里不舒服。

冬稚摇头，盯着他的眼睛愣神。

他的眼睛比星星还好看啊。

或许是病了多愁善感，情绪翻涌，有那么一瞬间，她觉得鼻子有点儿酸。

“陈就……”

冬稚侧头将大半张脸都埋进枕头里。

陈就替她掖了掖被角。

空调的冷风吹得脸颊凉凉的，但她的怀里很暖。

至少这一刻是暖的。

冬稚吸了吸鼻子，感觉头没那么疼了，稍稍清醒了一些。

“你冷吗？”

“不冷。”陈就不想她担心，宽慰她道，“现在是夏天。”

冬稚说完这句就不说话了，只静静地看着他。

她有点昏昏欲睡，眼睛却又一直没闭上。

“还不睡？”

她摇摇头，没说话。

“睡吧，我在这儿陪着你。”陈就把灯关了，只留下一小盏。

她的呼吸变得缓慢，渐渐平稳。

陈就没有动，静静地坐在床边陪了她很久很久。

冬稚的一等奖是她带病上台拿下的。

陈就坐在观众席里，比前两次看她比赛的时候紧张好几倍，悬着一颗心，生怕她的身体坚持不住。万一她晕在台上面，或者哪怕是轻微地出一个差错，他都不希望发生这种事。

冬稚比他想象得坚强，除了脚步有点儿虚飘飘的，其他的一切她只比别人出色，没有丝毫逊色。

站在台上演奏的她像是会发光。

陈就被小提琴的声音吸引以后，放下心，看着台上的她渐渐出神。

身旁的其他观众小声夸她，他与有荣焉。

最后致谢时，冬稚似乎往他这个方向看了一眼。陈就不确定，不知道是不是他的错觉。随着周围响起的掌声，他也拍红了手掌。

这一趟，陈就陪冬稚一起捧回了一座奖杯。

冬稚拿到的奖金冬勤嫂没要，似万般不在意："你自己留着吧，我用不着你的钱。"

可转头，冬勤嫂到她房里来打扫卫生的时候，冬稚不止一次看见冬勤嫂在她的奖杯前发怔。冬勤嫂小心翼翼地只敢帮她擦拭奖杯的底座。

冬稚看在眼里，却什么都没说。

她把和陈就一起去邻市这件事瞒得好，冬勤嫂没起疑。

回澜城的第三天，冬稚和陈就去看电影，去的并非平时去的影城，而是私人影院。

临近傍晚，太阳没那么毒辣，知道萧静然不在，先出来的冬稚在陈家门口等陈就。她不想催陈就，倚着门盯着脚下的地发呆。

太阳可能又往下落了一点儿。

她感觉到有风吹过脚边时，嘀的一声，突然响起汽车鸣笛的声音。

冬稚抬头，见一辆车朝陈家的大门口驶来，下意识地站直。

待车开近了，她看到车里面似乎不是萧静然。车径直开进大门，先停在院子里，后座的人下来了，是陈文席。他没理会要去车库停车的司机，反而朝门外看去。

"你等陈就？"他稍稍提高音量，用确定她能听得到的声音问，"进来等啊。"

冬稚盯着他，沉默了三秒，提步入内。

陈就原本是听见有人回来才下楼，一到楼下，却见冬稚和陈文席坐在沙发上，不由得愣了愣。

"爸……"陈就醒过神，趿着拖鞋快步走过去。他左看看右看看，看到隔着茶几面对面落座的两人之间气氛好似还正常，问："你们在聊什么？”

“刚坐下。”陈文席说，“我看她在门口等你，叫她进来坐坐。”

陈就看向冬稚。她点了点头，陈就的脸上立时露出笑容。

佳嫂过来上了茶，给冬稚的是热水，因为和冬勤嫂的关系还不错，所以多看了冬稚一眼。

陈文席一副和小辈寒暄的语气：“好久没看见你，最近在忙什么？学习还好吗？”

“还好。”冬稚顿了顿，“最近……”

陈就接话：“她去参加比赛了，拿了个奖。”

陈文席看自己的儿子：“比赛？”

“对，就前几天的事，是小提琴比赛。”

“那挺不错的。”陈文席隐约记得她确实学过小提琴，夸了一句，又转头问自己的儿子：“你不是跑去乡下了，好玩吗？玩够了，等假期结束可要收心。”

陈就面上听话，温和地道：“嗯，玩够了。”

他暗暗瞄冬稚一眼，压下心里那点儿小心思。

儿子在他面前一向听话，也没闹过什么矛盾，陈文席体会不到萧静然的心情，对冬稚更没有“敌意”。陈文席满意地点点头，提醒一句：“你们不是要出门吗？”

“对。”陈就站起身，“我上楼一会儿……”最后一句他是说给冬稚听的：“等我。”

陈就走了，陈文席倒没急着走。他端起茶杯喝了两口茶，慢悠悠地和冬稚聊天儿。

“你又开始学小提琴了？”

冬稚说：“没有，以前学会的，我爸爸走了以后就没有再学了。”

陈文席稍做沉默，道：“你爸爸……”他的语气变得怅然，“一转眼已经好久了。”

“是，好久了。”冬稚垂了垂头，抬眸盯着陈文席的侧脸看。几秒后，她忽然轻声道：“叔叔，您好像瘦了很多。”

陈文席感到有些诧异：“有吗？我没觉得自己瘦了，年纪大了会胖起来才对。”

冬稚说：“有啊。我觉得您现在消瘦了一点儿。以前我爸爸在的时候，我经常来这儿玩，那时候你比现在壮一点儿……不过现在劲头看着也还是很足，只是瘦了点儿，比起同龄人来还是显得年轻些。”

“到底还是年纪上来了……”

“没有。”冬稚摇头，“我爸在的时候，回家以后经常和我聊天儿。他提到您，都说您精神好，看不出岁数，还说以后别人都老了，您肯定老得慢，显年轻。”

陈文席顿了一顿，将眸子看向她：“你爸以前经常跟你聊我？”

“有的时候聊。”冬稚说，“像秋天吃螃蟹的时候，我们家蒸螃蟹，他就一边弄一边说叔叔您最爱吃螃蟹，记着您爱吃蟹黄。那年我们做了点儿蟹黄油，我爸送了一半去，说过季了您有的时候早上吃面条可以就着吃。”

陈文席有点儿感慨：“难为他记得。他在的时候就是什么事情都办得妥妥帖帖……”

“我爸跟您吃东西的口味挺相似的。您不爱吃的东西他也不爱吃，像是清甜口的菜，他吃着总说没味，我和我妈给他扳了多少年都没扳过来。”

闻言，陈文席一笑：“是了，吃东西他确实像我。我们打小儿一块儿长起来的，小的时候我吃什么他就吃什么，口味可不就相似嘛。”

冬稚也笑，不再说什么了。

陈文席等了一会儿，不见她再开口，问：“怎么不说话了？”

“没有。”她端坐着说，“我只是觉得时间过得好快。”

“你一个小孩子家，感慨什么？”陈文席失笑。

她娓娓地道：“刚上初中的时候我爸总念叨，说要我好好学习，等我上了大学，他就可以轻松一些。我成家立业，去外面闯荡也行，去哪儿都行。他呢，留在这儿，陪您做生意，到老了，也有伴一块儿下下棋、喝杯酒。我爸总说，我爷爷奶奶去得早，陈爷爷对他好，他都记得，只有这样，自己才对得起陈爷爷。”

“哎呀，他说的这是什么话……”陈文席嘴上嗔着，但略微动容。

陈文席看着冬稚的脸，她的眉眼和冬豫有点儿像，不免也想起以前的事。

冬豫的父母曾经是给他爸陈老爷子工作的，两夫妻没福气，先后得病早早去了——是老爷子将冬豫养大。冬豫和陈家没有血缘关系，但陈家给他饭吃，给他衣服穿，还供他上学。

冬豫这个人有分寸，从来没觉得这样自己就是陈家人了。他们俩一起长大，冬豫对他这个真正姓陈的人处处让着，始终只把自己摆在跟班的位置。

虽然他们偶尔会有矛盾和口角，但都是陈文席单方面发作。日子长了，冬豫的好脾气也把他心里隐约的那点儿不舒服磨得差不多。

“以前我常来这里玩的时候，陈爷爷还在。”冬稚又道，“现在我都快记不得他长什么样了，只记得每次回家，我爸都会跟我念叨一遍陈爷爷今天夸了您什么。我爸常说陈爷爷最疼叔叔，把叔叔教得很好，叔叔也是陈爷爷他老人家的骄傲，说要是我长大了也能这么早就当家处事就好……”

“你爸那是随便夸夸，当不得真。”陈文席谦虚着，唇边隐约弯了些，而后收敛笑意，叹道，“老爷子……老爷子确实，最喜欢我。就我一个儿子……当然是总夸我……”

冬稚微微含笑，过会儿放平嘴角，垂眸不语。

陈文席抬眸见她斯文的样子，越看越顺眼：“以后没事来家里坐坐，没什么的。你阿姨要是说什么你别理。她整天说那些乱七八糟的话，谁她都说，你别往心里去。”

冬稚乖巧地道：“我没往心里去。”

“我跟你爸半辈子的交情，他走得早。你是个好孩子，好好读书，别让他失望。”陈文席拿出长辈的口吻教导她，说着想起来什么，道，“刚才陈就说你去参加什么比赛……小提琴比赛？”

“嗯。”

“拿奖了？”

“对。”

“什么奖啊？”

“一等奖。”

“不错、不错。”陈文席夸道，“既然学得这么好，就坚持下去，好好学。听到没？”

冬稚笑着点头：“嗯。”

不多时，陈就下来，上去的时间有些久，下楼的脚步匆忙。

陈文席上楼去书房，冬稚和陈就同他告别，一同出门。

他们走出大门，陈就问：“你们聊了什么？我看我爸挺高兴的？”

“没什么。”

“没什么是什么？”

“就是没什么呗，你好八卦啊。”

陈就笑了笑，不再问了，聊起别的话题。

冬稚一边应着，一边稍敛笑意。

她能和陈文席聊什么？冬稚不过是见人说人话，见鬼说鬼话。

她知道陈文席喜欢听什么就挑什么说罢了。

好孩子？

陈文席嘴上说她是好孩子，倒是会说。若不是他在门口碰见她，怕是根本想不起来她是谁。还有那个他口口声声惦念的——将大半辈子都奉献给他的早亡的跟班，他真的记得？他真的像他表现得那么重感情吗？

他对她和颜悦色，不过是那丁点儿的不安还没消失殆尽，加上她的话说到他的心里去了。

行吧。

既然进了心里，那她就得再狠狠地往里深入。

冬稚踩着脚底的小沙子，平静地抬头。

她永远不会忘记冬豫死去的那个雨夜。

萧静然从朋友儿子的婚礼回来，已经是快要开学的时候。她去了一趟海岛，尽管防晒做得够足，仍然避免不了被晒黑。

皮肤黑了一些，这对她来说可是了不得的大事。她开始见天美白，不是在美容院里做护理，就是在家里做美容滋养皮肤。

暑假这最后的几天，萧静然因为待在家里休息的时间多了，便察觉陈就总是出门。他不是下午出去就是晚上出去，只要晚上一出家门，不到十一点绝不回来。

她疑心之下问在家干活儿的人，他们都说这个暑假陈就没少出门。

前两年她用棍子打都打不出去的儿子，今年和冬稚搅和到一起去之后天天不着家。有的时候她不催，他连家门朝哪儿开都不记得了。

他还能是跟谁混在一块儿？！

萧静然心里有疙瘩，等陈就出门后，让人去后面的冬家看看，冬稚果真也不在家。

不是一回，连着几天回回都这么“巧”，但凡陈就不在家，冬稚必定也不在家。

她想也不用想，他们肯定没少见面。

萧静然问陈就，陈就偏不承认，每回都跟她打马虎眼，说“跟同学出去了”，要么就是说“出去有事”。

又是一天两人都不在家，萧静然心里的火腾腾地往上冒。正好赶上陈文席回家，她端了一盏茶去书房里抱怨。

“你有空多管管你儿子！”

陈文席喝一口茶，奇怪地道：“又怎么了？”

“还能怎么了？还不是冬家的那个女儿！这一个暑假，我就没见儿子有一天在家里安生待着不出门的。每回他出去了，冬家的那个也不在，一回两回就算了，回回都这样。咱们儿子前脚进家门，后脚冬家的院子里就有动静。你说哪儿有这么巧的事？！”

陈文席听她这番话，先是一愣，然后皱眉：“你还盯着两个孩子什么时候出去，什么时候回来？”

“我能不盯着吗？”萧静然一翻白眼，“我不盯着，儿子什么时候被那用人家的女儿拐跑了都不知道。”

“我说了少操心，让你少操心。”陈文席加重语气，“你就不能消停点儿？”

萧静然生气地推他一把：“哦！那是我一个人的儿子，不是你的儿子？”

“儿子出去玩就出去玩，你管那么多干什么。这么大的人你非要把他拴在家里才好？”陈文席不理解她，责怪道，“还有，你一口一个用人，能不能好好说话？”

“我管得多？我不好好说话？我势利？你是这个意思是吧？行行行，我势利，我势利！”萧静然眉头倒竖，“我势利，你就不势利？坏人都是我做了，就你来做好人。”

“你在胡言乱语什么？！”

萧静然发脾气：“我就是不喜欢那个冬稚！我看见她就来气！”

陈文席紧皱眉头，睨她：“一个孩子家怎么惹着你了，你要这么大气性？我看冬稚那丫头就挺好，斯文懂事，看着也乖巧。”

“她好？她好什么好，你就让她这样天天拐着儿子出去？”萧静然的声音都尖了，“我这么多年累死累活地照顾儿子，为了培养他成才我费了多少心血？我好好的一个儿子眼看着就被这么个破落户耽误了！她是什么臭鱼烂虾也想勾搭我儿子，做她的白日梦。你管不管？你就说你管还是不管？”

“你有完没完？”陈文席用力一拍桌，“说了多少遍了，孩子的事情别瞎管，别瞎管。本来就是一起长大的伴，感情好正常，一起玩也正常。我跟冬豫多少年的交情，我爸在的时候是什么样，现在又是什么样？我看都是你，要不是你这样，人孩子会吓得不敢上门？你是我陈文席的老婆，不是菜市场卖菜的。小肚鸡肠成这样，一点儿容人之量都没有，你像什么话？冬豫好歹跟了我这么多年，你在这儿一口一个破落户骂他的妻女，你照照镜子，自己看看你那尖酸刻薄的样子！”

萧静然气得胸口起伏。

“我告诉你，这个家我当家做主，轮不到你在这儿发疯。我还就让冬稚常来家里玩，你能怎么样？她是冬豫的女儿，从小在我陈家的院子里跑大的，我爸抱过哄过，你疯一个我看看！”

“你——”

萧静然还要说，被陈文席不留情的一声斥责打断：“滚出去。”

萧静然深呼吸，面色难看，强忍着没有继续发作，咬着牙扭头走人。

高三如期而至。要说冬稚生活里最大的变化，大概就是这几年一步不往里迈的陈家成了她常去的地方。

这座宅子的女主人仍然不欢迎她，但架不住当家的是陈文席。他说欢迎，那陈家上下便只能欢迎。

冬稚在外话少，但和陈文席却意外地聊得来。

陈文席回家的时间本就不多，每回遇上了冬稚，便和她短暂地闲谈。不管几句还是十几句，她说的话总是分寸正好，每每都让他觉得熨帖十足。

陈文席有一次夸她，带着几分感慨和怀念称赞，说："这丫头，骨子里那股沉稳劲儿和她爸真是如出一辙。"

才两个月，冬稚和陈文席碰面时的场景就从打个照面问候一声，变成了在客厅里简短地闲聊。最开始，陈文席说几句话，对她表现完长辈的"慈爱"后就直接上楼回书房，到后来，不忙时会跟她和陈就坐下多说两句。

两个小辈在他面前卖乖讨巧——他看着他们，就像十几年前陈老爷子看着两个在院子里玩耍的小孩儿。那时候陈文席在院里，往回一看，老爷子倚在门边的背影既慈祥又威严。

从那一辈到这一辈。

当家人的权力也终于从父亲的手里转移到他这里。

他们说着闲话。陈文席接过一杯冬稚倒的茶，笑吟吟的，笑得眼角又多了很多道细纹。

同级的理科班里有人过生日，是个叫刘柯的男生。晚上他请吃饭，这种场合自然喊的都是关系亲近的朋友，不过饭后去 KTV 唱歌的时候，由于包间订得大，人就也叫得多。

刘柯和彭柳经常一块儿玩网游，和陈就则是常一起打篮球的交情，所以老早就喊了他们生日当晚去唱歌。

陈就对这种邀请一向可应可不应。彭柳这阵都很无聊，有兴趣去凑热闹，非拉着陈就做伴，两个人便一块儿答应了。

一个拉一个，正好冬稚没别的事，陈就便非得带上她一块儿去。

赶上当时冬稚情绪比较好，便少见地起了吐槽的心：“干什么？给你根绳子拴上我，要不要拴上我？”

说这话的时候她昂着头抬着下巴。

陈就低下眼，瞅着她只知笑。

到晚上七点多，他们该出门了。陈就和彭柳约了在刘柯订好的KTV附近的第一个街口见。

冬稚去陈家找陈就，陈文席正巧也在家，陈就领着她上楼去书房里打了声招呼，倒没多说。临出门，陈就进房间里拿东西，冬稚先下楼。

她迈下楼梯，在一楼见着萧静然。

冬稚进门时就打过招呼，不过那时陈就在，这会儿只有她们两人在。

“你倒是不客气，当在自己家一样，来得可真勤。”萧静然端着一杯热水，瞅着冬稚，阴阳怪气地说。

冬稚垂了下头，弯唇浅笑：“阿姨说笑了，我爸在的时候就把陈爷爷和叔叔当自己的亲人，我当然也是一样的。”

“亲人？我们可没你这门亲！”萧静然冷冷地嘲讽道，“整天一口一个你爸如何，我告诉你，我不是陈就他爸，这套对我不管用，在我面前省省！”

冬稚含笑，仍然温和地说：“阿姨，我知道你不喜欢我。但是不管怎么样，千万别因为我气坏身体，这样不值。”

冬稚越是这副模样，萧静然越是气。萧静然憋闷半晌，愤然甩下一句：“你给我等着！”

美容院里除了对身体的一系列护理保养，同样提供饮食。毕竟食补也是一种滋养的好方法，这里提供各种美颜粥、美颜汤，花样不少。

萧静然刚敷了个脸，坐在VIP（要人；贵宾）包间的沙发上暂时歇息，被送进来的美颜羹还冒着热气。

“唉，我真是气得不行了。你说他们怎么就不听我的呢，晓琳？”萧静然吃了一口美颜羹，放下勺子。

赵太太——赵梨洁的母亲，原名叫李晓琳。她一下一下地轻搅着碗里透明黏稠的羹，道：“孩子大了难免会叛逆，你和他好好说，他会懂的。”

李晓琳和萧静然熟了以后，彼此都直呼本名，省了叫什么“赵太太”“陈太太”的敷衍客气。

“好好说，我还不够好声好气吗？我就差跪下来求他们了！可是又怎么样，一个个不是跟我生气就是埋怨我，我这样都是为了谁？还不是为了他们父子俩。”萧静然幽怨地将眉头皱在一起，“如果不是为了他们，我至于操这么多心吗？一个不懂，两个也不懂，胳膊肘全向着外人。”

李晓琳道：“我听你说的那个小姑娘……真有那么吓人？应该不至于吧，都是十几岁的小孩子，你想得会不会太多？”

“她是年纪小，但心思大着呢。”萧静然没等她说完就打断了她，“你也知道，孩子正在青春期，本来就是容易学坏的时候，我家又是个男孩儿，辛辛苦苦养了这么多年，也算有点儿样子，我就是不希望他跟那些不入流的人混在一起。现在可倒好，我事事上心，她还能撺掇我儿子给她买这个买那个，我当时就觉得要坏事，结果你看……”

李晓琳脸上挂着得体的笑：“按理说别人的家事我不应该插嘴，不过我当你是朋友……”

萧静然睨向她：“嗯？”

“你要是怕他们接触多了导致你儿子学坏，隔开他们不就好了？”

“隔开？说得容易，她现在有事没事就进我的家门，偏偏我老公……”萧静然说着顿住，“你的意思是……”

“太近了不行，隔得远点儿不就好了？”李晓琳淡笑，“实话跟你说，我和我老公早就打算好了，将来一定是要把我们的女儿送出国好好培养的。你要是发愁，不如也考虑考虑送你儿子出国。”

“出国？！”

“对。不管学什么，成不成才，出去见见世面，开阔眼界，总是好的。”李晓琳说，“就你家这个情况，你儿子出去一待，两人长时间不见，那还能有什么事儿？”

萧静然被说得动了心："出去是迟早要出去的，现在谁家的孩子不被送出去深造，这我也知道。我本来是想等我儿子大学以后再慢慢考虑这件事，他本身就有主意，肯定能规划得好。那时也没想到会闹成现在这样……"她思忖数秒，眼睛一亮，"你说得对！送他出去，把他们隔开了就没事。"

"是啊。那女孩儿的家庭条件摆在那儿，肯定不能跟着追出去吧？"

"我回去就跟我老公说这事。"萧静然当场拍板，"早点儿掐了他们这股邪火，越早越好！"

陈文席在书房待着的时候，萧静然总会进来送茶送汤，这么多年了原本早就成了习惯——但近来有所改变。因为他们吵了几回架，两人对冬豫一家的态度也有分歧，所以萧静然这段时间都没有踏进书房。

陈文席见她端着杯茶进来，先是愣了小片刻，而后不自觉地皱起眉。

"我不是来找你吵架的。"他们同床多年，萧静然自然知道他心里在想什么，放下茶杯，道，"我有事跟你商量。"

"什么事？"

"儿子的事。"

陈文席正要皱眉，萧静然先道："你先听我说。"

他忍了忍，按捺着没张口。

"我知道有些话你不爱听，我也懒得讲，省得你不痛快。"萧静然说，"但抛开别的，这么多年我怎么对儿子你也看在眼里了。对儿子，我从来不会盼着他坏，只有盼着他好的份儿。"

"你要说什么？"

"我今天和朋友出去聊了会儿。他们家的孩子跟我们的儿子差不多大，正在计划着送出国深造。我问了一下，各方面都挺好的。我打算把儿子也送去国外。"

"出国？"陈文席脸上紧绷的神色才稍缓，又皱起眉。

"对，现在谁家不把孩子送出去？去见见世面，开阔眼界，对孩子有好处。我以前就想着等儿子上大学以后让他出去深造。"

“那就等他上了大学再说。”

“哎呀。”萧静然嗔他，“只有赶早没有赶迟的。我都问了，有好几家认识的家里，不是高一就是高二就安排好了，更早在初中就送出去读书的也有。”

她轻推一把他的肩头：“咱们儿子以后是要有大出息的人。澜城这里虽然不小，但也算不上什么大地方，一直待在这儿耽误什么？”

陈文席思考着，不语。

萧静然添油加醋地道：“我们就这一个儿子，这么多年谁见了不是夸？你那些朋友，家里的孩子跟我们儿子一样大的，不是上房揭瓦就是打架斗殴，整天弄得家里鸡飞狗跳。你那些朋友整天羡慕你儿子优秀，他们说的这些话听得都不是假的。你可想好了，你这优秀儿子就这一个，不趁早加紧培养，以后要是被那些先飞的笨鸟赶上了，糟心不糟心？”

她这一席话，说得陈文席动了心。

陈就知道自己即将被安排出国深造是在萧静然和陈文席说定后的一周。陈文席忙着外出应酬，这种事自然是萧静然和陈就沟通。

陈就当场就发了脾气，差点儿把面前没动的一整杯牛奶打翻。

“出国？谁说要出国了？！”

萧静然道：“反正迟早都是要去的，本来想等你上了大学再说。现在开始准备，到高中毕业也准备得差不多了，到时候出去正好。”

陈就沉着脸：“谁跟你说我要出国了？”

“没谁跟我说，我决定的。”萧静然跟他杠上了。

“这是我的事情，你不问我的意见就随便决定，我反而成了最后一个知道的人？”陈就压抑着火气道，“你做事情能不能不要总是这样？”

萧静然的面上闪过一丝不自在的神色：“反正事情就这么决定了，你好好准备。”

“我不准备。”

“这件事由不得你说不！”

"你能不能讲点儿道理？"

"我不讲道理？那你给我个理由，为什么不去？"萧静然质问他，"你最好不要是因为谁，否则那些个拖你后腿的人，我一个两个全让他们滚蛋！"

她说时咬重"谁"的字音，带着威吓的意味。

陈就躲开她的眼神："听不懂你在说什么。我就是不喜欢你随便给我安排。"

"我知道你在想什么。我明着跟你说，不用动你爸的心思。你要是不傻，就应该知道他对你寄予厚望，希望你成才。你如果因为什么人不肯出国留学，像这种耽误你前程的事，到他面前是谁都没有情分可讲的！他不会轻饶那个人！"萧静然给他下通牒，"我跟你爸已经商量好了，这件事他是同意的。你去也得去，不去也得去。"

陈就魂不守舍好几天，还有一次被老师点名起来回答问题，结果破天荒地在课上答错，把老师和全班同学吓了一跳。

他浑浑噩噩的样子，彭柳都看得出来，更不用提冬稚。

当他又一次走神时，冬稚停下脚步，扯了一把他的袖子。

"怎么了？"陈就后知后觉地回神。

这条街不是商业街，没有那么喧闹，他俩在路边的树下，侧身面对面站着。

冬稚抬头看见他明显不济的脸色："你是不是在想出国的事？"

她的话一出，陈就愣住了。

"你……"

"我怎么知道？"冬稚替他说，"你们家上下没人不知道。我是听我妈说的。"

陈就动了动唇："我……"

"你猜你家那些干活儿的人，现在都怎么说我和我妈？"冬稚抬头看他，脸上带着笑。

陈就心下一窒，胸口难受得像被针扎一样。